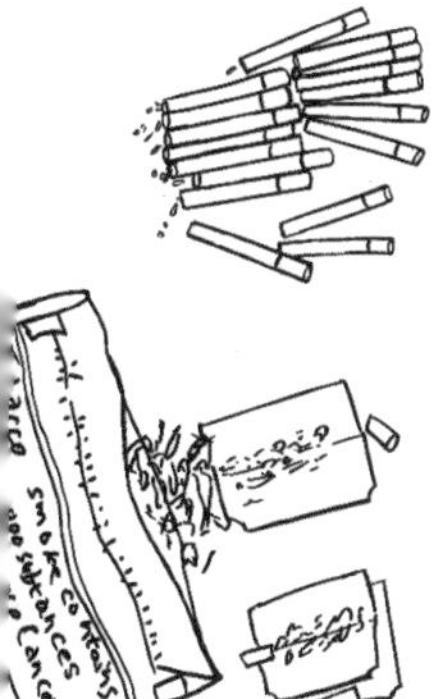

月光下的擁抱

SAVING DAISY

菲力・厄爾 PHIL EARLE——著

李斯毅——譯

目次

導讀

給陰暗面一個擁抱

文／邱慕泥（戀風草青少年書房店長）

這是一個會負面思考的孩子，瀕臨生命危險之際，一位社工以她的專業，幫助孩子走出泥沼的感人故事。後勁頗強，感動人心。除了故事的感動之外，至少還有兩個面向值得讀者特別思考。

孩子，你為什麼負面思考

在孩童時期，可能大人一些不經意的話語或動作，讓幼小的心靈埋下了一顆幽微又暗黑的種子，當種子慢慢滋養茁壯，最後成了不可抹去的巨大陰影。細微而敏感的孩子，常常是這類模式的受害者，這樣的陰影特別容易在他的內心成長茁壯。

如同本書的主人翁黛西，故事的一開始，提到了她認為母親的過世，是她造成的。因而習慣地將過錯都歸咎在自己的身上，又沒有可以傾訴的對象，她的負面想法形成惡性循環，也就越陷越深，根深柢固地認為：一切的過錯都是她造成的。

故事中並沒有交代黛西，這樣責怪自己的緣由是什麼。但隨著情節的進展，我們看到黛西的家庭關係薄弱——媽媽過世了，爸爸忙於工作，也沒有其他的親戚與朋友。相依為命的父女兩人之間，似乎不是很了解對方，說了不少「無益的話」。例如爸爸最常問黛西：「妳今天過得如何？」——這句話偶爾問，可能表示關心，問了太多次，就顯見父親根本不了解女兒的負面想法。

至此，讓我們反思著，身為父母者，必須有敏銳的觸感，感受孩子的內心世界。

社工的助人藝術

故事的中段之後，讓讀者看到一場完美的「助人範本」，應該可以這麼說，「欣賞社工艾德的助人藝術」。社工，是一般人不熟悉的行業。

幫助一個人，是一種專業，並非想像中那麼簡單。尤其個案是早已習慣於「什麼都是歸因於自己的錯，自己就是不祥之人」的黛西，助人者根本無從介入。所謂：自助人助。就是別人要幫你，你也得要拉自己一把。但是，從故事裡，我們看到艾德想盡辦法，要介入協助一個已經身陷漩渦而不可自已的人，再不拉她一把，她就要溺斃。

艾德的助人藝術，不只適合孩子閱讀，更值得親子共讀，跟孩子一起好好認識社工的內涵。艾德與黛西的每次交談，都值得我們細細品味。她從理解黛西開始，打從心裡接納黛西，設想黛西的每一個念頭，阻止她往負面的方向沉淪。艾德最常對黛西說的話是「相信我！」互信是協助的開始。

但是「預防勝於治療」啊！要去拉一個陷入泥沼的人，有多麼吃力不討好，一層又一層的自我歸咎，從媽媽、爸爸、霍布森老師、娜歐咪所發生不幸的事件，都是黛西的錯。艾德則必須一再地將她拉出來。艾德逼問她：「妳總是馬上責備自己。那麼請妳告訴我，妳到底做錯什麼？」黛西說不出個所以然。所有的負面思考，艾德一一破解。

這是一部難能可貴的故事。一方面為讀者揭露了小孩也會胡思亂想的陰暗面，另一方面，又為我們開啟專業社工、專業助人的這扇窗，讓人看到了光明面，相信擁抱的溫度。

本書除了給孩子看，大人更應閱讀。另外，還有一個很大的啟示：除了關心自己的孩子之外，也請多多關注周遭的小孩，必要的時候，陪伴他們，給他們溫暖，給他們擁抱。

這本書獻給我的友人喬尼・約翰——卡門（Jonny John-Kamen），他將所有的箱子關上……

也獻給我偉大的母親與父親，妮特和瑞，他們將箱子彌封。

這裡其他的女孩都是星星，而妳是北極光。

——喬許·里特[1]，〈凱瑟琳〉[2]

---

1 喬許·里特（Josh Ritter）是美國歌手、詞曲創作家、音樂家及作家。里特以其獨特的美式風格及敘事歌詞聞名，二〇〇六年被《*Paste*》雜誌評選為「一百位仍在世的偉大歌曲創作者」之一。

2〈凱瑟琳〉（Kathleen）是歌手喬許·里特創作的歌曲，收錄於里特在二〇〇三年九月發行的第三張個人專輯《Hello Starling》中。

我的名字是黛西．霍頓。

今年十四歲。

六個月前，我害死了我爸爸。

那並非我預謀的行為，我甚至不必親自動手。

我只是和他說了幾句話，就足以害死他了。

他不知道會發生這種事，他怎麼可能預料得到？他只想保護我，就像每個父母一樣。

然而我應該要先想清楚後果，我應該要警覺自己這麼做很危險，因為我告訴他的那些事，對任何人來說都難以負荷。

我真希望自己當時沒有告訴爸爸那些事。如果我什麼都沒說，他現在還活得好好的，我也可以住在家裡。

只可惜事與願違，我現在住在這個地方。

這個裝設著塑膠窗、床架被固定在地板上的房間。

這個地方不是監獄，但其實我應該去坐牢。

我知道你現在心裡在想什麼。

妳媽媽呢？妳為什麼不和妳媽媽住在一起？

那就是問題所在。

因為她也被我害死了。

1

一場派對舉辦得成不成功，從牆壁上的溼氣就可以分辨得出來。我並不是什麼派對專家，甚至連邊都沾不上，這純粹只是我個人的觀察。連續八個星期，我們學校都有人利用星期五晚上在家裡舉行派對，廣邀他們臉書上的朋友參加。你可能認為，那些想舉辦派對的人，在看過前次派對結束後的場面，應該就會三思而後行，可是事實並非如此。你看，又一場派對開始了。

如果根據牆壁上凝聚且滑落的溼氣來打分數，這場派對可以拿到滿分，甚至超過滿分。音樂的重低音在牆面上反彈，地板因為舞動的腳步而吱吱作響，但這也提醒著我們時間即將來到晚上十一點。我看著那些手舞足蹈的身影，以及大家乾杯時灑得到處都是的啤酒。我必須克制自己，提醒自己為什麼要來參加派對。

我啜飲一口啤酒。呃，這原本確實是啤酒，可是我一邊用吸管小口小口地喝，一邊不斷跑到廚房去加水稀釋，現在已經變成很難喝的加水啤酒。不過，起碼別人會以為我在喝正常的啤酒。

你知道，這就是我來參加派對的原因：做個樣子給大家看。如此一來，我才不會有事。學校就是這麼奇怪，如果你總是躲在一旁，就會惹上麻煩，因為別人會把你當成目標，找各種理由來欺負你，例如你的私事、你企圖隱藏的祕密，或者任何人（包括你自己）都無法改變的事實。

我想，我現在已經掌握了平衡點：我從不錯過任何一場派對，就算我得苦苦哀求別人讓我參加也在所不惜。我會故意在派對中四處閒晃，盡量與別人聊天。我也不排斥跳舞，只要來邀我共舞的男生看起來規規矩矩。我絕對不招惹沒必要的麻煩，我相信那些男生也一樣。

我會盡量在派對中應酬交際，與別人攀談上一次沒聊完的話題，並且分享新的資訊，可是不談論太多細節，或者說太多他們無法理解的事。

老天，我知道這聽起來有點糟，對不對？你可能會以為我憤世嫉俗且內心空虛，就像是我最討厭的那種人。然而，我不得不這麼做。

今晚我已經和六個人聊過天，或者說，我已經試著與六個人聊天，但因為現場的音樂震耳欲聾，我們甚至連自己的說話聲都聽不到。不過，我很喜歡今晚的音樂。事實上，我可能太喜歡今晚派對上的音樂了，我猜自己大概喝了三分之一瓶的啤酒，而且喝的速度太快，因此說了太多不該說的話。儘管如此，只要我再去廚房加點水，問題就可以解決了。我又在啤酒裡加了水，一切依然順利，全都在我的掌控之中。

其實別人大概知道我是一個什麼樣的人。

我是個非常喜歡看電影的怪胎，經常告訴別人哪些片子值得觀賞。我對此相當自滿，因為這樣很酷，還能讓我免於被那些壞孩子欺負。

我環顧四周，做了一個決定。派對上的人越來越多，不到四十五分鐘之後，鄰居一定會找警察來叫我們安靜一點，所以我決定再待五分鐘，然後就離開這裡。

我和幾個與我同年級的女孩迅速跳了一支舞，接著我拿起空酒瓶向她們示意，朝冰箱的方向走去。她們不知道其實我打算開溜。

當我距離門口只有三步之遙時，突然有人擋住了我的去路，迫使我的計畫中斷。

羅伯・史迪恩可能是全世界最好也最壞的男生，如果我會不小心在某人面前顯露出真實的一面，那個人一定就是羅伯・史迪恩。我小心翼翼地拉拉襯衫的袖子，藏好我的祕密，然後再把一簇垂落在面前的髮絲撥到耳後。這些動作讓我看起來有點蠢，但也帶點引誘的意味。

「嘿，黛西，妳要離開了嗎？」

雖然我已經聽見他說的話，但因為音樂很大聲，我故意假裝聽不清楚，叫他再說一次，以便拖延時間想藉口。

「對。」我在他耳邊大聲說，讓他因此往後退了一步。「因為我要趕著去見某人。」

「見誰？妳爸爸要來接妳嗎？」

這個問題要小心回答，假如我給錯答案，大家就會認為我家有門禁，因此被其他人嘲笑。於是我對著羅伯露出一個壞壞的笑容。

「我趕著去見的人，不是我爸爸。雖然對方的性別和我爸爸一樣，可是他和我沒有親戚關係。」

我隨口說出這個謊言，但羅伯似乎相信了，他的眼神中閃過一絲失望。不過他馬上恢復平常的模樣，並且用肩膀輕輕撞我一下，祝我有個愉快的夜晚。「星期一見。」他補充一句，然後消失在派對的人群中。

我看著他走開，後悔自己說了這個謊言。不過，我知道他一定可以在這場派對上找到能與他開心聊上一、兩個小時的人。

我將一層死皮從拇指上撕掉，輕微的刺痛感把我的理智拉回來。我穿上外套，覺得它彷彿有五十公斤重。我將前門推開一小道縫隙，然後低著頭走出去，我想應該沒人發現我離開。

我在第一個街角處轉彎，朝回家的方向走去，冷風拍打我的臉頰，可是我幾乎沒有感覺。我又完成任務了，一整晚我在派對上就像鬼魅一樣，這正是我所期望的。雖然我心中有一絲暢快，可是我刻意無視這種感覺，並且任由它消散無蹤。未來我還得在更多派對上扮演這種露個臉然後就閃人的鬼魅。

2

霍布森老師第一次踏進教室時，大家正在暢談星期五晚上派對中發生的趣事。

事實上，根本沒有人發現他走進來，他大可在那邊站個五分鐘，在我們注意到他之前先聽聽我們在聊些什麼。

「好了，各位同學，請把你們的注意力轉到我這邊好嗎？」

大家原本聊得正起勁，頓時都被嚇了一跳，竊竊私語地互問那個站在教室前的男人究竟是誰。無論他是誰，他肯定不是我們的班導師艾蒂森小姐，因為他身上沒有散發出貓咪的氣味，也沒有穿搭難看的服裝。班上的女同學對於突然來了一位新的男老師似乎相當開心。

「謝謝你們的配合。正如你們所見，我不是你們的艾蒂森老師。我有個壞消息要告訴你們：艾蒂森老師生病了，這個學期無法來上課，甚至在暑假前都沒辦法回來。在她請病假的期間，將由我來代課。」

「這真是太棒了。」坐在我旁邊的唐娜．萊利低聲地說，可是她的音量大到引起全班一陣咯笑，也讓我不以為然地哼了一聲。唐娜就是這個樣子，她在各種場合都非得要說幾句話，有時候是故意搞笑，有時候是挖苦別人，反正都言不及義。她就是喜歡出鋒頭，因此讓每位老師都相當頭痛。

我抬起頭看了那個新老師一眼，想知道他能否忍受唐娜的酸言酸語，畢竟沒有幾個人招架得住。

接著我轉頭看看唐娜，並將身體往後倚著椅背，等待她對新老師發動攻擊。但是她沒有採取任何攻勢，實在不像她的作風，因為她向來是第一個對著新老師嗆聲的人。我聽過她以連珠炮的方式逼問新老師問題，通常在新老師還來不及在白板寫下自己的名字之前。

可是，為什麼她沒有朝這位男老師開炮呢？

她一句話都沒說。

起初我以為她在玩什麼新把戲，或許她厭倦了光明正大地捉弄新老師，想要玩玩別的花招。但隨著時間一分一秒過去，這位新老師已經自我介紹完畢，唐娜始終沒有採取行動的意思。

不過，她顯然在打量這位男老師。

事實上，她的視線根本沒有離開過那個傢伙，甚至在他說冷笑話的時候附和著發笑，讓班上其他同學深感疑惑，因為大家都在等待她發動攻擊。

「妳覺得他幾歲啊？」她突然小聲地問我。

我怎麼會知道他幾歲，但是我希望自己不要說出什麼愚蠢的答案。如果你不想和新老師一樣被唐娜羞辱，就千萬別在她面前表現得像傻瓜一樣。

於是我仔細端詳那個傢伙。他看起來比我們任何一位老師都還要年輕至少十歲，有著凌亂的短髮，而且一臉聰明相，毋需刻意舞文弄墨。和他走在一起時，穿著夾克和牛仔褲的他不會像長輩一樣讓你覺得丟臉。

「不知道耶——大概三十出頭吧？」我小聲回答，希望這是正確答案。

「不，他應該更年輕一點。他絕對不可能超過二十五歲。」

唐娜一邊說，一邊從座位上站起身，趁著那個傢伙轉身寫白板時將他從頭到腳打量一遍。

「妳在做什麼啦？」我忍不住笑了出來。
「妳可不可以小聲一點？我要看他的手。」
「為什麼要看他的手？」
「看他有沒有戴婚戒。」
我來不及制止自己，發出一聲不以為然的「哼」聲，使得霍布森老師轉過頭來，讓站著的唐娜看起來像個傻瓜。
「呃，這位同學，有什麼事情嗎？」
所有人的目光都轉向唐娜，這是她頭一次說不出話來。起碼她沒有辦法說出好笑的答案。
「呃……報告老師，我叫唐娜。唐娜．萊利。」
「唐娜，有什麼事情嗎？雖然我也相當尊師重道，但是妳應該知道，發問時不需要特別站起來。」
可憐的唐娜，霍布森老師的回答讓她看起來有點受傷，再加上其他人的訕笑，讓她更加丟臉。我有點擔心接下來會發生什麼事，因為萬一唐娜被逼到死角，她可能會變得非常可怕。我只希望她不要把矛頭指向我。
「我只是想看清楚您的……」
她該不會要坦白說出自己為什麼站起來吧？
霍布森老師第一次露出有點不耐煩的表情。
「我的什麼，唐娜？」
「您的……字跡。報告老師，艾蒂森老師的字寫得很潦草。」

霍布森先生轉頭看看自己在白板上的字，彷彿對唐娜的話半信半疑。

「所以我的字跡還可以嗎？」他輕嘆一口氣。

「我覺得很工整。」唐娜露齒一笑，臉上再度出現充滿自信的表情。「真的很工整。請您繼續，謝謝。」

唐娜面帶微笑地坐下，慶幸自己沒有太丟臉。

「噢，他的脾氣似乎不太好，對不對？」唐娜小聲地對我說，並且往我這邊靠過來。「而且他沒有戴婚戒。所以，幫我一個忙，黛西，妳替我看著他，好嗎？」

「啊？」我無聲地問。「為什麼？」

「因為我想知道他有沒有偷看我，所以我要妳替我看著他！」

她可真是貪得無厭。但我知道自己必須照著她的話去做，我還沒有笨到會拒絕唐娜。

因此，這堂課剩下的時間，我只好強迫自己一直偷看霍布森老師。更精確地說，應該是我一直偷看他的眼睛在看著誰。

結果，你知道嗎？唐娜說對了。呃，她說對了一部分。

每次我抬起頭看霍布森老師時，他的眼睛確實都看著某人。或者應該說，至少我認為他在偷看某人。

但他不是在偷看唐娜。

他看的人是我。

3

每次我放學回家，心跳總會加速。

這樣實在很傻，我都已經十四歲了，竟然還有這種感覺。可是，每當我看見我家大門的瞬間，都覺得她就在屋裡等著我回來。

從我有記憶以來，這個家一直是我們三個人的。

我。

我爸爸。

還有我媽媽的影子。

小時候，我經常醉心於訂下各種規則，認為我只要遵守那些規定，當我回家關上門時，媽媽就會出現。

如果我一路上都沒踩到人行道的地磚接縫，她就會在家裡等我。

如果我在那輛公車經過之前抵達家門，她就會張開雙臂迎接我。

然而，無論我每一步走得多麼小心，或者跑得多麼快速，她始終都沒有出現。

我也總是非常失望。

即使到了現在，無論我如何告訴自己，我還是無法控制自己的想法，有時候我依然會想要試著玩這種愚蠢的遊戲，看看能不能讓媽媽出現。我改變的只有遊戲規則。

如果我可以在iPod播完歌曲的那一刻打開家門，或許……

我想，是大門上的那扇窗給了我希望。

尤其在冬天的時候。

不要笑我，我沒有發瘋。我是說真的。

因為那扇窗是我媽媽的窗，是她親手打造的。

我媽媽顯然是個喜歡「親自動手做」的人。

因此，當她和爸爸搬進這棟房子時，她開始東敲西打。

她從大門開始著手。或者，更精確地說，她從大門上的那片玻璃開始著手。

「我們搬進來之後，這是她修改的第一個東西。」爸爸告訴我。「她不在乎壁紙已經剝落，也不在乎熱水器還沒裝好，她一心只想要換掉那片玻璃。」

「我不懂。」我回道。

「她是這麼想的——她認為我們住這裡的時候可能會重新粉刷牆壁一百次，可是大門上的那片玻璃，一旦裝上去之後就會永遠留在那裡，所以她一搬進來就換掉那扇窗，似乎有意留下她想傳承的遺產，也彷彿知道自己不會在這裡住很久。」

在我們家所有的東西之中，我最喜歡大門上的那扇窗。媽媽肯定花了很多時間，把彩色碎玻璃一片一片鑲上去。我想像著她的模樣：她徹夜未眠，手指因為被玻璃割傷而纏著繃帶，直到完成大門上的那個玻璃太陽。

現在，當陽光照進屋裡時，光線會穿過她親手拼成的彩色碎玻璃窗，讓人覺得她當初花了那麼多時間，一點也沒有白費。

在天色陰暗的日子，屋裡走廊上的燈光透過那扇玻璃窗，可以照亮一整條街。因此，每當我看著那扇窗，很難不懷抱著希望，也不相信做出那扇玻璃窗的人無法永遠活著。

我走進院子，抬起下巴，閉起原本緊盯著大門的雙眼，呼吸它散發出來的溫暖氣息。

我推開門，心跳微微變快。

「哈囉？」我大喊，期待媽媽能夠回應我一聲。

我聽見廚房傳來瓶瓶罐罐的碰撞聲，急忙打開廚房的門。然後，我的夢想第一百萬次破滅。

「嗨，爸。」我輕聲地說。爸爸面帶笑容，將我緊緊擁入懷中，彷彿我們已經多年不見。

「要不要喝茶？」他問。

「有餅乾可以配著吃嗎？」我回應。

他發出帶著菸嗓的長笑。「當然，喝茶一定少不了餅乾。妳去燒開水，我來準備茶具。」他親了我的頭一下，然後就轉身走向櫥櫃，留我站在原地。我臉上掛著充滿罪惡感的笑容，心裡想著自己多麼幸運。

我和爸爸的互動有一套固定模式，例如放學回家後一定會先喝茶。這項儀式只會持續十五分鐘，或者吃完三片富貴佐茶餅乾[3]的時間（如果我們想放縱一下，還會在餅乾上塗抹巧克力醬）。從星期

3 富貴佐茶餅乾（Rich Tea Biscuit）是英式甜點，以小麥粉、糖、植物油和麥芽萃取物等原料製作而成，是英國最暢銷的餅乾

一到星期五都會進行這項儀式，只要我們兩人回到家就開始。

然而這種喝茶儀式並無法讓我們父女有比較深度的對談，我們之間永遠只有「妳今天過得如何？」這類問候。我猜，這種固定模式只能幫助我們放鬆，以迎接夜晚的到來，並且提醒我們兩人：我們並不孤單。

我經常想著：每當爸爸下班回家，從院子走進屋裡時，是否也和我有同樣的想法？當他看見媽媽親手做的那扇窗時，會不會也幻想著她的出現？

有時候，我進門時會看見爸爸臉上露出失望的表情，因為無論我長得多麼像媽媽，我永遠都不是她。

「好了。」他打了一個哈欠，把眼鏡推到頭上。「決定的時刻又到了。今晚輪到誰決定？」

「我。」我毫不遲疑地說。「您上星期五選了《鬼店》[4]，那天之後我幾乎都不敢睡覺。」

「妳這個膽小鬼。」爸爸咧嘴一笑。「但是我隱約記得是妳要求要看那部電影的。而且我們以前已經看過好幾遍了，所以妳不能怪我。」他的手伸進羊毛衫的口袋，將他的香菸拿出來放在桌上。「妳今天要看哪部片？」

我沒有回答，只露出笑容，然後爸爸就以誇張的方式發出哀號。

「又要再看一次？今年看多少次了？」

「可是我還想看。」我笑著說，並且補充一句，「看六次了。」

「好吧，那我們得快點吃完晚餐。總不能讓《刺激1995》[5]等我們太久，是吧？」

其實晚餐時間可以結束得更早一點。以我們的烹飪技術而言，晚餐根本不必花太多時間。星期五晚上最重要的事情是看電影，因此不要浪費無謂的時間，各種瑣事都要盡快完成。
我很愛看電影。
不，讓我重申一次。
我很愛很愛看電影。
我喜歡在電影院裡看電影，也喜歡在家裡看電影。用筆記型電腦看，或者用iPad看，我都無所謂。只要能觀賞好看的電影，我不在乎在哪裡看或者用什麼看。
電視劇雖然也不錯，可是電影不同，電影比較純粹，能夠將完整的故事濃縮在兩小時內。
我最早的記憶（至少我認為這是我最早的記憶，雖然可能是因為我刻意拒絕其他的早期回憶）就是坐在巨大的電影院裡，周圍坐滿和我一樣睜大眼睛盯著電影銀幕的小孩。
然後，電影院的燈熄滅了。
我有點害怕。
可是我的害怕只有短短一秒鐘，因為隨之而來的是繽紛的色彩和動人的音效，一種壓倒性且讓人耳目一新的音效，讓我忘了害怕。另外還有愉悅的歡笑、緊張的追逐與對峙，以及幸福圓滿的結局。

之一。傳統的英式吃法，是先浸泡在味道濃烈的茶和咖啡裡，然後放入口中享用。
4《鬼店》是美國恐怖電影，改編自暢銷作家史蒂芬·金的同名小說。
5 電影《刺激1995》改編自史蒂芬·金的中篇小說〈麗塔·海華絲與蕭山克監獄的救贖〉。

當這一切結束之後，我一路哭著回家，因為我想要待在電影院裡再看一次《森林王子》[6]。

坦白說，爸爸當時可能也很想哭，畢竟我喜歡看電影是遺傳自他。

我爸爸是個躁動的人，你和他說話時，他一定會一邊咬指甲或者不停抖腳，可是他看電影的時候一動也不動，呃，幾乎一動也不動。他的眼睛會一直盯著銀幕，全身上下只剩下手會移動，負責將香菸或者酒杯拿到嘴邊。有時候，即使這類小動作也會令他分心，於是他就把香菸叼在嘴上，斷斷續續地吸著，任憑菸灰掉落在他的牛仔褲上。

我應該反對他抽菸，但是我不能這麼做。我知道抽菸會害死他，會燒掉他的肺臟，毀掉他的喉嚨，然而，這是他的一部分。他經常坐在敞開的凸窗前，一邊將菸圈吐進夜空中，一邊用他的針織衫一遍又一遍地擦拭他的打火機。那個芝寶打火機[7]是我爸媽結婚當天，我媽送給我爸的結婚禮物，上面刻有他姓名的縮寫。

我不會抽菸。

我試過。

我當然試過。

抽菸的感覺就像滾熱的碎石灌進喉嚨，我不理解為什麼有人會迷上抽菸。可是捲菸很有趣，捲菸會讓人上癮。我爸爸只抽手捲菸，因此每當他坐在窗戶旁邊，雙眼注視著電視螢幕時，我就坐在他身旁，手裡忙著捲製他隔天要抽的香菸。

我喜歡菸草的味道，但我實在很難相信，聞起來那麼香的東西，嘗起來卻那麼臭。不過我很喜歡捲菸，也喜歡一根一根的捲菸在茶几上慢慢變多時所帶來的成就感。

爸爸每天晚上睡前來拿走我捲好的香菸時，也都會表達讚嘆之意。

「妳捲的香菸簡直是藝術品，幾乎可以賣錢了。」他說，但他在補充下一句話時收斂起了笑容。「不過，除了菸草之外，妳最好不要捲其他東西。」

「什麼意思？」

「妳和朋友在一起的時候，不可以抽大麻菸或其他毒品。」

雖然之前確實有人拿這些東西要我試試，我仍故意笑鬧地推爸爸一下。

「開玩笑，我的零用錢那麼少，怎麼可能買得起那種東西？」

他俯身在我的額頭上輕輕一吻，那個吻帶著菸味與酒氣。「我要去睡覺了，妳睡前要記得關掉電視。」

「好啦，好啦。」我嘆了一口氣。「我知道。節約能源，愛護地球。」

他在離開客廳前又對我投以微笑，他的視線始終沒有離開過我，彷彿擔心這可能是他最後一次見到我。

他上樓並關上臥室門之後，我才伸手去拿遙控器，按下開關。電視螢幕上出現《刺激1995》

6《森林王子》是迪士尼影業一九六七年製作發行的動畫電影。該片為華特迪士尼第十九部經典動畫長片，改編自吉卜林的同名小說《森林王子》（*The Jungle Book*）。

7 芝寶打火機（Zippo）是美國芝寶公司製造的金屬打火機。自一九三〇年代以來，該公司已經推出數百種富有收藏價值的款式。

的片頭。

我專注地看著電視螢幕，把所有情緒拋在腦後，盡可能不去想任何事。我的意思是，我知道每個人都有自己的祕密。

只不過我的祕密比別人多。

4

我醒來的時候，中央空調的暖氣已經停了很久，冷空氣籠罩著我露在棉被外的皮膚。

時鐘顯示現在是三點三十分，我抗議地哼了一聲，準備拉高棉被。

然而在我拉起棉被之前，手臂上的刺痛感讓我停下動作，我做的事再度狠狠甩了我一巴掌。

又一次了。我已經無力與它對抗了，對不對？

我的左手遲疑地伸向我的右手臂，完成我雙眼羞於執行的任務。傷口被觸碰時的疼痛讓我驚訝，迫使我檢視自己種下的惡果。

一開始我只看見一團厚厚的紗布，但是當我移開紗布之後，便證實了我的推測。傷口周圍是被紗布吸乾的血漬，不過傷口本身尚未止血，我一拉開紗布，鮮血便像抗議似地從傷口湧出。我將沒有傷口的手伸向地板，拿了一塊乾淨的紗布和消毒藥水，然後用牙齒打開消毒藥水的瓶蓋，在紗布上倒一些消毒水，再用紗布輕壓傷口。消毒藥水刺激著傷口時，我不禁皺起眉頭。

指甲刀被我擱置在床尾的另一塊紗布上，我已經擦掉指甲刀上的血漬，並且用酒精擦拭過一遍。等我處理好手臂上的傷口之後，我還會再擦拭一次。

以有條不紊的方式處理善後，或多或少有點幫助，但是接下來的部分我就不知道該怎麼辦，因為接下來是一團亂，突如其來的恐慌令我難以招架。

六個月前這種恐懼感第一次出現，當時我可以藉著深呼吸與來回踱步克服。雖然我很害怕，但還沒有害怕到必須打擾爸爸，加上我把這種恐懼當成荷爾蒙作祟或女性私密問題，因此不想找爸爸討論。

不過，當來回踱步無法消除這種恐懼感時，我就已經知道問題沒那麼簡單。起初，我想藉由其他方式化解，例如用冷水洗臉，或者把額頭貼在房間冰冷的窗玻璃上，可是這些嘗試都沒辦法減少我的恐懼。自從我發現了媽媽的診斷報告書，明白自己對她做了什麼之後，這種恐懼感就一直糾纏著我。從那個時候開始，也就是幾個月之前，這種恐懼感變得越來越強烈，而且每次來得又快又急。一開始它不會每晚發生，只有在我身體最疲倦或者情緒最緊繃的時候降臨，彷彿在嘲笑我。於是我開始捏痛自己，設法以刺激自己的感知來壓抑它。

這種方法發揮了作用，然而經過一小段時間，恐懼感變得更聰明且更強烈，就算我捏痛自己也無法壓抑，我只好拿床邊抽屜裡的指甲刀傷害自己，因為我別無選擇。

我看著自己右手臂上的皮膚，上面爬滿一條又一條的疤痕，有新有舊。有一些是細細長長的淺傷，有一些則是短而鋒銳的傷痕，看起來像等號一樣。然而這些傷痕無法提供我解決問題的答案。

我只知道用指甲刀傷害自己可以壓抑恐懼，但是不明白為什麼，也不知道是如何辦到的。不過，坦白說，我一點也不在乎。就目前的情況來說，這樣就夠了——只要能先趕走我的恐懼，我再慢慢想辦法，看要如何永遠擺脫它。

我不能讓這種恐懼感妨礙我融入校園生活，因為如果我表現出軟弱的一面，事情就會變得更糟，讓別人藉此看清楚我的真面目。我絕對不能讓這種事情發生。

我小心翼翼地用棉被裹住自己，同時避免壓迫到紗布覆蓋的傷口。

血止住了，我確認傷口已經清理乾淨，然後把沾滿血跡的紗布丟進垃圾桶裡，繼續入睡。只要我按照消毒藥水上的指示去做就可以了，一切就是這麼簡單。

當我睜開眼睛時，眼前的景象讓我嚇了一跳。

爸爸竟然坐在我的床邊，手裡拿著一杯茶，香菸夾在他的耳朵上。

「妳看起來應該也想喝點茶。」爸爸輕聲地說。「所以我替妳沖了一杯。如果妳想吃餅乾，我也準備了一些。」

「您坐在這裡很久了嗎？」

「我坐在這裡幾個小時了。」我識破了他的謊言，因為他往後梳的頭髮還是溼的，我知道他每天早上起床後的第一件事就是沖澡，而且如果他前一天晚上喝了酒，起床後一定會立刻沖澡。

我想轉身去拿放在床邊的茶，這是我醒來後除了眨眼之外的第一個動作。然而當我準備用手臂撐起身子坐起來時，一陣刺痛從我的手臂傳來，讓我又跌躺到床上，並且忍不住罵了一句髒話。

爸爸見狀立刻站起來，雙手握著我的肩膀。「黛西？妳怎麼了？」

「沒事。」

我小心地往棉被裡偷看一眼，發現手臂上的褐色結痂裂開了，棉被內側也因此沾染血跡，看起來像是小孩子用手指在棉被上隨意作畫。

「妳剛才看起來不像沒事。妳是不是哪裡受傷了？讓我看看。」

我往後縮，將手臂藏到身後，並試著不去理會傷口傳來的第二波刺痛，儘管感覺很不舒服。

「我說沒事！沒事就是沒事，好嗎？」

爸爸似乎被我的反應嚇了一跳，因為我從來不曾用這種言語暴力，我沒有理由這樣對他說話。他有點不知所措，只好慢慢後退到門邊。

「好，抱歉。我……呃……我到樓下等妳，順便再替妳重泡一杯茶。」

他的手伸向門把時，我看見他的手在顫抖，而且臉色發白。

當房門輕輕關上時，我不禁感到尷尬且內疚，因為我知道我對他的傷害，就像我對自己的傷害那麼深。

我抱著捲成一團的棉被走下樓，慢慢往廚房走去。

爸爸恍神地坐在餐桌前，他的咖啡散發著熱氣，那杯咖啡的顏色就像他的心情一樣黑暗。

我從他背後快步走過，希望能夠在不引起他注意的情況下把棉被丟進洗衣機裡，然而就在我即將走到洗衣間門口時，爸爸突然轉過頭來，發現了棉被上的大片血跡。

「妳還好嗎？」他問，臉上露出驚訝的表情。「妳昨晚流鼻血嗎？」

我腦子裡一片空白，用最快的速度把棉被塞進洗衣機裡，希望用力時可以讓血液流到我的手臂而不是我的臉頰。

「黛西？」爸爸再次開口。「我在跟妳說話。妳還好嗎？」

「嗯。」我試圖穩住自己的情緒。「嗯，我很好。」

「妳昨晚流鼻血嗎？」

我望著他，就在不知道該如何回答之際，一個謊言及時出現在我的腦中。

「我沒有流鼻血，爸爸。」我徐緩地說。「我沒有流鼻血，真的沒有。相信我——」這時我一個字一個字慢慢地說出口，「我・覺・得・您・最・好・不・要・再・追・問。您明白我的意思嗎？」

爸爸看著我，時間比我預期的還要再久一點，直到他突然會意過來。一想到必須和我談論女性經期這件事，肯定把他嚇得半死。

「我替妳沖杯茶。」他紅著臉說，並且急忙起身去燒開水。

我大大鬆了一口氣，希望自己能在爸爸回到餐桌之前消滅剛才說謊的罪惡感。

爸爸把我的馬克杯輕輕推到我面前，另一隻手則輕撫我的頭，這個舉動使我想要坦承一切。不幸的是，他沒有給我說出事實的機會。

「妳今天有什麼計畫嗎？」

我聳聳肩。「沒有什麼特別的事。」

「好，我想我們可以找點事情來做。麗茲電影院今天有『一張門票看兩部電影』的活動，而且放映的是我很久沒複習的西部電影，我覺得妳應該會喜歡。妳有興趣嗎？」

我怎麼可能拒絕這種邀約。我不是為了逗爸爸高興，雖然我知道答應和他一起看電影能夠讓他開心起來。於是我撐起一個大大的笑容，用力地點點頭。我的反應看起來一定很奇怪。

「妳確定妳還好嗎？」爸爸問。「妳知道，如果妳有什麼困擾，都可以對我說。妳知道的，對不對？」

我不敢看他，目光轉向我的馬克杯。

「我很好。」我做了一次深呼吸，然後說：「我只是有點累。不過，謝謝您。您也一樣。」

他看上去有點困惑。

「我的意思是，如果您有什麼困擾，我也非常樂意傾聽。」

我希望他能開口談論媽媽的事，我希望他告訴我他多麼思念她。可是他沒說話，只和我一樣低頭看著他的咖啡。

他的反應說明了一切：他心裡有事情沒說出口，就像我一樣。幸好克林·伊斯威特[8]讓我們得以轉移注意力，幫助我們暫時拋開心事幾個小時。

8 克林·伊斯威特是美國演員、導演、製片人、作曲家與政治家，年輕時曾主演過多部西部電影，二〇〇五年獲得奧斯卡最佳導演獎。

5

自從霍布森老師代課以來，英文課有了全新的面貌，至少對占班上人數一半的女生而言是如此。上課鐘聲響起時，女生都已乖乖坐在座位上，而且每個人都擦著閃閃發亮的唇膏。無可否認，這看起來真的很有趣。

唐娜・萊利是霍布森老師的頭號粉絲，她每次上英文課時所穿的裙子越來越短。不過，我沒想到的是，她竟然會把我扯進來，要我幫她吸引霍布森老師的注意。

「我需要妳幫忙。」她笑嘻嘻地坐到我身旁，臉上沒有一絲不好意思的表情。

我忍不住環顧四周，想確定她是在對我說話。

「妳可不可以讓他經常走到這邊？走到我們的座位這兒？」

「誰？」

「當然是霍布森老師啊，妳這個傻瓜。妳的英文成績很好，知道如何與他應對，所以我要妳問他一些問題，我是指能夠把他吸引過來的問題。」

我很為難，但唐娜不是我可以隨便拒絕的人，除非我想惹禍上身。於是我點點頭，露出心神領會的笑容。

但我顯然給了錯誤的回應，因為我發現唐娜冷冷地瞪著我。

「我不希望妳表現得太誇張，只要每堂課讓他走過來這兒至少一次就可以了，這樣他才會一直注意到我。」

「我應該問他什麼問題？」

「我哪會知道，這方面妳比較在行。隨便問他標點符號之類的就可以了，不必問什麼艱澀的問題。記住，我是要他注意我，不要忘了這一點。」

我再次試著露出心神領會的笑容，對著唐娜點點頭。這次的笑容比較成功，讓我大大鬆了一口氣。

於是，在接下來的幾堂課，我便配合唐娜的計畫——每當她在桌底下輕推我一下，我就問霍布森老師一些我早已知道答案的蠢問題，這麼做通常會誘使霍布森老師走到我們這邊，一如唐娜的預期。唐娜也會在霍布森老師說話時盡力拋媚眼或故意咯咯發笑，無論他說的話是否好笑。

坦白說，我覺得霍布森老師根本搞不清楚是怎麼回事，不過他對我比對唐娜更有耐心，總是以幽默的態度回應我提出的荒謬問題。我覺得他仍然在偷偷看我，而且總會在視線移開前害羞地對我淺淺一笑。然而我沒有想太多，我想他可能只是在等我提出下一個笨問題。

我盡我所能地博取唐娜的歡心，可是大約三個星期後，這項計畫失敗了。

「從你們交上來的創意寫作報告，我看得出你們之中顯然還有許多人不懂對話的重要性。有些時候，對話甚至比文本更能表達出角色的內心世界。」霍布森老師表示。

他說完之後，班上同學全都露出茫然的表情，可是我明白他想表達的意思。

「因此，我要播放一部電影的其中一幕給你們看。」他繼續說道。「不過我想先問你們一個問題：『為什麼我要讓你們觀賞電影？』」

有人聳聳肩，有人低頭避開霍布森老師的目光。這時我感覺到唐娜用手肘輕輕推我。

「妳知道答案嗎？」她小聲問我。然而當我傾過身子準備回答她時，我們的悄悄話被打斷了。

「萊利小姐！」霍布森老師的聲音傳來，語氣聽起來不太高興。「妳是不是知道答案？」

唐娜以哀求的眼光看著我，然而在這種情況下，我要如何告訴她答案？難道用手機傳簡訊給她嗎？我只能聳聳肩膀，無聲地對她說了一句「抱歉」。

「黛西，妳知道答案嗎？」我覺得霍布森老師的口氣彷彿變溫柔了，但也許是我誤會了。「說說看，與大家分享一下，好嗎？」

當全班轉頭看著我時，我覺得臉頰發燙。每個人都等著我讓唐娜當眾出醜，我原本打算搖搖頭，假裝自己不知道答案，然而霍布森老師阻止了我。

「我想妳知道答案，黛西，對不對？就算妳真的不知道，也可以試著回答看看。」

在我阻止自己回答之前，我已經開口了。

「因為電影裡只有對話？電影沒有文本，必須利用角色的對話來填補空白。」

「非常好！」霍布森老師大喊。「完全正確！謝謝。現在，我要你們每個人都看看這一幕，雖然只有三分鐘，但是可以告訴你們十幾頁的文字敘述。」

當霍布森老師拉下百葉窗並且按下播放鍵時，我心中有一種獲得賞識的悸動逐漸蔓延開來，但同時也感受到唐娜銳利的目光。

到了午休時間，唐娜在走廊攔住我。她沒有把我拉到無人的角落然後賞我一巴掌，因為那不是她的風格。她喜歡公然羞辱別人，這正是我最害怕的。

「妳還好嗎？」我怯生生地問她，儘管我早已知道答案。我感覺她打量著我，一場風雨即將來襲。

「我還好嗎？」她憤怒地咆哮，臉上露出準備教訓人的表情。「妳認為呢？我剛才像個大笨蛋，妳覺得我還好嗎？」

「對不起。」我說，心裡滿是內疚。「我試著想幫妳了，不是嗎？」

「可惜妳沒成功，不是嗎？」

「我無能為力啊！霍布森老師盯著我們，我根本沒機會寫小抄給妳。」

「妳說得沒錯！」她惱怒地說。「可是，妳也可以不回答他，妳知道的。」

「什麼意思？」

「妳可以和我一樣答不出來，當個大笨蛋。」

我忍不住笑了。「可是，這樣很奇怪。」

唐娜的臉貼到我面前。

「不，讓我告訴妳什麼才奇怪：我請妳幫我，結果妳卻讓我難堪，這才叫奇怪。妳不覺得自己做了錯誤的選擇？」

她說得沒錯，我知道自己做錯了選擇，因為我看過她怎麼對付那些讓她難堪的人。我絕對不能讓她那樣對我。如果我還想好好過日子，並且與每個人保持適當的安全距離，就不能讓她盯上我。

「我會想辦法解決。」我急忙表示，同時擦去汗水及她噴濺在我臉上的口水。「下一堂課霍布森老師就會忘記剛才發生的事了，我可以告訴妳一些對話的好例子，他一定會喜歡。」

唐娜瞪視著我，宛如我說的是日文。

「來不及了。」她冷冷一笑。「我已經把帳算在妳頭上了。從現在開始，妳最好小心一點，遠離我的視線範圍，也少在他面前裝好學生。我會盯著妳，妳聽見了嗎？」

我還來不及點頭，上課鐘聲就響起了，走廊上瞬間擠滿了人。我別無選擇，只好撥開人潮，朝著與大家相反的方向走到走廊盡頭。我知道自己在什麼地方才能靜下心來，然而那個地方不在學校裡。

6

躲進電影院對我來說並不是什麼新鮮事，因為從我有記憶以來，我和爸爸總是躲在電影院裡逃避現實。不過，在上課時間自己跑到電影院來，實在有點不像話。我知道這麼做十分冒險，可是我必須這樣做。

我走出電影院時用手遮著眼睛，以阻擋室外罕見的冬日豔陽。這個星期稍早時，我曾被陽光照得兩眼昏花，回家路上都看不清楚前方的道路。

雖然這部電影結束的時間是在放學之後過二十分鐘，但我走出電影院時依然小心翼翼，不希望被別人看到我，並質疑我為什麼能在這麼短的時間內來到市中心。這已經是我第五次蹺課，到目前為止一切都還算順利，似乎沒人發現我。

我不是笨蛋，所以我總是在下午點名之後才溜出學校，也曾偽造爸爸的簽名向學校請病假，以免任何人起疑。除此之外，我對於走進麗茲電影院時身上穿什麼衣服也很小心，假如電影院的售票人員看見我穿學生制服，肯定不會讓我進去，因此我總是在離開學校時換掉學校的毛衣與皮鞋，並且圍上一條飄逸的圍巾，再塗抹一點唇膏，讓人覺得我是課餘時間跑來看電影的高中生。雖然每次買票時我都緊張得手心出汗，但應該沒人看出我只是國中生。

當我呼吸到新鮮空氣時，腦子裡已經完全忘了剛才所看的電影。這是我人生中頭一次這麼痛苦，讓我覺得電影一點也不重要，重要的是我可以逃離學校。蹺課能減輕我繼續待在學校裡所造成的傷害，尤其是繼續待在霍布森老師的課堂上。

我與唐娜之間的衝突令我害怕，我原以為自己已努力達成與她和平共處的完美境界，沒想到一切都只是白費工夫。我不敢在霍布森老師的課堂中有任何表現，因為唐娜從來不對任何人提出第二次警告，我能得到第一次警告已經非常幸運。

霍布森老師讓我和唐娜之間的問題變得更嚴重，因為許多堂課他都播放電影片段，如果沒有人能立即回答他提出的問題，他就指定要我答覆。不過，無論問題多麼簡單，我一題都沒回答，什麼話都沒說。我不想冒險。

霍布森老師不理解我為何突然什麼都不會，他困惑地望著我，彷彿看出我是故意這麼做。就這樣過了幾堂課，他決定下課後把我留下來。唐娜在走出教室前惡狠狠地瞪我一眼，彷彿我怎麼做都不對。

「黛西，一切都還好嗎？」霍布森老師問我。

「老師為什麼這麼問？」

「我有點擔心妳。妳最近幾個星期似乎有點憂鬱，與我剛開始教你們的時候不太一樣。」

「老師，我不懂您的意思。我一切都很好。」

唐娜的臉出現在教室門的小窗口，臉上帶著顯而易見的怒意。

「從妳之前的答覆，我覺得妳應該很喜歡看電影。」霍布森老師說，並試著切入正題。「因此，這次妳說妳不知道答案，讓我非常訝異。」

「我想我之前只是運氣好，碰巧猜到答案。」我一心想著快點離開。

「可是，我說得沒錯吧？妳喜歡看電影，對不對？」

這個問題有點奇怪，我不置可否地聳聳肩，不想提供他繼續這次對談的話題。

「看電影還算有意思。」我含糊地回答。「老師，我可以離開了嗎？我還有事，必須快點回家。」

他依然皺著眉，但是點了點頭。我先確認唐娜沒有站在教室外等著找我麻煩，然後便迅速沿著小路回家。

自從那次開始，我就決定偶爾蹺課，以便遠離唐娜和霍布森老師，因為這似乎是最安全的選擇，而電影院就是我藏身的理想場所。

至少原本是如此。然而，今天當我沿著電影院的樓梯往下走時，不小心撞到某個人，不僅讓對方失去平衡，也撞痛了我手臂上的傷口。對方以慢動作抬起頭看我，我因此認出對方是誰。

是霍布森老師。

倘若馬上逃走對我有好處，我肯定會拔腿就跑，但前提是假如他沒開口說話。

「黛西？妳在這裡做什麼？」

我別無選擇，只好告訴他真相。

「今天下午我在課堂上沒看見妳，還以為妳生病了，沒想到妳竟然蹺課。」

我已經準備好聽他訓話，或者跟著他回學校找校長，然而他沒有罵我也沒有拖著我回學校。

「是因為我教得太爛，逼得妳不得不蹺課嗎？」霍布森老師問我。他的表情看起來很受傷。

「老師，我蹺課與您無關。您教得很好。」

「那妳為什麼蹺課？我真的沒有想到妳會蹺課，因為妳上課時……總是很認真。」

我無法回答這個問題，除非我告訴他我努力在學校裡保持低調，以及我刻意巴結唐娜卻惹了一身腥。這兩件事情我都不想提，所以我編了一個謊言。

「老師，我只是今天突然不想上課。這是我第一次蹺課，我沒騙您。」

「值得嗎？」

「老師，什麼意思？」

「我是說這部電影。好看嗎？值得妳特別蹺課來看嗎？」

霍布森老師的臉上露出笑容。這種笑容不該出現，起碼不該在這個時候出現。然而他確實顯得興致勃勃，想討論這部電影。

「這部電影……還不錯，呃，應該說還好，反正就是一齣無聊的浪漫喜劇片。」

「我覺得，看了令人失望的電影是最糟糕的事，會讓人覺得白白浪費時間。其實有很多浪漫喜劇片都很精采，妳看過《當哈利遇上莎莉》[9]嗎？」

我搖搖頭。

「妳這樣還算是電影迷嗎？比起發現妳蹺課，妳沒看過《當哈利遇上莎莉》更讓我失望！妳應該趕快找這部片來看。」

這段對話讓我深感困惑，我不知道自己這時候應該大笑還是應該立刻閃人，然而霍布森老師還有話要說，他臉上的笑容這時也消失了。

「黛西，玩笑話說完了，但妳蹺課的事讓我很為難。妳知道，為了妳著想，我應該讓校方知道妳

9《當哈利遇上莎莉》是一九八九年的浪漫喜劇電影，由比利·克里斯托及梅格·萊恩主演。

做了什麼。假如妳在蹺課期間出事，學校要怎麼辦？校方有責任保護妳、照顧妳。我知道妳已經快要滿十五歲了，可是妳還很脆弱，學校外面可能會有壞人欺負妳。」

該死。如果他向學校報告這件事，爸爸肯定會追問我許多我不想回答的問題。

「不過我看得出妳很有潛力，黛西。我不希望妳因為犯了一次錯誤就被學校列入黑名單。這是妳第一次蹺課，是嗎？」

「是的，是我第一次蹺課。」

「好，讓我們一起記取這次教訓，好嗎？如果妳不說出去，我也不向校方報告。」

我大大鬆了一口氣，高興得想要親他一下。當然，我克制了這種衝動。

「太棒了，謝謝老師，我以後絕對不會再犯。」

霍布森老師再度露出笑容。「請妳保證不會再次蹺課。我們必須互相信任，妳聽見了嗎？否則我和妳都會惹上大麻煩。不過，黛西，妳必須做一件事，那就是認真想一想自己為什麼蹺課。如果妳需要任何幫助，請儘管開口。妳是一個很獨特的孩子，我們不希望看妳陷入不必要的掙扎。」

他的話微微刺痛了我，因為他的態度如此真誠，而我所說的一切全是謊言。他這番話讓我意識到自己心中壓抑了多少事，讓我頓時感到異常沉重。那一瞬間，我的眼淚奪眶而出。我趕緊用手遮住眼睛。

「妳確定自己沒事嗎？」霍布森老師問。

「沒事，謝謝。」我含糊地回答，然後轉頭慢慢走開。

「妳知道，如果妳有任何心事，都可以來找我談一談。」他在我身後大聲地說。

我知道他是真心的，因為我每次轉頭時，他始終站在原地，臉上也一直掛著友善的笑容。

7

我沒有狼吞虎嚥地吃完晚餐，讓爸爸察覺到似乎有什麼不對勁，因為我們兩人都知道，每次只要晚餐後要看ＤＶＤ，我就會在短短幾分鐘內吃光盤子裡的馬鈴薯，但今天我只是沉默地用叉子戳著每一顆馬鈴薯。

「妳還好嗎？」爸爸問。

「嗯，我很好。」

「我在馬鈴薯上面撒了辣椒粉，是妳最愛的烹調方式。」

「好棒。」我又用叉子戳了另一顆馬鈴薯。

「我還在妳的吐司上抹了馬麥醬。」

「我知道。太完美了。」

他盯著我看，我能感覺到他的擔憂，可是我不知道該怎麼做，除了討論讓他不舒服甚至難以忍受的話題。

每次只要我一提到媽媽，爸爸就會不停冒汗，說話含糊不清，最後煩躁到坐立難安，逼得我放棄繼續談論這個話題。我總是沒辦法讓他說出我想要聽到的內容。

由於爸爸這種逃避的態度，我只好自己一個人到閣樓去尋找線索。我想要找出一些可以讓我更了解媽媽的東西——例如照片或信件之類的物品。可是我萬萬沒想到，我竟然找到一份出自醫院的診斷報告書，報告書的內容將罪魁禍首的矛頭指向我。

只要一想起這件事，我的手臂就開始發癢，脈搏也跟著加速。雖然我很想燒掉或丟掉那份報告，盡我所能地否認它的存在，可是我明白自己不能這麼做。相反的，那份報告現在躺在我的抽屜裡，等著我隨時懲罰自己。

「黛西，妳有沒有聽見我說話？」爸爸伸手拉住我布滿傷口的手臂，不僅將我拉回現實，也讓我痛得從椅子上跳起來。我這種突如其來的反應也讓爸爸站了起來。「妳今晚到底是怎麼了？」

「沒事，我只是有點累，如此而已。」

「學校裡是不是發生了什麼事？」

「沒有，當然沒有。學校裡一切都很好。」

「那麼，是我做錯了什麼嗎？」

爸爸甚至在聽到答案之前就已經露出受傷的表情。我趕緊搖頭。

「妳是不是不喜歡我選的電影？妳知道，今晚也不是非得在家看ＤＶＤ不可。」他突然靈機一動。「我們可以出去看電影。麗茲電影院正在放映一部新的喜劇片，就是妳想看的那部。我們為什麼不出去吃披薩，然後去看那部片呢？雖然不是週末，我們偶爾還是可以輕鬆一下。」

我不能去麗茲電影院，因為我幾個小時前就在那裡。萬一有哪個電影院工作人員認出我，問我為什麼這麼快又回來看電影，那就不妙了。

無論如何，那不是重點。今晚我不想看電影，因為我不想再逃避了。我只想找爸爸談一談媽媽的事，而不是假裝她從來不曾存在過。

「我們一定要看電影嗎?」

爸爸聞言後假裝心臟病發,緊緊抓著自己的胸口,想以幽默的方式表達他對這句話感到失望。

「妳.說.什.麼?」他喘著氣問。

我因此感到不耐煩,沒想到我的情緒比預期中的還要暴躁。

「老天!爸爸。」我打斷他。「不要把我當成只想看電影的怪胎,有時候我也會對電影沒興趣,就是這樣。我們可以做點其他的事,您知道,其他父女也會做的事。」

他試著裝出一臉困惑的表情,但我認為他很清楚我要說什麼。接著他轉身背對著我,走去拿放在爐子上的水壺。這更證實了我的猜測:只要能夠不聊媽媽的事,他什麼事都願意做。然而這一次我不想被他隨便打發掉。

「您知道我們可以做什麼嗎?」我說。我的口氣聽起來很剛硬,帶有一絲敵對的意味。「我們可以去閣樓找出一些媽媽的照片,我們可以在屋子裡擺放一些媽媽的照片。」

爸爸機械化地攪拌他的茶,開口時沒有轉身看我。「我們已經擺了她的照片。」

「爸爸,我們只擺了兩張,而且其中一張在你的床邊!」我大喊。「我們沒有辦法隨處看見她的照片。為什麼我們不能花一個小時的時間,甚至只要三十分鐘,挑幾張可以放在我房間或者客廳裡的照片?」

我很清楚自己在打什麼主意。我企圖逼他到閣樓上,但目的不是去找照片,而是希望他發現那份診斷報告書不見了。我希望他知道我已經發現那份報告,我要把他逼到死角,讓他說出我對媽媽做了什麼。我希望他生我的氣,對著我大吼大叫,因為這麼做才能讓他發洩情緒,或許也能讓他原諒我。

如此一來，我就可以驅走恐懼，停止傷害自己。

然而爸爸沒有屈服，當他轉身面向我時，我發現他雙肩下垂，眉頭深鎖。

「沒辦法，黛西，起碼今晚不行。」

「那就明天，或者週末也可以，什麼時間都好。」

「別再煩我了！」

我感覺爸爸的怒氣拂過我的耳際。

爸爸從來不大聲說話，對任何人都一樣，更別說對我動怒。我有點想要負氣甩門走開，好讓爸爸明白我有多生氣，以及我有多在意這件事。可是我沒有機會，因為他比我早一步奪門而出，而且他上樓的腳步聲十分沉重。

8

家裡的氣氛持續變得凝重，我也越來越不想上學，偏偏我已經無法蹺課躲進電影院。我盡可能保持低調，但不知道為什麼還是會引起別人注意。

在同一天裡，我先撞到更衣室的門（頭差點斷掉），接著在體育課出醜（曲棍球棒和我有仇），最後在全校同學面前不小心打翻午餐托盤，彷彿有人在對我進行丟人現眼的訓練。更慘的是，最後一堂課是英文課，我不認為自己能逃過這場劫難。

當我們準備進教室時，唐娜又加重了我的壓力。

「妳今天得好好罩我，聽見了沒？」

雖然天氣很冷，但十分鐘後我已經緊張得汗流浹背。我別無選擇，一定得在課堂中提供唐娜一些資訊，好讓她回答霍布森老師的問題。

最後，救贖的時刻終於來臨。開始上課後大約半小時，霍布森老師問了一個關於序言的問題。我立刻在筆記本上寫出答案，緊張得差點用筆尖刺穿頁面，然後把答案塞給唐娜。她馬上舉手，儘管她根本不明白意思，仍然不假思索地說出答案，而且顯得非常得意。

霍布森老師一開始有點驚訝，隨後才露出笑容。

「很好的答案，唐娜，完全正確。」

唐娜一如既往地自豪，站起來向全班同學行了一個屈膝禮，因為自己（或者說，因為我幫助她）

說出正確答案而沾沾自喜。在那堂課接下來的時間，她臉上都掛著燦笑，只有在向我討答案時才會露出兇惡的眼神。

「我很高興妳又願意好好表現了。」唐娜在下課離開前對我說。

「我盡力而為。」我回答她。雖然我裝出一派輕鬆的模樣，但我的口氣聽起來顯然在努力討好她。

「嗯，妳可不要忘了，接下來的路還很長。」最後她撂下這句恐嚇，並且把我的書包丟到地板上。我書包裡的東西全都掉出來，四處散落，包括裝著指甲刀與紗布的小盒子。

幸運的是，唐娜沒有回頭看我，只顧著一面和別人說笑，一面大搖大擺地走出教室。我急忙跪到地板，把散落的東西全部收回到書包。

我已經快要崩潰了，我必須盡快放好所有東西，並且在更多麻煩出現之前回家去。

「妳的東西掉了。」霍布森老師彎下腰撿起我的運動用品包。我怯生生地從他手中接過來，不敢抬頭看他。「噢，還有這個。」

他手裡拿著那個小盒子，我聽見指甲刀在小盒子裡發出的聲響，默默祈禱他不要追問我盒子裡裝了什麼。

我伸手把小盒子搶過來，急切地將它握在手中。

「別緊張，黛西，我只是想幫妳忙。」

「抱歉，老師。」我脹紅了臉。「我得趕著回家。」

「好，讓我幫妳。」他轉身拿起我的書包，停頓了一秒鐘，然後走到我身邊。

「看不出來妳的書包這麼重，我無法想像妳到底塞了多少東西在書包裡。妳還好嗎？最近……過得如何？」

「我很好。」我喃喃地回答。「非常好。」

「真的嗎？很高興看到妳又回來上課，不過我知道妳人在這裡可是心不在，對不對？我今天都沒有聽到妳回答任何問題。」

我不敢告訴霍布森老師，唐娜的答案是我提供的。

「我還能說什麼呢？」我幽幽地表示。「我本來就不是優秀的學生。」

他嘆了一口氣，在我面前的座位坐下。

「胡說八道。」

他激烈的措辭，讓我忍不住抬起頭看他。

「我們都知道妳胡說。我認為全班之中妳最有潛力。」

「您當然會這麼說。」我嘲笑地表示。

「是真的，黛西，妳很獨特，妳有直覺和本能。如果妳不肯好好發揮，我會非常難過。」

「我無所謂。」

「妳不該如此。我在辦公室裡讀了妳的資料，也找其他老師談過妳的狀況，他們都希望妳能好好發揮妳的天分，但是我知道一定有什麼事情阻撓妳。我明白我們已經聊過類似的話題，可是我要妳知道，不管妳心裡有什麼事，我們都可以想辦法一起解決。」

「說真的，老師，我什麼事都沒有。」

「黛西，妳我都很清楚，這是一句謊話。」

「您怎麼會知道？」

「因為我以前也和妳一樣，做過和妳相同的事。」他靜靜地說，然後站起身來。「有很長一段時間，我一直壓抑在心裡。那些事情吞噬了我，直到我鼓起勇氣告訴別人，一個我能信任的人。在那之前我的生活根本一團亂，我不希望同樣的遭遇發生在妳身上。妳值得更好的人生，妳懂嗎？」他把手放在我的手臂上，布滿傷口的那隻手臂。可是我沒有因為疼痛而掙開，我只感覺到一股電流傳來，直通我的肩膀。

「妳思考一下我剛才說的話，好嗎？」他收好自己的東西，走到教室門邊時轉頭對我說。

「我會的，謝謝老師。」我回答，本能地意識到傷口發出的疼痛，同時也感覺到霍布森老師留在那裡的觸感。

在回家的路上，我心裡只想著霍布森老師所說的話。就某種程度而言，他說得沒錯，我需要卸下心中的重擔，可是我不敢，因為我犯下的大錯無可饒恕，絕對不會有人能夠理解，或者願意幫助我。我也無法對爸爸傾訴，因為上次我試著找他談，結果從那個時候開始，我們就幾乎不說話了。

我一直想著霍布森老師所說的話，他說他以前也和我一樣，而且做過我所做的事。我希望他是唯一能懂我的人，希望他不會嘲笑我，也不會嫌惡地跑開。然而，把心中祕密說出來的念頭，引發我另一種恐慌，不僅使我心跳加速，也迫使我加快腳步，從緩慢行走變成小跑步。我必須快點回到家，回到我的房間，因為我在房間裡才能抵禦恐懼，不被人發現我用指甲刀所做的事。

一會兒之後，我終於到家了。爸爸還沒回來，讓我鬆了一口氣。我設法控制住我的恐慌，想要找點事情來做，認為整理書包可以幫助我轉移注意力，沒想到我在書包裡發現一個以牛皮紙隨意包裝的小包裹。我困惑地看著那個包裹，有點擔心是唐娜的惡作劇，是她羞辱我的新手法。原本我打算直接拿去丟掉，但又好奇裡面裝了什麼東西，最後決定先打開包裝紙的右上角。

我馬上看出裡面裝了什麼——兩張ＤＶＤ：《當哈利遇上莎莉》（霍布森老師在麗茲電影院提到的那部電影），以及《性、愛情、漢堡飽》[10]。這兩張ＤＶＤ看起來都很舊，彷彿曾經放在某人的ＤＶＤ架上非常多年。我皺起眉頭，因為這兩部片我都沒看過。這兩部都是浪漫喜劇電影，與我之前在麗茲電影院看的片子同樣類型。其中一張ＤＶＤ的封套裡塞了一張紙條，上面的字跡很潦草，可是我還讀得出寫些什麼：

如果妳喜歡浪漫喜劇電影，不妨也看看這兩部片。我很喜歡這兩部電影！看完不必還我……

我家裡還有……請享用！

ＴＨ

霍布森老師一定是在幫我收東西的時候偷偷把包裹放進我的書包裡。可是為什麼他要偷偷摸摸呢？但其實無所謂，重要的是他的心意。我不記得曾經有人對我做過類似的事，或者如此了解我的喜好。我既感動又驚訝，無視流下的眼淚，將《當哈利遇上莎莉》放進ＤＶＤ播放器裡。電影將使我與霍布森老師有共同話題，而且可能會讓我願意與霍布森老師分享一些更重要的事。

10《性、愛情、漢堡飽》是一九九一年的愛情文藝片，由艾爾．帕西諾和蜜雪兒．菲佛主演。

9

霍布森老師對這兩部電影的看法都沒錯。是的，正如他所說的，這兩部電影都是浪漫喜劇片，不過劇情有點老套，都以圓滿結局收場，但這也是讓這兩部片如此雋永的原因。它們就宛如可以撫慰心靈的食物，非常適合讓我暫時遠離腦子裡那些雜亂的思緒。

《當哈利碰上莎莉》真的很棒，因此在接下來的三天，我每天晚上都重看一遍。我沒有找爸爸一起看，因為我想要有點改變，把這部電影保留給自己，也讓我有藉口躲開爸爸一小段時間。從他憂傷的表情看來，他還沒有準備好要討論我們的爭執。

我腦子裡最急切處理的事，是找出一種不會讓自己在其他人面前尷尬的方法來感謝霍布森老師。我不可能在課堂結束後走到講台去找他，而不引起其他人的注意。除此之外，他送我禮物之後，也改變了我對他的感覺。

現在每當他一走進教室，我就會開始緊張，並且變得沉默。我不是因為害怕唐娜所以拒絕回答老師的問題，而是害怕老師改變對我的看法，害怕他認為我不再獨特。畢竟，他曾說過我很獨特，不是嗎？

我知道這實在很蠢，可是從未有人在對我表達興趣之後而沒有嚇到我。我覺得霍布森老師彷彿了解我的一切，他可以看透我眼底的思緒。倘若真是如此，我不希望被他看見我胡思亂想，即便我什麼話都沒對他說。

我花了大約一星期的時間，才找到能與霍布森老師好好交談的機會。在那段期間，我與爸爸完全零互動。我早已不記得我們父女倆曾連續兩晚沒有一起看電影是什麼時候的事，這讓我有點心煩意亂，也破壞了我正面思考的情緒。

這天我過得很不順，一整天情緒都很緊繃，擔心自己又會出糗或者被唐娜羞辱，所以我決定躲進廁所，等大多數的同學都已經放學離開才走出來——如此一來，我在別人面前再次丟臉的機會比較小。但是當我準備走出校門時，霍布森老師突然大步走到我身旁，他看起來精神奕奕。

我很羨慕他精力充沛的模樣，希望能夠從他身上吸收一點元氣，讓這種力量也在我的體內燃燒。他的笑容感染了我，相信他自己也明白這一點。

「這就是我想看見的——妳臉上展露笑容。」

「老師，您覺得我很少笑嗎？」

「不僅僅是妳，考試快到了，我覺得每個人的臉色都很難看。」

我從來沒想過其他同學也會有煩惱，也有讓他們不開心的事。我只想著自己的問題，永無止境地兜圈子，思考應該如何與爸爸溝通，並且惦記著我的恐懼及其造成的後果，因此腦子裡根本容不下其他事。除非我找到傾訴的對象，把這些全部說出來，否則我不知道如何改變。

「妳最近有什麼新鮮事嗎？」霍布森老師顯然等我開口等得不耐煩。

「呃，您知道，沒有什麼值得分享的事。」

「最近有沒有看什麼好電影呢？」

「有。」

他明白我的意思，他一定懂。

「什麼電影呢？」

「我想您知道是哪些電影。」

「好吧，很高興妳喜歡那兩部影片。它們絕對是我最愛的電影。」

當我試著說出「謝謝您」好讓他明白這一切對我多麼重要時，我突然羞紅了臉，因此最後沒有將感謝的話語說出口。相反的，我問了一個愚蠢的問題。

「您為什麼要把那兩張DVD藏進我的書包裡？為什麼不直接拿給我？」

「我覺得這麼做比較恰當。妳對周遭的一切都感到混亂，如果我直接拿給妳，妳可能會拒絕。再說，每個人偶爾都需要有一些小驚喜。」

「嗯，您說得沒錯。」我露出笑容。「這個小驚喜幫助我打起精神。大大地打起精神。」

「確實應該要有這種效果，畢竟它們可是現代經典佳作，兩部影片都是。」

我點點頭，突然不知道接下來應該說些什麼。霍布森老師也沒說話，因此有一小段時間十分尷尬。我想找話題來填補這段空白，好讓霍布森老師繼續對我說話，因為等我們聊完之後，我又得與爸爸度過一個無語相對的夜晚，而我還沒做好心理準備。

「妳今天要走小徑回家嗎？」

我望著連接「小徑」的馬路，所謂的「小徑」是一條水泥人行步道，沿著河邊一路通往我家。霍布森老師怎麼會知道我總是不自覺地選擇走小徑回家？我點點頭。

「妳介不介意我和妳一起走？」

「呃……不介意。我的意思是，好。」

我們過了馬路，沉默不語地走向小徑。我的心一直狂跳，直到我們來到河邊。

「我喜歡小鎮的這一頭。」霍布森老師說，但是聽起來彷彿在自言自語。「這裡總是提醒我，我們距離海邊並不遠。」

「嗯。」我看著河水，以及漂浮在河邊的淤泥和垃圾。「可惜不太美觀，對不對？」

「這裡是北方威尼斯！」他露齒一笑。「可是我很喜歡。我以前不曾真正住過海邊，所以感覺很新鮮。」

我點點頭，試著表現出對他的話感興趣，而且不顯得愚蠢。

「黛西，妳呢？妳從小就住在這裡嗎？」

「嗯。我無法想像住在別的地方。我爸爸是在這個地方出生的，所以我也別無選擇，順理成章地住在這裡。」

「那麼妳的母親呢？她也是本地人嗎？」

這個問題聽起來沒有特別的意思，所以我允許自己回答。

「不，她年輕時住過很多地方，我外公因為工作的緣故經常搬家。」

「我也一樣。」霍布森老師嘆了一口氣。「這會讓人想要找個好地方定居下來。妳母親是不是也有同樣的想法？」

我咬咬嘴唇，不知道該如何回答。我不曉得自己可以提到哪些事情，而不觸及我不想談的話題。

「嗯，也許吧。」

我屏息等待霍布森老師做出回應，希望他能夠改聊其他話題。

「妳父親從事哪一行？」

「他是出版社的業務代表。」這個話題不錯，很安全，讓我鬆了一口氣。「從我出生以來，他都沒換過工作。」

「所以他很喜歡閱讀囉？」

「大概吧，他確實讀了不少書，不過他更喜歡看電影。」

「可想而知。妳喜歡看電影，肯定是遺傳自妳父親，對不對？」

「對。」能夠愉快地進行三十秒鐘的對話，感覺真的很好。可惜的是，這段愉快的對話因為下一個問題而崩解。

「那麼妳母親呢？她也上班嗎？」

我已經不記得上一次有人提到我媽是什麼時候的事，因為大家都知道她已經去世，所以不會有人在我面前談到她。不過，霍布森老師並不知情。

我不確定自己的表情看起來如何，但我想一定很可怕，因為他沒有繼續追問下去。

「黛西？妳還好嗎？」

我把垂落的髮絲撥到耳後，深深吸一口氣，讓自己堅強起來。

「我沒事。只是……呃，我們……我媽已經過世了。」

說出這句話對我而言無法改善任何情況，也沒有一絲幫助，因為這句話只是鋪設出一條路，讓大家知悉我對我媽做了什麼。只要再問幾個問題，別人就會知道我媽的死全是我的錯。

「噢，天啊，我不知道。真抱歉，我不該問妳這個問題。」

我試著不讓自己情緒失控，默默告訴自己這沒什麼大不了。

「沒關係，您當然不知道，因為她已經過世很久了。」

我們沉默地繼續走了一小段路，從跨越河流的橋下走過，時間又過了幾分鐘。在這段時間，我腦子裡思考著新的話題，只要不再談論媽媽過世的事情都可以。

偏偏在這種情況下，我通常都想不出什麼新話題，甚至想不到一部大家都喜歡的電影或一位大家都喜愛的演員來讓我們討論。

時間一分一秒過去，我陷入沉思，因此霍布森老師又開口說話時，我沒有察覺到他在說什麼。

「我很討厭那種關於時間的假設。」

「什麼？」

「有人說，時間可以讓人淡忘死亡帶來的憂傷，這種說法對我而言根本不成立，起碼我始終無法淡忘我母親過世的傷痛。」

我看了他一眼，想知道自己有沒有聽錯。

我反覆思索著他剛剛說的這句話，以確認我聽見的意思。

他是不是說他媽媽也過世了？如果他說的是事實，為什麼要過了幾分鐘之後才說？為什麼我說完之後他不馬上說出來，害我們陷入尷尬的沉默？

我偷偷看他一眼，試圖弄清楚這是不是他結束對話的方式，或者是為了讓我好過一些才隨口編出的謊言。

然而他的表情和我一樣。他沒有哭，也沒有像一些演技不好的肥皂劇演員那樣硬擠眼淚，可是我看得出他很難過。他的眼睛告訴我，他說的話都是真的。這種領悟將我心中的恐懼逼了出來，迫使我趕緊深呼吸，努力控制自己的情緒。

我們之間再度陷入沉默，除了腳底下傳來的碎石聲，以及希望在我頭頂上盤旋的聲響。

我衷心希望，我終於找到一個能了解我的人。

10

我以前不曾思考過獨自從學校回家這件事。對我來說，這只不過是花半個小時的時間，從A地走到B地，心裡想著當天晚上要看哪部電影，或者牽掛著讓我心煩的事情。

我以前看其他同學回家時成群結隊地奔跑、興奮地分享當天發生的新鮮事，心裡都不曾有過一絲羨慕，也不希望自己成為他們的一員，直到我第一次與霍布森老師一起走路回家。從那天晚上開始，我就一直希望有人陪我走路回家，陪我一起談天說笑，讓我展露笑顏。而且這個人必須是霍布森老師。

霍布森老師並不會在每天放學的時候出現，在他缺席的日子，我就獨自踩著沉重且緩慢的腳步回家，並且每隔一分鐘就回頭張望，期望他以小跑步的方式追上來。有時候他真的會，但有時候不會。我甚至在走出校門之後刻意放慢腳步，給他充裕的時間收拾東西，以便增加「偶然」遇見他的機會。這麼做對我來說非常重要，因為能不能遇見他，會影響我當晚的心情。

我們不見得一路上都會暢談，呃，可是當然一定會聊聊電影。他對電影的品味很怪，總是滔滔不絕地談論一些我沒聽過的藝術電影導演。我打斷他的話，並表示如果他喜歡浪漫喜劇片，就不可能喜歡藝術電影。但是他對於自己的電影品味相當自豪，每次被我打斷時總會面帶笑容反駁我。

我們總是走一會兒然後聊一會兒，有時候還會在河邊的長椅坐下來聊。這張長椅正好在整條河最難看的地點，旁邊有淤泥和一台擱淺的手推車。可是沒關係，因為除了我的感覺，霍布森老師帶給我的感受，其他事物都已經被我拋在腦後。

那是什麼樣的感受呢？

呃，就是一種非常不一樣的感受。

既不老套也不戲劇化。

有霍布森老師相伴的半小時，讓我免於在一天剩餘的時間裡往下沉淪，也讓我不必苦惱當我推開家門時爸爸會說什麼或者不說什麼。霍布森老師讓我覺得自己是有價值的，讓我覺得自己所說的話具有分量，而且這種感覺很棒。

「昨晚我算了一下，這所學校是我教過的第十五間學校。」霍布森老師嘆了一口氣，在長椅上坐下。

「您教書多久了？」

「好幾年了。」

「為什麼要經常換學校？您不是說您寧願選一個地方好好待著，以便深入了解那個地方？」

「我沒有動力。」他回答。「自從我母親過世之後，我就沒有這種念頭了。不停搬遷比較適合我。新的環境代表新的挑戰，可以幫助我不再一天到晚想著她，也幫助我不會那麼想哭。」

他這句話有如當頭棒喝，至少他還知道自己在思念誰，我卻沒有那麼幸運。我多希望自己可以與媽媽相處一、兩年。一想到這裡，我的恐懼感又開始蠢蠢欲動。

「不過，這個地方感覺很不一樣，這裡比其他地方好。」

「為什麼？」

「我也說不上來。」他說。「雖然我曾經在資源更豐富、學生更聰明的地方教過書，但是妳知道嗎？妳的學校讓我特別有感覺。」

他注視著我，讓我不由自主地點點頭，儘管我不明白他的意思。我不懂這個地方為什麼能夠吸引任何人，可是我不禁希望自己就是吸引他的原因。我的恐懼感嘲笑我竟然會有這種念頭，讓我的皮膚因尷尬而隱隱刺痛。

「那麼，您會在這裡待一段時間嗎？」

我話一說完就立刻感到不好意思，希望自己沒有表現得太明顯。

「嗯，我想是吧。艾蒂森老師短期之內不會回來，所以我會帶你們一陣子。」

「唐娜一定會很高興。」

「妳和她之間是不是有什麼事？」他問。「妳們吵架了嗎？」

「我們從來都不是朋友。」

「可是我知道她上課時都靠妳幫忙，她顯然很欽佩妳。」

「您在開玩笑吧？」

「總之，她顯然認為妳都知道答案。」霍布森老師突然停頓了一下，因為他察覺到討論唐娜讓我緊張。

「黛西，妳蹺課是因為唐娜嗎？」

「不是。」我說謊了。我握緊拳頭然後又鬆開，以免自己失態。

「如果唐娜是導致妳蹺課的人，妳應該解決這個問題，或者我們一起解決。妳不能讓別人妨礙妳進步，只因為他們自己對學習不感興趣。」

「沒關係。」

我發現自己的聲音越來越小，心跳越來越快。我不喜歡被人追問問題，也不喜歡失去主導權。然而我的恐懼感喜歡這種狀況，它趁著我情緒崩潰時緊抓著我不放。

「當然有關係。妳必須解決這件事。找唐娜談一談，把問題釐清。或者交給我們，由我們替妳解決。」

「您知道唐娜是什麼樣的人，不是嗎？」

「我待過的每一所學校都有唐娜這種人，或者說，各式各樣的唐娜。妳不能怕她，真的不能，因為不值得。黛西，妳應該不怕唐娜，對不對？」

這個問題一點也不難，甚至不是一個深奧的問題。然而基於某種原因，他必須問這個問題。他說得沒錯，我一點也不怕唐娜，可是我害怕其他事。突然之間，我覺得自己非常厭惡這種感覺。

一種悲傷的嘆息湧進我的喉嚨，而且令我驚訝的是，當我將它吐出時，我的淚水也跟著流下來。

我真蠢，我怎麼可以如此脆弱？

霍布森老師看見我的眼淚，但是沒有露出驚訝的表情，只投以同情的眼光。他一定認為我很軟弱。

他轉身面對我，將左腿坐在身子下。

「怎麼了？」

「沒什麼。我只是有點累。我受夠了這一切。」

「黛西，妳所謂的一切是指什麼？什麼事情讓妳不開心？」

我搖搖頭，深深嘆了一口氣，想辦法讓自己平靜下來。我發現自己的心跳正不斷加速。

「別擔心，妳可以對我說，真的可以。無論妳有什麼事，我可以向妳保證，問題絕對不會像妳想的那麼嚴重，絕對不會。」

「我不能告訴您。」

「那麼妳必須告訴其他人，妳不可以獨自承受這種壓力。希望獨自承受壓力是不公平的，假如妳不能告訴我，那麼就告訴妳父親，請他幫助妳。或許他可以來學校一趟，與唐娜的父母談一談，由他們來解決。如果妳願意的話，我可以找妳父親談談這件事。」

「我很感謝您的好意，可是這麼做沒有任何意義。我爸爸不是……他不是擅長表達的人，如果您找他談，他可能會感到不自在。」

「可是他是妳的父親。」霍布森老師的口氣聽起來有點驚訝，我猜他好像不太高興。「如果妳因為某件事而困擾，他應該會想要知道，不是嗎？」

「他自己也有很多煩惱。總而言之，有些事情他無能為力，因為他不是那種個性的人。」

「妳能不能和他聊聊妳母親的事呢？」

我緊繃的情緒，在聽見這句話的時候再也控制不住了。對霍布森老師而言，事情非常簡單。我只需要和爸爸談一談，問題就能解決。事情確實就是這麼簡單，可惜我做不到。

「不，霍布森老師，沒有辦法。我很想找他談，而且我也試過了，但是沒有辦法，太困難了。」

「為什麼困難？他是妳的父親，他也一定很想念妳母親。」

「反正就是這樣。」我痛苦地說。「我不知道他對這件事有什麼看法，因為我媽是我們家無法觸碰的話題。我對我媽的了解，都是我逼爸爸說的。他完全不想談論媽媽的事，我看得出來。至於其他資訊，呃——」我很想說出我發現的那份診斷報告書——「我必須靠自己挖掘。」

霍布森老師感傷地對我一笑，並將手輕輕放在我的肩膀上。我感到一股電流傳來，就和他上次觸碰我的時候一樣。

「妳和妳父親一定都很難受。相信我，我懂。」

「您沒有看過他注視我的眼神。每當他凝望著我，表情都非常哀傷，彷彿他看見的人是我媽媽，因而讓他一次又一次心碎，所以我覺得他討厭我。」

最後這句話從我的嘴裡說出時，我感到身體裡有一股壓力被釋放出來。這句話讓我感到一陣暈眩，因而倒進霍布森老師的懷中。我將額頭倚在他的胸前，讓可笑的淚水濡溼他的襯衫。

他的手放在我背上，輕輕擁抱著我，對著我耳語。

「妳這麼想實在太偏激了。他怎麼可能恨妳？妳是他的寶貝女兒，是他的全世界，他怎麼可能恨妳？」

我將頭深深埋進霍布森老師的胸膛，力道之猛讓我有點擔心自己會撞倒他。這是最後的機會了，是我能停止一切繼續的時機，然而我很想說出心裡的話。霍布森老師可能會聽不清楚我說什麼，而且就算他聽清楚了，也無法馬上推開我。

「因為我從他身邊奪走了媽媽，是我的錯，是我殺死了媽媽，全都是我的錯。」

這些話語在霍布森老師胸膛和我臉頰之間迴盪，接下來的短暫靜默讓我一度懷疑這些話語是不是正慢慢滲入他的肌膚，進入他的大腦。

我說出來了，我終於大聲說出心中最深的恐懼。這件事一直困擾著我，感覺就像糾纏了我一輩子，而現在已經覆水難收。我說出來了，我必須承受後果。

我的眼淚奪眶而出時，我移動一下肩膀，準備讓霍布森老師嫌惡地將我推開。

可是他沒這麼做。事實上，他根本沒動，只是在我耳邊輕聲細語，告訴我沒關係，他明白我的感覺。而且，配合著他安慰我的話語，他的上半身開始微微擺動，帶領著我身體一起輕搖，宛如我是他懷中的小寶寶。

我感到困惑，我想霍布森老師一定沒聽清楚我剛才說的話，或者不明白我說什麼。我告訴他我殺了自己的媽媽，他卻在我耳邊輕聲細語安慰我。在我動怒之前，我必須把話說明白。

我往後退開，企圖掙脫霍布森老師的懷抱，迫使他看著我的眼睛。

「您沒有聽見我說的話嗎？」我對著他大喊。「我剛才說，我殺了我媽。」

「我聽見了。」他回答，並且伸出左手撫摸我的頭髮，目光始終沒有離開我的雙眼。「可是我不相信。」

「您必須相信。」我激動地說。「這幾個月來，我一直很想把這件事告訴別人。我發現了醫院的診斷報告書，上面寫得很清楚，我可以拿給您看，您必須相信我！」

「沒關係，黛西，我聽見妳說的話了。我不需要閱讀任何診斷報告就能分辨真假。我知道妳沒有殺死妳的母親，妳絕對沒有。」

我覺得自己情緒緊繃，怒火上升，很想立刻痛揍霍布森老師一頓，就像我想痛揍唐娜一樣。可是他沒有察覺，依然一次又一次地告訴我：「妳沒有殺死妳的母親。」

我不知道聽他重複了多少遍，也許五遍，也許五十遍，到最後我無法繼續聽下去，因為我必須讓他弄清楚一切。

「您是不是以為自己很了解我？您以為自己可以輕鬆地坐在這裡，告訴我我沒有做我說的那件事？可是您對我根本一無所知，不是嗎？您不知道我幾歲的時候做出那件事，也不知道我是怎麼做的。您什麼都不知道！」

不過，無論我說什麼，他都沒有動怒或放開我。他以同樣的表情看著我，以同樣的溫柔抱著我，用同樣的手撫摸我的頭髮。

我只剩下一件事可做，我可以朝他發射一顆子彈，以證明他的無知。我不假思索地掙脫他的懷抱，將我右手臂的衣袖捲起來，露出我的手肘。

「您看到了嗎？」我非常憤怒，即便看見自己滿是割痕的手臂也不覺得畏怯。「這也是我做的，您看到了嗎？怎麼樣？您看清楚了嗎？」

他點點頭，表情從頭到尾都沒改變過。

「是的，我看見了。」

「很好，所以請不要說我沒有能力傷害別人。如果我有能力傷害自己，您怎麼知道我沒有能力傷害別人？」

「沒關係。」他說，並且輕輕拉下我的衣袖。我原本想躲開，然而不知道什麼原因，雖然他沒有用力，我還是乖乖讓他完成動作。他扣好我袖口的鈕釦，然後緊緊握住我的手。

起初我掙扎了一下，可是沒用，接著我的憤怒消失了，淚水再度湧出。我開始放聲大哭，哭泣聲比小河的水流聲還要宏亮。

霍布森老師繼續以平靜的聲音安撫我，他的聲音變成一種配合我哭聲的節奏，聽起來非常平緩，最後慢慢地讓我放鬆情緒。

我的頭很痛，因為哭得太用力，也因為向霍布森老師坦白說出一切。而且我無法理解，為什麼他能夠平心靜氣地接受這些事。

接下來發生的事情讓我更難以理解。霍布森老師慢慢鬆開我，為我擦去眼淚，然後小心翼翼地靠過來，親吻了我的嘴唇。

11

電影中有一些很棒的接吻鏡頭是在出其不意的時刻發生。相信我，因為我看過很多電影，所以我知道。我看過能夠點亮滿天煙火、能夠打開天堂之門、能夠使百花綻放的接吻畫面，就在兩人嘴唇接觸的那一瞬間。

然而霍布森老師親吻我的時候，沒有出現這些浪漫的景象，即便這幾個星期以來我經常想像與他接吻會是什麼感覺，畢竟他是最懂我的人，是我可以相信並且傾訴心中祕密的對象。

那一瞬間，我感到很溫暖，也因為覺得自己值得被愛而鬆了一口氣，然而這些感受立刻被一種奇怪的念頭取代。

他的名字。

我還不知道他叫什麼名字。

我只知道他姓霍布森，或者說，我只知道他是霍布森老師。

想到這一點的驚嚇，把我拉回到現實。

我親吻過的每個男生，我不僅知道他們的名字，也知道他們在親我之前與誰交往過。我認識他們的兄弟姊妹，甚至有些人是我從五歲開始就認識的朋友，我們在小學體育課時曾在彼此面前換運動服。

可是眼前的這個男人，我只知道他是我的老師，至少比我年長十歲，還有他的媽媽已經過世了。

除此之外，什麼都不知道。
然而這些問題似乎沒有困擾他，他的雙手依然放在我的背上和脖子上，將我緊緊摟向他。
他的舉動讓我覺得太親密了。
我的想法很荒謬，因為接吻時本來就應該親密。
可是我突然覺得他的嘴唇不再柔軟，雙手也不再溫柔。
他的鬍碴摩擦著我的下巴，動作也與我這個年紀的男生天差地別，感覺很陌生。雖然很舒服，但似乎一切都不對勁。
我想要與他的嘴分開，並且開口說幾句話，可是不知道該說什麼。而且他的手很有力，右手從我的頭髮一路滑到頸背。
我努力將雙手擠到他胸前，設法將我們隔出一個小小的空間，然後把頭向後仰。這時我突然聞到他嘴裡有一種腐臭味。
當我的嘴唇離開他的嘴時，他睜開了眼睛。
「怎麼了？」他輕聲地問，臉上帶著困惑的表情，讓我也跟著感到迷惘，懷疑自己是否想太多。
然而，當他的嘴再度強行貼在我的嘴唇上時，那種不對勁的感覺又出現了。
「老師，不要這樣。」我說出這句話，讓他嚥了一下口水，彷彿在他想聽清楚之後吞下這幾個字。
他再次靠過來的時候，我趕緊撇開頭，用臉頰與脖子對著他，不願意讓他碰到我的嘴唇。
「請不要這樣。」
「怎麼了？」他小聲問我，他的語氣讓我怒火上升。

「沒什麼，我也不知道。」我不明白自己為什麼這樣回答，因為明明就有什麼，但我當下想到的問題只有我還不知道他的名字。

「沒事就好。這裡沒有人，讓我好好安慰妳。妳希望我安慰妳，對不對？所以我們才會到這裡聊天。」

他說得沒錯，我希望被別人安慰。

可是我不希望在這樣的情況下，也不希望在這裡，更不希望由他來安慰我。

我只希望我爸爸安慰我。最近我一直躲著爸爸，與爸爸變得好疏離。

當霍布森老師拉著我走向長椅，我覺得自己只想退開。隨著他的力氣不斷增強，我開始感到恐慌。

他環顧四周，臉上原本平靜的表情似乎已經被一種瘋狂所取代。他想確認有沒有人會看見我們。

他的右手從我的肩膀滑到我的手臂，試著操控我的行動。當他的手壓在我的傷疤上時，我有一種奇怪的感覺。

我幾乎不曾感到疼痛，只覺得有一股電流刺激著我，讓我意識到自己必須馬上擺脫霍布森老師。於是我再次試著把手擠到我們之間，設法隔出一些空間。可是霍布森老師的力氣比我大，呼吸也比我急促。

當我驚覺自己陷入了什麼樣的困境時，心裡開始害怕。我第一個反應是痛罵自己一頓，責備自己為什麼要和他單獨來到這個地方。

可是我的思緒馬上反駁我——

這是妳想要的，不是嗎？妳希望某件事情發生，等到真的發生之後又抱怨。現在已經來不及了！妳活該！妳只能怪妳自己。

沒錯，發生這種事全是我自找的。

我不該在學校外面等他，或者在第一次時讓他陪我走小徑回家。他此刻在這裡，是因為我希望他這麼做。不是別人的錯，一切都是我自找的。

然而責備自己並無法使我離開他，或者安全回到家。如果我打算甩掉他並且平安回家，我必須保持冷靜。

我轉頭往左邊看，伸長脖子望向我們走來的那條小徑，希望這時候會有遛狗的人或慢跑的人經過，隨便什麼人都行。可是一個人都沒有，完全沒有。

我很緊張，想要放聲尖叫，但突然想到他並不知道附近沒人，因為他一心想親我，並且拉著我往後走，所以不太可能留意周遭的動態。

這一點讓我燃起希望，於是我大大吸一口氣，在他耳邊大喊一聲：「有人在看我們，一個騎腳踏車的人！」

霍布森老師嚇了一跳，立刻轉身，轉了三百六十度，想尋找我說的腳踏車騎士。

等到他確定附近沒有別人，耳鳴也逐漸消散時，我已經從他懷中掙脫，跌跌撞撞地向回家的方向跑去。

一開始我相當自豪，以為這樣就可以擺脫他，讓他嚇得往反方向逃走，沒想到他竟然追上來，並且攔住我。

「黛西！」他大喊，語氣中充滿絕望和驚訝。「黛西！怎麼回事？妳要去哪裡？」

我不懂他為什麼一臉困惑，難道他不明白剛才發生的一切是不對的嗎？

「拜託，老師，我得走了，我必須回家了。」

「妳必須先停下來，穩住自己的情緒，這才是妳現在要做的事。」

他在接吻之前的鎮靜取代了急促的呼吸，然而，他額頭上的汗水顯示他此刻很緊張。

「穩住自己的情緒是什麼意思？發生這種事情，我當然無法穩住自己的情緒，我怎麼可能在發生這種事情之後還能穩住情緒？」

他舉起雙手，半開玩笑地表示投降，可是他看著我的表情十分嚴肅，不帶一絲情感。

「我知道妳嚇了一跳，我原本沒有打算這麼做。妳知道，我沒有這種習慣。」

他這句話讓我產生新的懷疑。在他說出這句話之前，我根本沒有想過他以前曾對其他人做過類似的事，但如今這種可怕的疑慮已經播下種子，並且開始生根。

這種事情以前發生過幾次？

他說他教過幾所學校？

他是不是在每間學校都做過這種事？

我眼中肯定透露出驚懼之色，因為他馬上就發現不對勁，隨之裝出受害者的表情。

「黛西，拜託，拜託！我還是我，我是這幾個星期一直和妳聊天的同一個人。我以為我是妳最近唯一可以聊天的對象。」

他對著我投以苦苦哀求的眼神，不過終於停止朝著我走近。

「如果這個吻讓妳受了驚嚇，我很抱歉，我不知道自己為什麼會這麼做，但事情就是這樣發生了。我以為這是妳想要的，妳希望我這麼做。而且妳確實希望我這麼做，對不對？我並沒有會錯意吧？」

我的腦子裡擠滿各種想法，以致無法專心思考。他確實是我最近唯一可以聊天的對象，而且我確實想過與他接吻，現在事情真的發生了，我卻覺得一切都不對勁。

我試著回想自己在他傾身靠近我之前到底說了什麼，可是我已經想不起確切的內容。我什麼都想不起來，只擔心是自己要求他這麼做的。

「黛西，怎麼了？妳在想什麼？妳可以對我說。」

我發出一種緊張害怕又困惑的笑聲，說：「我甚至不知道你叫什麼名字。」

這個回答聽起來很爛、很幼稚，宛如一個未成年的孩子跑去夜店玩，第一次與陌生人互動。他環顧四周，彷彿說出他的名字比他剛才做的事更危險。

「我叫湯姆。」他說。「呃，我叫湯瑪斯，但大家都叫我湯姆。」

我們英語課班上有一個叫湯米的男生，就是霍布森老師教的那個班級。湯米比我小三個月，我知道他的生日，因為去年他生日當天和我接吻了。

回想起這件事讓我吃驚，因為我驚覺這一切全是我的錯。我應該要喜歡像湯米．格蘭特或是羅伯．史迪恩那樣的男孩子，想著如何與他們互動，而不是跟著一個男老師走到陰暗的小徑。我怎麼會做出這種事？而且還讓對方認為這是我想要的？

我望向霍布森老師後方，看見左彎之後就能回到大馬路的那條小徑，可以通往我家，讓我回去找爸爸。此刻的我只想趕快回家，關上門，躲在媽媽的那扇可以透光的小窗後，直到這一切完全消失。

「妳聽見我說的話了嗎？我說我叫湯姆。」霍布森老師的臉上依舊掛著笑容，可是嘴角逐漸失去笑意，也失去了希望，因為他開始害怕。

「黛西？妳還好嗎？妳又不理我了……」

「不，我沒事，我很好。只是……時間已經晚了。我該回家了，我爸在等我。」

我一提到爸爸，霍布森老師臉上的笑容就消失了。當我試圖往回家的路上走去時，他立刻伸手拉住我。

「不行，妳不能走。」這聽起來是命令，不是請求。霍布森老師的語氣似乎也嚇到自己，於是他趕緊再次露出笑容。「除非我們先解決這裡的問題，好嗎？」

「解決這裡的什麼問題？這裡沒有問題，一切都很好，老師，我說真的。這是我的錯，我不該說那麼多話。」

「這個就是問題所在，對不對？」霍布森老師的聲音有點慌張，拉著我的手也變得用力了。「剛才發生的事……呃，只有妳我能夠知道。要是讓別人發現，呃……我就會惹上大麻煩。」

我發現自己陷入困境，眼角忍不住流出淚水。

「老師，我不會告訴任何人。」我哭著說。「我向您保證。我怎麼可能告訴別人？您是為了陪我才到這裡來的，不是嗎？」

「我知道妳不會告訴別人，而且我當然是為了陪妳才到這裡來。」他空著的那隻手拚命搔著自己的頭髮，力道與抓住我的那隻手一樣強。「可是，妳看看妳自己，妳現在很不開心，天知道妳在不開心的時候會對妳父親說些什麼？這樣太冒險了，黛西，實在太冒險了。不僅對我有風險，對妳來說也一樣。」

「您是什麼意思？」眼淚從我的臉頰滑落，聚集在我的嘴邊。我現在非常無助，害怕他所提出的威脅。

「少來了，黛西，妳一定明白我的意思。如果妳告訴任何人今天發生的事，警察就會來找我。警方會希望知悉妳的每一件事，以及妳為什麼花這麼多時間與我獨處。他們會繼續往下查，發現妳蹺課的事，因為我必須讓他們知道。然後他們會去找妳父親，妳知道，如果孩子逃學，父母會因此被告，甚至坐牢。妳應該不希望這種事情發生，對不對？我們都不希望這種事情發生。」

當我試圖甩開他的手時，忍不住一直啜泣。

「您不會告訴警察吧？對不對？關於我蹺課的事？」各種可怕的念頭在我腦子裡橫衝直撞。「他們會找社工人員來，他們會強迫我離開我爸爸！」

霍布森老師抓住我這個弱點，並且朝我這邊靠近。「這就是我們必須保持沉默的原因，黛西。」他壓低聲音，可是依舊緊緊拉著我的手。「只要我們什麼都不說，我們就會很安全。我們都不會承受任何壓力，也不會讓事情變得無法收拾。妳明白嗎？」

我點點頭，因為我實在太害怕了，根本做什麼都無能為力，所以不敢有其他反應。我感覺他微微鬆開手，但是我不敢掙脫他，暫時還不敢。

「黛西，沒事的，真的不會有事。所有的一切都會隨著時間消逝。」

我再次點點頭，並且在設法讓自己冷靜下來時擦掉眼淚，希望他會把這個動作視為放我走的時機。

「如果妳心裡還有疑問，依舊可以找我談談。現在我已經知道妳的心事了，我可以提供妳幫助，對不對？」

他拿出手帕，塞進我的手裡，可是他依然緊緊拉著手帕另一端，臉上帶著笑意。最後他手指一扭，終於放開手帕，留下錯愕不已的我。我迫切想搞清楚發生了什麼事，以及我應該如何處理。

12

熱水沖激在我的手臂上，傷口發出隱隱刺痛。我咬著嘴唇，將頭靠在淋浴間的玻璃上，等待疼痛慢慢消退。

我手中緊握霍布森老師的手帕，看著自己的拳頭逐漸變紅。昨天晚上，我盯著這條手帕看了好幾個小時。當我回到家時，發現家裡沒有人在，不確定自己究竟是什麼樣的心情：我是否因為不需要向爸爸解釋自己的狼狽樣而鬆一口氣，還是因為必須獨自等待恐懼降臨而害怕。

當然，恐懼確實又出現了。將無可避免的事情往後推延似乎沒有任何意義，因此我別無選擇。

昨晚我憤怒地面對恐懼，怒氣迫使我更用力地傷害自己，因為我覺得唯有將傷口割得更深，才能把我從迷失的恐慌深處中拉回來。

一如既往，這麼做很有效。

然而這麼做必須付出代價，因為鮮血拒絕凝固，不斷滲出我用來壓住傷口的紗布。我不知道血會流多久，但是已經久到讓我別無選擇，只能拿霍布森老師的手帕當成我最後一道防線。

我的心停止狂跳之後，房間裡就變得安靜無聲，讓我不斷萌生更多的自我懷疑和自我指責。在河邊發生的一切都是我的錯，而且我因為逃學拖累爸爸，讓他與我的未來陷入危機。我努力思索答案和解決方法，偏偏腦子裡只剩一種想法不斷重複出現。

一切都搞砸了，完全失控了，全都是我的錯。

當我在不知不覺中昏睡過去時，太陽悄悄下山了。夜晚天氣悶熱，讓我半夢半醒。事實上，由於我翻身時一直壓到手臂上的傷口，讓我更難入睡。劇烈的刺痛使我不斷醒來，次數多到超出我的容忍限度。

爸爸沒來叫醒我，證明他一定還在生我的氣。

我淋浴完走出浴室時，聽見大門關上及爸爸駕車離開的聲音，心裡感到一陣失落，因為我又錯失一次和他把話說清楚的機會，而且此時此刻我最需要他的陪伴。

我走到衣櫥前，卻發現我所有的長袖襯衫都拿去洗了，於是我打算躲回床上，在一天開始之際就宣告放棄。事實上，如果我的手機沒有突然發出聲響，我一定會這麼做。

是爸爸傳來的簡訊，讓我相當驚訝。他從不曾傳簡訊給我，可是他的簡訊比較像信件，而非簡訊。

內容很長，因此被分成兩則。

很抱歉在今天這個特別的日子沒有叫妳起床，因為我們即將共度一段午後時光。妳不必擔心學校那邊，我已經打電話去替妳請假了。上午十一點半在格拉夫頓街和我碰面，我很期待與妳共度美好的下午，希望我們可以好好談一談。黛西，爸爸很愛妳。

我花了幾秒鐘才弄清楚他說今天這個特別的日子是什麼意思。我在日曆上看見今天的日期，心中大呼不妙：七月三日。

今天是媽媽的生日

我發誓，這個驚嚇讓我的手臂再度開始滲血，也讓我頭暈目眩。

我怎麼可以忘記媽媽的生日？

我從來沒忘記過這個日子，它就像我自己的生日，牢牢地刻在我的腦子裡。

爸爸和我有個慣例，有點像我們家的傳統，那就是在這天買禮物送給彼此，除了互相打氣之外，也讓我們紀念她。

我祈禱爸爸和我一樣忘了今天是媽媽的生日，因為如果不是這樣，他肯定是故意不提醒我，當成對我的懲罰。

我將一張衛生紙壓在滲血的傷口上，小心翼翼將手臂伸進睡袍裡，然後走到廚房。

餐桌上擺著一個包裝精美的禮物，上面有我的名字。

我的第一反應是把這份禮物丟到牆上，向爸爸證明我不配接受它，但是又擔心這麼做會讓他更加沮喪，因此不敢動手。

於是我打消念頭，先拿下爸爸寫給我的卡片（「我想妳可以換一個新的了，繼續追求妳的夢想」），然後才撕開包裝紙。

這個禮物是一台數位相機，幾個月前我曾經向他提過這個機型，這種機型除了拍照之外，還可以拍攝影片。

他知道我想要擁有這台數位相機，然後模仿我們這些年看過的那些電影，開始到處拍攝影片。

我原來的攝影機已經很舊了，是我們在拍賣網站上為了好玩而買的。可是爸爸為什麼要買這台數位相機給我呢？好吧，這表示他相信我，希望我成功，而且他知道哪些東西對我很重要。

我該如何回報他對我的信任？

我大吼大叫、說謊話，並且隱匿對他而言很重要的事，不讓他知道。

我擦去臉上的淚水，把相機放回餐桌，上樓回到我的房間。

我必須想辦法扭轉一切，從今天就開始。唯一的問題是，我該從什麼地方開始做起？

我穿爸爸的襯衫很不合身，可是我不在乎。如果我想在與爸爸碰面之前先去買送他的禮物，我沒有時間買件新衣服給自己。

我想在他的衣櫥裡找一件最舊、最柔軟的衣服，以減少摩擦我手臂上的傷口，最後找到這件老舊的藍色格子襯衫。

這件襯衫超大件。

我甚至可以在腰間繫上一條皮帶，把它當成洋裝來穿，但至少袖子可以遮住我全部的傷口，因為長度超過我的手臂。我將袖口緊緊抓在手中，奇怪的是，這件寬大的襯衫穿起來非常舒服。

雖然爸爸已經好幾個月沒穿過這件襯衫，上面還是有他的味道，他個人獨特的氣味。我在等公車時，忍不住將衣袖抬到鼻子旁，用力地嗅聞爸爸的味道。

我抵達市中心時，發現剩下的時間不多，我沒有機會好好替爸爸物色禮物，於是我直奔HMV唱片行的DVD販售區。平常我挑選他喜歡的電影總是輕而易舉，今天卻讓我感到無比恐慌。雖然我很清楚他已經收藏了哪些DVD，此時我卻完全無法做出決定，並懷疑起自己的記憶，導致我的額頭開始冒汗，心臟也撲通撲通地狂跳。最後，因為我擔心自己會在DVD販售區情緒崩潰，便立刻轉身跑出唱片行。

格拉夫頓街位於市中心另一頭，距離購物中心很遠，因此我踉踉蹌蹌朝著格拉夫頓街走去時，腦子有充分的時間思考新一波責備自己的批判。

我怎麼可以忘了媽媽的生日？

我怎麼可以讓這種事情發生？

我什麼都沒準備，爸爸一定很失望。而且當他看到我穿他的衣服時，不知道會說什麼。

偏執的念頭不斷湧進我大腦的每個角落，讓我汗如雨下，四肢痠痛。

我感到筋疲力竭，除了趕去格拉夫頓街之外，什麼都不想做。倘若我讓爸爸不高興，也只是證明我就是一個糟糕的女兒。

轉入格拉夫頓街之後，我屏住呼吸，謹慎地前後張望，直到確定爸爸的車不在視線範圍內。當我確定他還沒到時，才迅速彎下腰，用雙手撐著膝蓋，準備把全部的壓力一股腦兒吐出來。然而就在我的手剛放到膝蓋上時，一輛車在我身後按了喇叭，讓我嚇得立刻站直身子。

是爸爸，他的微笑隔著擋風玻璃閃閃發亮，比任何事物都令人充滿希望。

可惜的是，被喇叭聲驚嚇的我變得有點暴躁，讓我沒有選擇向爸爸道歉，反而走到他的車窗旁，開始對他惡言相向。

「您為什麼要這樣？爸爸，我被嚇了一大跳。您做事之前不能先考慮一下後果嗎？」

他的笑容僵住了，取而代之的是一張不高興的臉。我看得出來他的好心情蒸發了，我的憤怒也趕跑了自己的善意，徒留新滋長的羞恥感。

不過我還是沒有向他道歉並將雙手伸進車窗擁抱他，我只是默默上車，坐在後座。這是我做過最幼稚的行為。為什麼我不能像正常人一樣，先深呼吸以緩和自己的情緒，然後坐到副駕駛座上？

在目前的情況下，我實在無法做出像正常人一樣的舉動。而且我一旦越鑽牛角尖，就越難以回頭。

我們開著車經過一條條街道時，唯一的聲音是廣播電台的氣象播報員提醒大家一小時內會有陣雨來襲。我靜靜坐著，心中或多或少希望大雨能幫助我洗去所有煩擾。

13

停車感應器在保險桿逐漸貼近牆壁時發出刺耳聲響，聲音反彈到我身上不停地迴盪。

自從我上車之後，經過了非常難熬的五分鐘。雖然我想盡辦法，也無法讓時光倒流，讓我有機會向爸爸道歉，因此我只能像個壞脾氣的孩子，悶悶地坐在後座，感覺到爸爸不時從後視鏡偷看我，想知道自己的女兒到底怎麼回事。

爸爸把車停好之後，發現我穿著奇怪的衣服，因此再次開口，才讓我暴躁的脾氣和緩下來。

「我好久沒看過那件襯衫了。看起來……呃……嗯，妳穿起來比我穿好看，這是可以肯定的。」

我緊張地抓著布滿傷口的手臂，懷疑爸爸是不是看出了我穿這件襯衫的真正原因。

「嗯，不好意思，因為我忘了洗衣服。」

爛透了。我心中暗忖。這個藉口實在太爛了。

「不過，這件襯衫好像不太適合這種天氣，對不對？妳看，妳在冒汗。」他伸手想擦去我額頭上的汗水，可是我直覺擋開他的手，然後又因為自己突如其來的舉動扮了一個鬼臉。

「沒關係，我還好，不是因為襯衫的緣故，我早上醒來時就有一點發燒，如此而已。我猜，應該是因為期末考快到了的緣故，我最近太累了。」我從爸爸身旁退開，讓他明白不要再伸手觸碰我。

「黛西，我沒想到妳的衣服不夠穿。如果妳沒有足夠的衣服可換洗，我們隨時可以去買新衣服。」

一想到去買衣服時，我手臂上的血跡可能會沾到試穿的新衣服上，就讓我非常害怕。「不需要，我是說真的。」

「好吧，妳想買新衣服的時候儘管開口。天氣這麼熱，不需要穿這種厚重的衣服來折磨自己。」

他只說到這裡，但我能感覺他努力在尋找新的話題。

我們在街上漫步，而我始終低著頭，因為抬起頭實在太費力了。我不停流汗，因此既口渴又疲憊。

我們抵達目的地時，我才意識到自己真的非常累，因為我完全沒發現我們走到麗茲電影院了。

從停車場到麗茲電影院的這條路，我們不知走過多少次，每當麗茲電影院的霓虹燈映入我眼簾，我總是非常興奮。

但今天我只覺得害怕。

「我知道看電影的時候沒辦法聊天，但是等我們看完之後，我們可以聊任何妳想聊的事。妳知道，關於媽媽的事。」

我不知道應該說些什麼。而且，就算我知道如何回應，此刻的我只想躲起來。

「妳聽我說。」爸爸接著說。「我知道過去幾個星期家裡氣氛不太愉快，我也知道是因為我的緣故……」

我試圖打斷爸爸的話，然而對於一個不善表達自己感受的人而言，他突然變得毫無保留。

「是的，我一直無視妳的感受及妳想知道的事情，所以從今天開始，我決定做點改變。我知道自己必須改變，因為如果我再繼續無視妳的感受，對妳十分不公平。我非常抱歉，黛西，我真的非常抱歉。」

我聽爸爸說這些話，心裡十分難過，因為這不是他習慣的方式，而且我覺得他根本不需要道歉，畢竟我才是害他失去妻子的人，應該道歉的人是我。

我腦子裡想著這些話，正打算說出來，但爸爸又繼續開口。

「我知道今天的主角是媽媽，但就某種意義上而言也不算是，今天的主角其實是妳。無論妳希望什麼，或者妳想知道什麼，今天我都會給妳滿意的答覆。妳明白我的意思嗎？」

這些話語在我耳邊迴盪。我根本不配爸爸這樣對我。

「妳收到禮物了嗎？」他熱情地問。「我放在廚房的餐桌上。」

我點點頭，忍住羞愧的眼淚。

「妳喜歡嗎？那是妳想要的東西，對不對？」他的語氣幾乎像是在懇求我。一切明明都是我的錯，為什麼他還要如此努力地取悅我？

「我很喜歡，爸爸，但或許你應該拿去退掉。」

他一臉驚訝。「退掉？為什麼要拿去退掉？」

「因為今天不是我的生日，而且您一定花了不少錢。」

「不必擔心錢的問題，妳想要這台數位相機已經想了很久，如果它可以讓妳開心，無論花多少錢都值得。」

我勉強自己露出笑容，這肯定是我這輩子最愚蠢的笑容，但我不知道看起來是否真誠。

我們在電影院入口停下腳步，我查看時刻表，以確定我們要觀賞哪部電影，可是我發現這個時段沒有電影可看。

下午的第一場電影要等到兩點三十分才開始放映，因此我們還有兩個小時的空檔。

可是爸爸似乎不以為意，沒有離開的打算，反而走到電影院門前，以一種戲劇化的怪異姿勢打開門，讓我感到很不自在。

「怎麼了？」他發現我拖著腳步慢慢往前走。

「現在沒有電影可看，您不想先到附近逛逛嗎？」

我真的可以對爸爸說出一切嗎？關於醫院的診斷報告書、關於我手臂上的傷疤，還有我和霍布森老師發生的事？

「不，為什麼要去附近逛逛？我們要在這裡和一些老朋友共度幾個小時。」

我走到爸爸面前時，不自覺地停下腳步。有種奇怪的原因讓我緊張，使我沒有辦法走進電影院。

「進去吧。」他說，並且輕輕地推我的背。「還在等什麼？」

電影院的大廳空無一人，一片漆黑。那一瞬間，我突然覺得自己彷彿又回到河邊橋下的小徑，在我耳際說話的人是霍布森老師，而不是爸爸。

他又在我背後輕輕推我，要我繼續往裡面走，但我實在無法承受了。

「為什麼要這樣推我？我又不是牛……」我的聲音充滿憤怒和恐懼，讓爸爸嚇了一跳。

「啊，對不起。」他驚訝地睜大眼睛，立刻移開手。「呃，我只是覺得奇怪，妳以前總是迫不及待地走進電影院。」

「那是因為您以前從來沒有逼我走進沒有電影可看的電影院。這到底是怎麼回事？」此刻我已經滿頭大汗，並感覺到自己的心在狂跳，不斷朝我的大腦發送衝擊波。

「什麼事都沒有。不要緊張，相信我，好嗎？」

爸爸帶我穿越無人的大廳，走上樓梯抵達放映廳。我依然一頭霧水，因為他沒有先去買票，售票亭裡也沒有人在。他只是逕自打開放映廳的雙扇門，帶著我往裡面走。

放映廳裡沒有人，而且很暗，只有銀幕上亮著微弱的紅光。沒有背景音樂可以驅走這股陰森的感覺，讓我感到越來越不安。

爸爸牽起我的手，引導我走到前排座位。中間的座位旁擺了一張小桌子，桌上有兩個大大的馬克杯和一包富貴佐茶餅乾。

「請坐。」爸爸咧嘴一笑，露出黃白色的牙齒，讓我在座位坐下。

坦白說，我應該要慶幸可以坐下來，因為狂跳的心臟已經開始害我雙腿發軟。但我正處於恐懼邊緣，不知道該如何面對這種情況及周遭的人，尤其是爸爸。

「關於今天我們應該看哪部電影，我考慮了很久。」爸爸得意地說，顯然對於即將揭曉的答案相當自豪。「沒有任何一部新電影比得上它。事實上，我認為只有這部電影有資格在今天放映，所以我選擇了它。」

他抬起頭，對著放映廳後方的陰暗處揮揮手，然後在我身旁坐下，並將手伸向我的手。

「我很抱歉讓妳失望。」爸爸輕聲地說。我不明白他為什麼這麼說，畢竟他為了我包下整間電影院。「我希望透過這部電影讓妳知道，我是真心希望能修復我們的關係。」

我還來不及回應，最後一盞燈就熄滅了，緊接著是刺耳的號角聲伴隨電影公司商標出現在銀幕上。當我看見電影片頭時，就知道了爸爸為我安排了哪部電影，但這種全然的善意足以讓恐懼將我吞噬。

14

我喜歡的電影非常多，但是讓我隨時想要重看的只有一部，那就是《刺激1995》。

起初，我認為整件事都不合理：空無一人的電影院、桌上的茶與餅乾，以及除了使用DVD播放器之外沒有辦法觀賞的最佳電影。但爸爸看出我的疑惑，向我說明了一切。

「我一直很想這麼做：包下整家電影院，讓我們父女倆好好看一場電影。但我覺得如果真的要這麼做，就一定得選一部最適合的電影，因此我請麗茲電影院的經理幫忙，他替我找到了這部影片，從美國運過來。雖然花了不少錢，可是很值得，對不對？」

我聽見爸爸這麼說，卻希望自己沒聽到。

因為我不值得他如此煞費苦心。

這幾個星期以來，我對爸爸的態度很差：我對他視而不見，對著他大吼大叫，還躲起來並且傷害自己。更糟糕的是，我向一位老師投懷送抱。

我應該被爸爸痛罵一頓、被他處罰和禁足，而非被他捧在手心、被他寵愛得像個公主。

因此我心煩意亂，從座位上站了起來，一不小心還跌到爸爸腿上。他伸手拉住我的手臂，以幫助我站穩，結果卻讓我痛得縮了一下，在重拾平衡之後就馬上往後退開。

我的大腦跟不上我的嘴，喃喃自語地說：我必須立刻離開這裡，到一個可以讓我好好呼吸的地方。

我跌跌撞撞地從座位間的走道跑開，爸爸在我身後喊我：

「黛西？黛西？妳要去哪裡？」

我沒有回答他，只顧著推開放映廳的門，衝進走廊，並直奔我熟悉的電影院出口。

我聽見門在我身後打開的聲音，爸爸也跟著跑出來。他看見我的時候，似乎鬆了一口氣，整個人無力地倚在牆邊。

他想伸手拍拍我的背，但是我馬上躲開。他靠近我，並且再次嘗試。當他觸碰到我的時候，發出一種溫柔的安撫聲，就像是霍布森老師在親我之前所發出的聲音。

我本能地伸手撥開他的手，並且用力推他的肩膀，使他失去平衡。

「別碰我！」我大喊一聲，聲音大到連我自己都驚訝。然後我又重申一次，雖然第二次比較小聲，但語氣中有著相同的急切。「拜託，不要碰我。我沒辦法，我真的不行。」

爸爸整個人愣住，他因為太震驚也太害怕，所以不敢繼續靠近我。「黛西，妳沒辦法做什麼？什麼事情妳沒辦法？」

「這件事！」我瘋狂地指著牆壁。

「哪件事？」他驚恐地看看天花板，搜尋能解釋我話語的線索，可是徒勞無功。

「您對我太好了。您安排這場電影、送我數位相機，甚至還向我道歉。您應該為值得這一切的人費心，而不是為我。」

他焦急地想看著我的眼睛，但無論他多麼努力，我始終沒有抬頭看他。

「黛西，別傻了，妳當然值得這一切，妳值得這一切以及更多更多！除了妳之外，沒有人值得我這麼做。」

我的思緒一團混亂，完全聽不進去爸爸的話。我只覺得他必須知道真相，而且現在就應該知道。

「您應該為媽媽做這些事情，不是嗎？過去十四年來，您應該為媽媽做這一切。」

這句話讓爸爸沉默了。他張著嘴，卻說不出隻字片語。

「但是她已經不在了，黛西。我當然希望我們三個人可以一起做這些事，可惜我無能為力，因為……」

「因為我殺了她！」我大聲哭喊，將這句話像毒藥一樣吐出來。「這就是她過世的原因！因為我殺死了她，我把一切都搞砸了！」

「妳在胡說什麼？妳說的這句話完全沒道理。」

「我在閣樓發現診斷報告書了，爸爸，醫院的診斷報告書。上面把我做的事情寫得清清楚楚，包括我闖了什麼禍，以及對她造成了什麼樣的傷害。這就是您一直不肯跟我談論媽媽的原因，對不對？因為您怪我殺了她。」

「我不懂妳的意思。」

「不要再繼續保護我了。這就是我現在生活一團亂的原因！這就是其他的一切也都毀了的原因！」

爸爸朝著我走近一步，看起來非常擔憂。「其他的一切？黛西，妳是不是還有什麼事？」

我真希望自己能把剛才那句話塞回嘴裡，以不同的方式表達，可惜為時已晚，而且我太疲倦也太焦慮，想不出應該如何搪塞，因此一句話都沒說。

於是爸爸又問了一次。

「黛西，妳聽見我說的話了嗎？妳是不是還有什麼事？」

「不重要，因為一切都已經太遲了。」

「當然重要。妳剛才對我說的那些話全是胡說八道。妳沒殺死媽媽，一切都只是意外。我無法和妳談論媽媽的事情，也不是妳的錯，是我自己的問題。再說，有妳陪在我身旁，對我是很大的鼓勵。是妳幫助我不致陷入瘋狂，妳懂我的意思嗎？」

我無法點頭表示我懂，因為他只是在開玩笑，而且他說這些話只是為了安慰我，就像往常一樣。

「可是我必須知道妳發生了什麼事。妳為什麼現在汗如雨下，是不是有什麼事情讓妳非常緊張？無論發生了什麼事，我們都可以一起解決。」

爸爸說這句話的時候，我緊緊閉上雙眼，並且用手摀住耳朵，以免他的話語傳進我腦子裡。

無論他說什麼，我都不許自己相信。因為發生了太多事情，我已經無法承受，而且發生的一切都是我造成的。

他的話語穿透我的雙手，而且我能感覺他正向我走近。我用雙手緊緊摀住耳朵，同時故意側過身子，以肩膀面向他，可是這麼做依然無法使他放棄。

爸爸要我轉身面對他，因此伸出一隻手拉住我的左手臂，另一隻手拉住我的右手臂，結果正好觸碰到我最新的傷口，讓我痛得畏縮一下，本能地甩開爸爸的手。

我知道自己露餡了，而且我在還不敢睜開眼睛之前，就已經知道我的傷口裂開了。不到幾秒鐘，鮮血就滲透過紗布，從爸爸的襯衫透出來。

當爸爸看見我的袖子冒出血跡，他顯然被嚇壞了。

「黛西，發生了什麼事？妳流血了。」他說。雖然他的表情被嚇得鐵青，但是聲音聽起來還很鎮定。

「沒事。」我故作平靜。「我今天早上不小心弄傷了自己。我趕著出門的時候，不小心被釘子劃傷。」

爸爸的手立即伸向我的右手臂，可是我不讓他碰我，以免被他發現我手臂上滿是傷痕。於是我往後退，一直退到走廊盡頭。

「讓我看看。」他輕聲地說，但是語氣十分堅定。

「沒事，爸爸，傷口一分鐘後就會止血的。」

「好，如果真的沒事，那就讓我看一眼！」

「沒有必要。真的——」

「黛西，妳真的嚇到我了！」他的語調不自覺地高了八度音，讓我們兩人都嚇了一跳。「妳像得了流感一樣不停冒汗，表現出怪異的神經質，而且手臂在流血。如果那根釘子生鏽，妳的傷口可能會被感染，讓我看一看！」

我想要從他身邊溜走，可是被他攔住。在我阻止他之前，他已經解開我的襯衫袖釦，讓我一心想隱藏的醜陋疤痕公諸於世。

當爸爸看見我手臂上的傷痕時，整個人頓時老了十歲，因為他發現自己所認識的小女孩已經變成他無法了解的人。他臉上滿是震驚與憤怒，而且別無選擇，只能把情緒發洩在我身上。

「我的老天！」他大喊，視線從我的手臂移向我的臉。「妳到底做了什麼？」他將我的手臂輕輕放在他的手掌上，他的觸碰傳來一陣溫熱，舒緩了傷口的刺痛感。「是誰這樣傷害妳？到底發生了什麼事？」

「沒有人傷害我。」我不知道應該怎麼回答。

「老天，當然有人傷害妳！這些傷痕不可能是被釘子劃傷的。我的意思是，妳自己看看，妳手臂上有很多條傷痕。這到底是誰做的？是某個男生嗎？是學校裡的同學嗎？」

「不是，真的不是，我發誓。」

「妳不准保護那種人。快告訴我對方的名字，我現在就要知道。」

「沒有人傷害我，爸爸，我發誓。」

「那麼這些傷痕是怎麼回事？這裡不止一道傷痕，妳的手臂上布滿了疤痕！」

「是我自己弄傷的，好嗎？是我，傷害我的人就是我自己。我傷害了自己。」

「別開玩笑了。」爸爸現在真的生氣了，他說話音量之大，是我從來不曾見識過的。「妳怎麼可能這樣傷害自己？快把真相告訴我！現在就說出來！」

爸爸緊緊握著我的手臂，雖然他並非有意，但是力氣足以讓我滲出的鮮血流到他的手上。

「我已經告訴您真相了。這些傷疤是我自己在房間裡割的，我這麼做已經好幾個月了。」

爸爸驚恐地後退一步，彷彿我有傳染病。

「妳說什麼？妳為什麼要那麼做？」

「我也不想這樣，可是我不知道該怎麼辦。我心裡有一種恐懼感，我一直被這種恐懼感攻擊。有時候它們不斷出現，我只能靠這種方法來阻止它們。」

「用傷害自己來阻止恐懼？」爸爸露出無法置信的表情，並且憤怒地大喊：「妳真的故意傷害自己？」

「我也不想這樣，可是不知道還能怎麼做。」

「這算什麼理由？」爸爸額頭上的靜脈血管跳動得很厲害，讓我無法移開視線。「妳應該來找我！」他哽咽地說出這句話。「妳為什麼不告訴我？」

「老實說，我很想，可是我不知道應該怎麼說出口。我不想讓您生氣——」

「妳擔心我會生妳的氣？妳怕我會生妳的氣？難道妳不認為，如果妳主動告訴我，並且讓我幫妳，而不是讓我在該死的電影院發現真相，我的反應會比較平靜？」

「對不起。」我朝爸爸走近一步，他卻往後退，將雙手舉在自己面前，讓我們兩人之間再次築起一道高牆。「我很抱歉，爸爸，都是我不好，全都是我的錯。」

「我不敢相信，妳這樣傷害自己已經好幾個月，我卻完全沒發現。有沒有人知道這件事？」

霍布森老師的影像突然出現在我腦中，他的威脅讓我心生恐懼，我不敢想像與爸爸分開的下場。爸爸已經沒有耐性等我回答。「黛西，到底有沒有人知道這件事？妳在學校裡的同學知道嗎？」

「沒人知道。」

「有沒有同學以外的人知道？」

我停頓了一秒鐘，停頓得太久了。

「有嗎？」

「有什麼？」

「黛西，我必須知道還有誰曉得這件事。我想知道到底發生了什麼事，而且為什麼他們不來告訴我！還有誰知道？沒有任何一位老師知情嗎？」

我的表情肯定出賣了我，爸爸緊抓著這一點追根究柢。

「黛西，哪一位老師知道？」

「沒人知道，爸爸，我是說真的。」

「不要騙我，我不許妳再騙我。」

我很為難，迫切想隱藏真相。

「黛西！快告訴我還有誰知道。現在就告訴我！」

「我昨天才告訴別人的。」我啜泣著說。「我原本一回到家就想告訴您，可是您還沒回家。那不是他的錯，是我的錯。如果不是我要求他陪我，後來也不會發生……」

「妳在說什麼？後來不會發生什麼事？」

我的腦子一片混亂，無法以明智的方式表達我想說的話。

「他說，如果我告訴您，他就會被社工人員調查，然後他會告訴社工人員我蹺課以及我傷害自己的事。他說他不是故意的，他說得沒錯，是我讓他這麼做的，畢竟帶他到那裡去的人是我，對不對……他說他完全沒有想過要親吻我……」

爸爸聞言後突然暴怒，我還以為電影院的屋頂會被爸爸的怒氣炸開。

「等一等！」他大喊。「一位老師……親吻了妳？妳剛才說的是這個意思嗎？」

「是……呃，他親吻了我，但那完全是我的錯……」

他立刻用雙手抓住我的手臂，完全不知道或者不在乎會不會弄痛我。「他叫什麼名字？」

「那不重要，真的不重要，一切都是我的錯——」

「我要知道他的名字！」

爸爸使勁握住我的手臂，造成的疼痛比我用指甲刀自殘時還要強烈。我別無選擇，只好小聲說：

「霍布森。霍布森老師。」

我原本希望，當我說出霍布森老師的名字之後，爸爸就會冷靜下來，並且給我一個擁抱，告訴我一切都會沒事。

然而我期待的這種結果並未發生，爸爸只是放下我的手臂，轉身往電影院出口走去。

「爸爸，您要去哪裡？爸爸！你要去哪裡？」

我永遠不會忘記他接著所說的那句話，因為那句話是我聽見他說的最後一句話，也可能是他這輩子說的最後一句話。他以最冷靜的語氣大聲且清楚地說：

「我要殺了他。」

爸爸當然不可能真的跑去殺人，因為會殺死別人的只有我。

15

又大又急的雨滴敲打著公車車頂，彷彿威脅著隨時要將它刺穿。

公車動彈不得已經長達十分鐘了，引擎不耐煩的躁動聲傳進我的體內，加劇我的焦慮。

我不知道爸爸現在是否已經抵達學校。他衝出電影院之後，我一直在後面追他，然而當我跑到停車場時，他早已駕車離去。

我知道他肯定是去找霍布森老師，但我不知道該如何才能早他一步趕到學校。我身上沒有足夠的錢搭計程車，而且天空已經開始下起傾盆大雨。一如氣象廣播的預測，陣雨來了。

我等公車等了十五分鐘，上車後又花了幾分鐘的時間翻遍我的包包，才湊足零錢支付車資，過程令人尷尬。

不久之後，我便明白這場大雨及道路前方某種因素將更加延誤我阻擋爸爸的機會。我只能坐在公車上，擔心等我抵達學校時，會看見霍布森老師的屍體被抬進救護車，而爸爸的雙手戴著手銬，被警察帶上防暴警車。

由於我的心跳早已激動得失控，我不停捏著自己的手腕，因為尖銳的刺痛感有助於我平靜下來。為什麼要等這麼久？這場雨什麼時候才會停止？

我伸長脖子隔著公車的擋風玻璃往前方望去，看見了大排長龍的車陣，每一輛車的雨刷都因大雨而煩躁不安地擺動。大家都被困在停滯的車陣中，我希望爸爸也和他們一樣。

這時我決定提早下車，以跑步的方式前往學校。倘若爸爸也被塞在馬路上，我就有機會趕上他，並勸他打消念頭。這個方法值得一試，而且我必須這麼做。於是我拉起爸爸襯衫的衣領，拜託公車司機讓我在尚未靠站的情況提早下車。

儘管下著大雨，天氣還是非常潮溼悶熱，我跑了不久就開始感覺到肺裡的空氣不足，可是我別無選擇，只能繼續前進。我非常內疚，罪惡感充斥我體內的每個角落，這表示我絕對不能放棄，必須全力以赴。

我在馬路旁奔跑，雙腳被大雨溼透，沾上鮮血的襯衫右袖也染成溼溽的粉紅色。我看見每一位坐在車裡的駕駛都一臉無奈，不斷用手擦去擋風玻璃上的霧氣，想搞清楚究竟是什麼原因導致如此嚴重的大塞車。

當我看見前方閃爍的紅燈時，已經跑了大約十分鐘。我一眼就看出那是警車的閃燈，於是我加快腳步，擔心如果我已接近塞車的根源，就表示趕上爸爸的機會正在減少。隨著警車的閃燈離我越來越近，我突然看見爸爸車子的車尾出現在警車閃動的警示燈旁，讓我的心開始狂跳。我不停往前衝，急著想在爸爸行經塞車事故的地點之前追上他。

這是我最後的機會，是我把話說清楚的唯一機會。倘若雙腿能幫助我及時追上爸爸，我保證不會再浪費這次機會。

在我感覺到有一雙手攔住我之前，我都沒發現爸爸的車有什麼奇怪的地方。直到那雙手將我拉住並阻擋我前進，我才注意到爸爸的車子以一種怪異的角度停著，引擎蓋冒著濃煙。

我想轉身看看是誰抓著我，我想要尖叫並毆打或傷害那個人，迫使他放開我，然而我的視線無法離開爸爸的車子，或者應該說，爸爸車子的殘骸。當那雙手將我帶到路旁時，我看見爸爸的車側已經凹陷且彎曲變形，還看到引擎蓋與擋風玻璃都已經不在它們原本應該在的位置。路面上有扭曲的輪胎煞車痕，以及散落的金屬及破碎的玻璃，爸爸的車則緊緊貼在安全島的欄杆上。

這時我開始放聲尖叫，對著抓住我的警察及在車禍現場的交通警察、消防隊員和救護人員尖叫。除此之外，我不知道自己還能做什麼。

我焦急地環顧四周，想要尋找一臉苦惱並抽著菸的爸爸，然而除了煙霧瀰漫和一片混亂的場面，我找不到爸爸的身影。

直到停在車禍現場右側的巡邏警車開走之後，我才看見爸爸。那輛巡邏警車開走時，我看到一群身穿制服的救護人員擠在爸爸身旁，忙著使用各種急救設備。我還看見他們用手搥打爸爸的胸口，用嘴朝著爸爸的口中吹氣，還看到他們不斷鼓勵爸爸撐下去。

我不停掙扎，可是抓著我的警察始終沒放手。最後我看見那群蹲在我爸爸身旁的人終於站起來，表情無奈地搖搖頭。

其中一個人看看他的手錶，另一個人在離開之前先在記事板上寫下幾個字。

這些動作已經足以讓我明白。

我又做了一次，就像我對媽媽所做的事情一樣。

這次除了向命運屈服，我已別無選擇。

我向緊緊抓住我的那雙手屈服，也向我眼前的一片漆黑屈服。

16

一開始只有燈光。

一道刺眼的光線穿透我的眼皮。

然後消失無蹤。

接著是聲音。有些人的聲音我從沒聽過，但還有些是我聽過的聲音，例如唐娜的聲音。然而在我開始產生焦慮之前，那些聲音又不見了。

然後有人在我身旁走動，握住我的手腕，在記事板上寫字，並且撫摸我的頭。

我不知道時間過了多久，只知道自己昏昏沉沉，這些聲音和影像來了又去。無論它們是真實發生，或者只是我睡夢中的一部分，我都無法知悉。

當我醒來的時候，發現霍布森老師坐在我床邊的椅子上，我才知道夢境已經結束。

我發出尖叫，聲音撼動了圍在我病床旁的布簾。我伸手遮住自己的眼睛，並且將身體盡可能挪移到離他最遠的床邊。

他立刻站起來，急切地要我安靜下來。但最後不得不放棄，只好按下我床邊的紅色按鈕。

緊接著是一陣混亂，護士趕過來，拿出閃亮的針頭，我經歷一番掙扎，最後還是被打了一針，再次遁入夢境，開心地獲得拯救，逃離霍布森老師的魔掌。

當我再次睜開眼睛時，我故意慢慢睜開眼睛，生怕他坐在椅子上。

然而那張椅子現在是空的，而且房間裡很陰暗。

不過，我馬上就明白自己身在何方。

我在醫院裡。

我絕對不會搞錯這種味道：一種讓人倒盡胃口的消毒劑氣味，聞起來除了乾淨之外什麼都沒有。聞起來就像死亡。

我的思緒不停翻轉。

死亡意味著媽媽，意味著罪惡感，還有我的祕密。這些都會導致我的恐慌再次發作。恐慌發作時，會導致我用指甲刀自殘，然後產生更多罪惡感。這表示我又得說謊，包藏更多祕密。

至於祕密，呃，我已經積藏祕密太久了。祕密只會導致死亡。導致爸爸的死。

車禍。濃煙。還有我再次害死人的記憶。

在我還來不及意識到自己在做什麼之前，我已經開始發出尖叫。我的尖叫聲一路傳到走廊的另一頭，驚醒一位疲倦又暴躁的護士。

「妳在鬼叫什麼？」她不高興地說，同時檢查我右手腕上的點滴。「妳想吵醒整個病房嗎？」

她說話的方式，彷彿我們彼此熟識，而且這不是我第一次打擾她。

我看著她，不敢提出我已經知道答案的問題：我爸爸在哪裡？我只發出一種奇怪的聲音。我不知道自己為什麼會發出這種怪聲。

這位護士告誡我，如果我再繼續吵鬧會有什麼樣的下場。

但那正是我想要的。只要他們會為我打針，我就會很開心，因為打針可以阻止我回憶自己所做的一切。

而且，如果我打的針數量夠多，次數也夠頻繁，或許到了最後，我就可以不必再醒來。

17

當他們終於告訴我關於爸爸過世的消息時，我沒有流淚。或許我打的針裡有讓我變堅強的藥。護士告訴我的時候，我只是怔怔地看著她。這是我必須聽見的話語，我將這些話語及伴隨而來的罪惡感深深吸入身體中。

自從我第一次醒來之後，他們花了幾天的時間才讓我平靜下來，至少他們是這樣告訴我的。時間已經不再重要，無論我睡著或清醒，無論白天或黑夜，我都困在自己造成的噩夢中。

他們試著同情我、安慰我、撫摸我的頭髮、輕拍我的手背，但是我不讓他們靠近我，因為這樣太危險了。

我甚至不讓他們靠近我的手臂，我手臂仍因為我所做的事而滲血及發疼。

「我必須找醫生來。」其中一位護士最後這樣對我說。「我得先警告妳，醫生不會像我這麼有耐心。」

可是醫生也無功而返，還因為我的抗議吶喊而耳鳴。

在那之後，他們似乎已經對我感到厭倦，放任我斷斷續續地睡覺，只會過來收走我完全不碰的餐盤。當他們過來時，我總是橫眉豎眼，用兇惡又可怕的目光瞪視他們。

儘管如此，最後又來了兩位女性，其中一個是醫生，另一個則帶著紙筆。

「我是伊芙琳。」不是醫生的那位對我說，臉上露出愉快的笑容。我發現她很機靈，沒有嘗試握我的手或者觸碰我。「黛西，妳有中間名嗎？」

這個問題的簡單以及它背後隱藏的意義讓我有點疑惑。莫非她是警察，而且準備逮捕我？

我沒有回答她，一句話也不說。

她對於我的沉默似乎不以為意，從容地打開一份資料夾，開始在一張上面印著密密麻麻文字的紙張上振筆書寫。

「好，如我剛才所說的，我的名字是伊芙琳。我是社工人員。從現在開始，我就是妳的社工人員。」

我突然很想笑。社工人員應該要去幫助那些被父親痛打的孩子，而不是幫助我這種害死父親的孩子。我正想這樣對她說，但她身旁那位穿著醫師袍的女士沒有給我機會。

「我是愛麗絲。」她的口氣有點不快，我立刻開始擔心自己是不是做了什麼讓她不高興的事。「我是這裡的精神科醫生。很抱歉，在此之前，我一直抽不出時間來看妳。」

我試圖搞清楚現在是什麼狀況：一個精神科醫生和一個做善事的社工人員，這兩人都能讓我得到應有的報應，因為她們都有權力讓我因自己所做的事而被監禁。

伊芙琳率先開口。「黛西，我們要試著為妳安排出院後的去處，所以我們需要知道妳是不是有能夠聯繫上的親戚，或者可以擔任妳監護人的任何親友。」

我將雙腿拉到胸前，以雙手抱著膝蓋時感覺手臂上的傷口發出陣陣刺痛。即使真的有人可以當我的監護人，我也不會告訴她。我絕對不會再害別人步上與爸爸和媽媽相同的命運。

「我知道這一切對妳來說非常煎熬，親愛的——」伊芙琳這種充滿愛的措辭讓我畏縮（可是她的聲音裡不帶一絲感情），「在目前這種情況下，有家人的陪伴是非常重要的。我們越早找到能照顧妳的人，就能越快進行後續的安排。」

我根本不需要思考，因為沒有半個合適的人選。我媽和我爸都是家裡唯一的孩子。我爸的父親再婚之後，他確實多了一個同父異母的弟弟，但是他們的年齡差距很大，而且彼此不熟。我只見過那個叔叔一次，在爺爺的葬禮上，那次我們也沒有交談。爸爸認為那個叔叔之所以來參加爺爺的告別式，是因為那天可以分到一些爺爺的遺產。在爺爺沒有留給他任何東西的情況下，我們後來就再也沒有他的半點消息。

這兩個女人看著我，我則沉默不語地坐著。伊芙琳逐漸表現出不耐煩，開始用腳尖輕敲著拋光地板，宛如在傳送摩斯密碼。

很明顯，她不想待在這個地方，只想盡快交差了事。我知道我這種不願回答的態度已經讓她開始不高興。

愛麗絲顯然也看出這一點，因此當她再度開口時，她的肢體語言和伊芙琳完全不同。

「黛西，妳都如何解決焦慮的問題？」她問我，聲音非常平靜。

我不禁揚起眉毛，好奇她怎麼知道我飽受焦慮之苦。

「護士們非常擔心妳，擔心妳的痛苦悲傷，以及不吃不喝。這就是為什麼我們替妳打點滴——妳會不會討厭打點滴？」

我搖搖頭。

「護士們也很擔心妳的手臂，因為妳不肯讓她們替妳換藥。妳被送進醫院時，妳手臂上的傷口已經有些感染，如果我們不快點處理，妳會再次發燒。」

我在床上挪動身子，想要隱藏我的手臂和點滴，卻在試圖移動時發現自己比預期中的還要虛弱。

「黛西，妳可不可以告訴我們，妳已經傷害自己多久了？」

這句話是伊芙琳說的，她的語氣變得非常平淡，開口時甚至沒有抬頭看我，目光始終停留在她振筆疾書的紙上。我好奇她是不是一邊問我，一邊在寫她的購物清單。愛麗絲似乎也不喜歡她的態度。

「我們先不要擔心這方面的問題。現在的當務之急是讓妳舒服一點，還有請護士替妳清潔手臂上的傷口。」愛麗絲反駁伊芙琳，她的手勢清楚表現出她們兩人互相討厭對方。

隨之而來的是令人尷尬的對峙：一名護士試著靠近我，想替我清理傷口。起初我斷然拒絕讓她觸碰，倘若不是愛麗絲的耐心與笑容，那名護士可能早就氣得拿起那些醫護用具走人，不想再理我。

最後，我們達成共識：由我自己清理手臂上的傷口，護士在旁邊觀看並指導我怎麼做。

她們接著又開始干涉我其他方面的事，喋喋不休地問我傷害自己多久了，以及我為什麼不開心、為什麼要對自己做這種事。我開始恍神，看著手臂上的傷疤，想起了與它們有關的恐慌，羞愧地認為每一道傷痕都是我應得的。

等我清潔了一半的傷口時，三個大人終於意識到今天無法從我口中得到任何資訊，於是伊芙琳便找了個藉口先行離開。

「黛西，我先去多查一些資料，明天再回來看妳。我相信妳一定還有一些家人，只是妳不肯告訴我們。」她勉強擠出一絲微笑，臉部因此變得很不自然。

那位護士也沒有繼續待多久。她說我的傷口已經消毒完畢，因此在確認自己帶來的各種鋒利器材都已經收回托盤之後，便轉身走出病房。

最後只剩下愛麗絲。雖然她很冷靜，也不介意我沉默不語，但她顯然想要從我這裡得到一些資訊。可惜她無法如願——無論她多麼渴望。

既然問不出什麼，她便開始告訴我這段時間發生的事。

「黛西，妳到這裡來已經六天了，除了手臂上的傷口有點感染之外，妳的身體健康狀況沒有問題。」

我低頭撕著拇指側邊的死皮，在等待她接著說「但是」時心跳加快。

而我不必等太久。

「儘管如此……呃，我們有點擔心妳的心理健康。妳幾乎不與這裡任何一位工作人員溝通。我們只有在妳因為發燒而意識不清時才能聽見妳說話。」

「我說了什麼？」我問她這個問題時沒有看她。

「黛西，因為妳說的話太荒謬，所以我們不必討論。然而這樣就已經足夠了，加上妳的自我傷害以及無法與任何人溝通，我們不得不為妳做些安排。」

一想到我還得繼續待在醫院裡，我覺得自己的內心世界崩潰了。「我想要回家。」我開始呻吟。

「讓我回家。」

「回家找誰？」她問。「如果妳有任何我們可以聯繫的家人或親友，請告訴我們。因為妳現在沒有地方可去，完全沒有。」

她在繼續往下說之前停了一會兒，彷彿在衡量自己即將說出口的話。

「這就是為什麼妳必須告訴我們。因為，如果妳不告訴我們，妳可能會被送去那個地方……呃，和那個地方比起來，這裡簡直是高級大飯店。」

她在起身之前對我露出一個悲傷的微笑。

「好好想一想我剛才說的話，好嗎？拜託妳。」

可是我根本沒在聽她說話，因為我認為她錯了。世界上沒有比這裡更糟的地方，也沒有比現在更糟的時刻。

然而錯的人是我。

而且兩方面都錯了。

18

爸爸不會回來了。

我在腦海中反覆播放我與爸爸的最後一次對話，不斷循環播放，希望能因此得到一個不同的結局，可是結果始終沒變。爸爸依然很生氣，我也依然很害怕，可是到最後他還是死了。我試著幻想其他結局，宛如DVD裡的刪除場景，不過，一切終究無法改變，無法磨滅他已經離世的空虛事實。

有些時候，恐懼會與我保持距離，雖然齧食著我的皮膚，但沒有竄進我的血液中。不過有些時候，大部分是在深夜裡，當我無法靠著入睡逃避一切時，恐懼就會穿透我的表皮，進入我的脈搏，控制我所有的思想與動作。

第一次發生時，我就幾乎拆了病房，拚命想找尖銳的東西與恐懼抗爭，可是什麼都找不到。杯子是塑膠製的，鏡子被緊緊固定在牆上，護士們也都非常小心，沒有留下任何能讓我傷害自己的工具。

我來回踱步，捏痛並抓傷自己手臂上的皮膚，可惜於事無補，我只好把目標轉向紗布下的結痂。當我流下混合著解脫與尷尬的淚水時，狂野的心跳才終於慢慢趨緩。

隔天我被護士怒斥，因為這件事發生在她值班的時段。我發誓，當她替我的手臂包紮好傷口之後（她斷然拒絕讓我自己來），特別在繃帶上纏了比起前一晚多十倍的膠帶。我看到她拿膠帶出來時非常失望，因為我一直期望她可以使用安全別針，好讓我把別針偷偷藏起來。

護士們都已經受夠我了——我看得出來，而且這不能怪她們。病房裡有些病患的病情嚴重，需要她們花時間照顧，可是她們必須一再浪費時間來為我包紮。

那天早上我睡了一會兒，因為我服用了一些他們宣稱可以減輕我焦慮的藥。雖然他們讓我睡著，卻沒有幫助我清醒過來。叫醒自己變得很困難——我的眼皮總是沉重，腦子裡一團混濁。

我一直夢見爸爸，夢見我們坐在一起看電影。他在夢裡安慰我，輕輕撫摸我的手，告訴我一切都會沒事。

這樣的夢境太完美了，完美到讓我強迫自己睜開眼睛，急切想要清楚地看著他，告訴他我多麼高興他回來了。

一開始我沒有辦法清楚看見他，但是他肯定就站在我的床邊，他的手依然緊握著我的手，並且輕輕撫摸我的手背。這是我幾天以來頭一次露出笑容，請爸爸把桌上的水遞給我。

這杯水喝起來有一種陳腐感，就像已經放了好幾天，裡面的金屬味讓我清醒過來，因此看清楚眼前的爸爸。

這個人不是爸爸——無論我如何瞇起眼睛。

眼前的人是霍布森老師，臉上滿是鬍碴，衣服也皺巴巴的，彷彿已經很多天沒有盥洗更衣。

我急忙將手從他手中抽開，並且縮到床的另一頭。我不停揉眼睛，希望他能夠就此消失，但是我知道這麼做沒有用，因為他就站在床邊，焦急地將手指放在嘴上，示意要我安靜下來。

太奇怪了，因為我根本沒有意識到自己正在大喊大叫。

「噢，天啊，黛西。」他輕聲說，眼睛布滿血絲。「我很遺憾。」

我再次放聲尖叫，這次我自己也聽得很清楚，尖叫聲撼動著我的耳膜。

可是我的喊叫聲還不足以嚇跑他。

「自從我聽到這個消息之後，就一直無法安睡。」從他的模樣看來，他說的是真話。「我聽到消息之後就想盡快來探望妳，可是校長說妳還無法接受探視。」他冒險地向我走近一小步，我立刻往後貼緊牆面。「然而我必須來看妳，看妳是否一切無恙。」

「你到這裡來做什麼？」我的聲音在發抖，聽起來像個老太太。「你想要做什麼？」

「我沒有想要做任何事，我保證。我只是來看妳，告訴妳我很遺憾發生這種事。」

「好，你說完了，你可以走了。我沒辦法見你，我不想再和你說話。」

可是他站在原地不動，只將目光轉向病房的房門。他要確認我們不會被其他人打擾。

「聽我說，我保證以後不會再來，真的不會。我只是必須來見妳一面，確認妳不會把我們的事告訴任何人。我是指在河邊發生的事。」

就在這一刻，我受夠了！他根本不是來看我。他完全不覺得難過，也不為他做過的事感到後悔。他只是想掩飾自己的過錯，因為他現在已經沒辦法再利用爸爸來威脅我。

憤怒在我心中迅速蔓延，我用力甩甩頭，試圖減輕這種壓力。

「滾出去。」我一開始只是小聲地說，可是他又朝我走近一步，因為聽見我的聲音而緊張。然後我提高了音量，讓他嚇了一大跳，迫使他再次要我放輕鬆，並急切地向我伸出雙臂。

「拜託，黛西。」他懇求我，我看見眼淚開始從他臉上流下來。「拜託，我無意讓這種情況發生。」

我無法繼續忍受下去了，我無法容忍他的情緒和我的情緒。隨著我的叫罵聲不斷增加，我開始攻擊他，用手搥打他的肩膀，試著將他趕出病房。

護士們衝進來，發現我正在攻擊霍布森老師，不斷搥打他的臉與脖子，以及任何我能攻擊的地方。她們擠到我們中間，將我的手從他身上撥開，然後把我綁在床板上。

我沒有聽見他們叫我冷靜，因為我耳朵沸騰的血液讓我聽不見任何聲音。我只看見霍布森老師變成了受害者，因為護士們大驚小怪地擔心他臉上的傷口。

我反抗她們，並且試圖告訴她們一切都是他的錯，是他逼我的。他就是爸爸死掉的原因，他害我殺死了爸爸。可是那些護士不肯聽。她們按下我床邊的紅色按鈕，等待更多援軍抵達。

我非常氣憤，氣得失去了理智，認為世界上沒有哪種藥劑能讓我平靜下來。可是我又錯了，因為當護士再次為我打針、讓液體流進我的手臂，整個世界進入慢動作的狀態，我只能無力地看著她們讓霍布森老師離開，然後燈光漸漸變暗。

19

自從霍布森老師來過之後，所有的事情都加快了，尤其是護士的動作。見識過我如何攻擊霍布森老師，她們再也不敢在我面前待太久。她們比較習慣處理腳指甲往內生長和闌尾破裂之類的問題，不想置身於危險之中，因此認為最好讓我自己獨處。關於這一點，我試著不放在心上，反正我也正忙著釐清腦子裡的一團混亂，沒時間在意其他事。

唯一固定來看我的人是愛麗絲和伊芙琳，我脫軌的行徑讓她們變得更加積極。

「呃，黛西。」伊芙琳以抱歉的語氣說。「我恐怕無法找到適合擔任妳監護人的親友。我在妳父親那邊的親戚中找到一個他的同父異母兄弟——」伊芙琳的話讓我想起爺爺墳墓旁那個不友善的男人，讓我緊張得心跳停止——「可是他的身體狀況很不好，無法提供妳需要的照顧。」

「所以，這是什麼意思？」雖然我知道沒有這個選項，但我還是忍不住希望他們讓我回家。

「呃，妳無法再繼續留在病房了！」她嘆了口氣，宛如她很樂意讓我在這裡待到滿十八歲。「儘管目前而言，我們認為這裡可能是最適合妳的地方。」

愛麗絲受不了伊芙琳說話的語氣，忍不住插話。

「黛西，伊芙琳的意思，是我們理解妳還很哀傷，因此我們必須找到一個能展現同理心的地方來安置妳。」

安置？她到底在說什麼？她這句話聽起來比較像是某種工作職務，而不是我可以稱為「家」的地方。

「我們討論了送妳去寄養家庭的可能性，有個寄養家庭曾經照顧過與妳有類似經歷的孩子。在理想狀況下，我們希望這可以是一個長期的安排，因為我們認為，如果讓妳不斷適應新的父母，對妳而言並不好。」

新的父母？這個名詞讓我的腦子萌生恐慌。

她們在開玩笑嗎？我的親生父親都還沒有下葬，她們就急著要找人取代他的位置？被選為當我新媽媽的女人又會有什麼感覺？我能對她說什麼？她們希望我喜歡新媽媽，甚至愛新媽媽嗎？我不要。我無法處理這種狀況。

我的臉上肯定顯露出驚恐的表情，因為愛麗絲開始有點退卻。

「不過，這並不是我們最關切的問題。我們最關心的是妳會傷害自己。自從妳入院之後，妳每天晚上都在設法加重對自己的傷害，而且妳不肯告訴我們為什麼要這樣做。在我們更詳實掌握妳的感受之前，其實也很擔心妳可能無法適應寄養家庭的環境。妳有沮喪和焦慮的症狀，還會突然情緒失控，例如妳對妳的訪客所做的事。」

「護士都被嚇壞了。」伊芙琳打斷愛麗絲的話。「她們說妳好像想殺了他。」

「當然，我們知道妳不是真的想殺他，但是我們很擔心妳，也擔心為什麼妳會有如此激烈的反應。妳和妳的老師之間是不是有什麼我們應該知道的事？或者是與妳父親有關的事？」

爸爸。我真的好想念爸爸。我不敢相信，他將永遠不會再走進房門來看我，耳朵上還夾著一根菸。然而每次我回想那幅景象時，它都會自動消失，取而代之的是急救人員搥打他胸口的畫面，以及他們難過地轉身走開的畫面。我沒有辦法告訴愛麗絲和伊芙琳發生了什麼事——我怎麼說得出口?畢竟到目前為止,說出祕密對我並沒有任何幫助,不是嗎?

我們安靜無語地坐了一、兩分鐘,愛麗絲的眼睛盯著我,試著解析我眨眼和點腳的小動作。

「我們真的應該談談妳對妳老師所做的事。雖然妳不想告訴我為什麼妳要攻擊他,我猜一定與妳的沮喪和焦慮有關。」

「為什麼?」

「很顯然,妳正承受著非常沉重的壓力。我們不知道是什麼壓力,如果妳願意告訴我們,肯定會有很大的幫助。」她短暫停頓了一下,可是我依然什麼都不說。「不過,我們認為妳的自我傷害、情緒激動與胡思亂想,加上突發的攻擊行為,意味著妳可能有一種所謂的『壓力性精神病』。」

我茫然地看著她,因為我聽不懂她說的這個名詞。

「不好意思,我不是故意要讓妳迷惑或害怕。我可以說明給妳聽嗎?」

我點點頭,我很想弄明白——無論要付出什麼代價。

「自從妳入院以來就一直很悲傷,對此我並不感到驚訝,因為任何人失去父母都會很難過。」

我畏縮了一下,不願意思考爸爸永遠不會回來的事實。

「然而更令我們擔心的,是妳一再強調那場事故是妳造成的,是妳導致那場車禍發生。」

我告訴過她嗎?我完全不記得。

「我知道妳沒有直接告訴過我們這件事,但是妳偶爾會說出口,尤其在妳入院後的最初三天。昨天妳的訪客來過之後,妳的情緒非常激動,再度堅稱一切都是妳造成的,所以我們別無選擇,只好打針讓妳冷靜下來。黛西，妳還記得嗎？」

我只記得昨天打了針，其餘的記憶都不完整，所以我搖搖頭。

「妳非常堅持，甚至可說是堅定不移地如此表示，並且對著任何一個聽得見的人大喊大叫。」愛麗絲的表情十分嚴肅。「我們從妳自殘的行為可以看出，妳沒有辦法處理妳遭遇的問題。自我傷害的人，通常是出於自卑，他們必須傷害自己，才能放大自我意識。從妳手臂上的傷痕，我們幾乎可以肯定地說，妳已經自卑到非常嚴重的地步。」

她已經說中了一切，可是她仍繼續在我的表情中搜尋線索。

「我們認為，妳父親的車禍在某種程度上是壓垮妳的最後一根稻草。這場車禍讓妳無法再承受傷害自己的罪惡感，因此妳將父親發生的意外內化為自己犯下的錯誤，導致妳精神崩潰。」

就理論上而言，這種說法並不算太糟，然而她們並不清楚我所知道的真相：是因為我對爸爸說的話，才讓爸爸跳上車。

不過，現在再多說什麼也沒有用。既然她們已經有了定見，如果我再多說些什麼，只可能讓情況變得更糟。於是我坐在那裡，一句話都不說。我必須這麼做。

「我們可以在接下來的兩小時、兩天、兩星期坐在這裡，告訴妳那場車禍與妳無關，但我們知道這無濟於事。所以，我們決定今天讓妳出院。」

這時伊芙琳接著開口。「正如我們剛才所說的，現在就把妳交給寄養家庭照顧，可能不太適合……」

「暫時還不適合。」愛麗絲面帶微笑地說。

「然而我們設法找到一間治療機構可以安置妳。這個機構叫作貝爾菲爾德社區，離這裡不太遠，就在小鎮東側，靠近海邊。」

「黛西，這個機構有很好的聲譽。」愛麗絲的臉上依然掛著笑容——她似乎替我感到高興，彷彿聖誕節提早到來。「可以為妳提供協助，幫妳了解妳所經歷的事，並且讓妳把一切變得更好。在他們的幫助下，妳將會放下那些執念。」

「我會是自己一個人嗎？」我想像自己一人被鎖在房間裡，每天早晚有人送藥給我服用。

「什麼意思？」

「他們會讓我單獨住一間房嗎？我是說上鎖的房間。」

愛麗絲搖搖頭。

「不不不。這是一家治療機構，裡面還有四、五個年齡和妳差不多的孩子。他們都經歷過與妳類似的情況，但是正在努力讓自己的人生變得具有意義。」

我不知道應該高興還是害怕。與新父母相比，和其他孩子共處難道就比較不危險嗎？

「與其他孩子相處，對妳會有幫助。妳加入他們，對他們也會有幫助。」

我對此表示懷疑，但是愛麗絲非常堅持。

「看看其他孩子正在經歷的事，有助於妳洞察自己的問題。那個機構裡有治療師，每天二十四小時都有專家隨時待命，他們都可以幫助妳渡過難關。」

聽起來像是地獄。我最不需要也最不想要的就是被一群人圍著、鼓勵我多開口說話。這到底有什麼意義？這麼做難道就可以讓我爸媽活過來嗎？

然而我不能把這種想法告訴她們，因此我脫口說出的，是腦子裡第一件想到的事。

「我要穿什麼衣服呢？」

伊芙琳似乎很高興我提出這個問題，或者說，她顯得有點自鳴得意。

「妳不必擔心這一點，因為我已經替妳買了一些衣物，讓妳在接下來的幾天可以換穿。等妳覺得自己已經夠堅強了，就可以回家去收拾行李。」

家。我既害怕又渴望回去的地方。

「噢，好，謝謝。」

「黛西，在妳出院之前，我會再過來看妳。」愛麗絲說。我沒有因為要被安置在治療機構而情緒波動，讓她鬆了一口氣。「昨天我們調高了藥的劑量，以緩解妳的焦慮症狀，所以妳需要帶著新的處方箋離開。新的劑量不會使用太久，等貝爾菲爾德社區的專家評估妳的狀況之後，劑量就會再行調整。」

我點點頭，希望我的眼神能夠讓她明白我很感激她。但是不知道為什麼，我沒有辦法開口向她道謝。

雖然我要去一個討人厭的地方，但是能走出醫院大門仍舊是一種解脫。

溫熱的空氣裡吹來一陣微風，我試著露出笑容，結果表情變得很尷尬，最後只好放棄。

再度穿回我爸爸那件未洗過的襯衫，感覺有點奇怪。然而在看過伊芙琳買的那些衣物之後，我別無選擇。但是無論如何，隨便什麼衣服都比醫院的病人袍來得好。

當我看見伊芙琳拿來的衣物時，我驚訝得不知道該說什麼。她買的衣服就像是要給小朋友穿的一樣：在大賣場買的幾件粉紅色與淡紫色的廉價運動衫，正面都有用亮片繡成的星星圖案。那些衣服一點也不吸引我，而且因為都是短袖，我纏著繃帶的手臂會露出來，被所有人看見。爸爸的長袖襯衫讓我覺得舒服多了，但是他的味道已經消失了，只剩下醫院的味道。

當我們走到車子旁邊時，我已經有點累了，忍不住打了個哈欠。

我不知道貝爾菲爾德社區在什麼地方。雖然爸爸每年都會帶我去海邊玩，但是我對那個地區很不熟，因為我只注意遊樂場和賣糖果的商店，其他方面都不曾留心。我從未想過自己會到那個地區居住——無論是出於自願或者非自願。

伊芙琳的車子裡面很亂，到處都是空的可樂罐和巧克力的包裝紙，我不禁好奇這些垃圾是她自己丟的，還是她負責的孩子留下的。我覺得一定是她自己丟的，因為她不像是那種會拿甜食哄小孩的人。

我彈掉座位上的一張空包裝紙，一邊聆聽她試圖讓我放輕鬆的話。她告訴我貝爾菲爾德社區多麼出色，我們很幸運能在那裡找到可以安置我的空位，她知道有些孩子必須等好幾個月才能擁有這樣的機會。不過，因為我的情況比較特殊：我沒有別的親戚可以收留我，所以可以插隊，畢竟我是特殊案例。

這番話讓我不寒而慄。難道她之前負責的孩子都不特別嗎？搭乘這輛爛車、我手裡拿的衣物，甚至她對我說的這些話，都沒有給我任何特別的感覺。

我最不希望的就是被別人視為特例，因此等我抵達這間治療機構之後，我絕對不能被別人當成什麼怪胎。我必須融入環境，試著低調不出鋒頭，變成一個沒人想要理睬的人。

如果我能做到這些，那麼一切都會沒事，也不會有人受到傷害。

20

這棟房子的兩邊很不對稱，宛如一家電影院連續播放《美國派》[11]和《鐵達尼號》[12]，完全不合理。

房子的左側比較高，是以石頭砌成的四層塔樓。雖然我不是建築專家，但是這棟塔樓肯定已經超過一百年了，彷彿有人把《阿達一族》[13]的房子丟到海邊來。

房子的右側很醜——兩層樓高的紅磚房，搭配塑膠製的窗框。雖然比起塔樓大約年輕七十年，可是看起來殘破不堪，彷彿老舊的那一半才是支撐整棟房子的力量。

房子坐落於一條死巷的盡頭，藏在搖搖欲墜的圍欄後方。當車子駛入柵門時，我不禁好奇附近鄰居知不知道這裡是什麼機構、住著什麼樣的人。

天氣依舊溫熱，空氣裡瀰漫著濃濃的鹽味。

大門右邊有一座露台，位於新建築與舊建築的交接處。露台上坐著六個人，當我踩著嘎吱作響的碎石子路走向他們時，每個人的目光都盯著我看。

伊芙琳露齒燦笑，我從來沒看過她這麼開心，彷彿她隨時就要開始載歌載舞。

露台上的一名男子對著伊芙琳揮手，她則面帶微笑，羞紅了臉。當她發現我在看她時，臉上的笑容立即消失，而且臉色變得更紅。

那名男子放下手中的馬克杯，從露台上翻身一躍，俐落地跳到草坪上。他眉開眼笑，蹦蹦跳跳地朝著伊芙琳跑來。

「伊芙琳，好久不見了。」他說。

「真的很久了。」她回答，刻意維持著我之前認識的伊芙琳形象。「大概已經一年了，我想。」

「才一年嗎？感覺似乎更久。」

她笑了一下，然後又恢復成原本的伊芙琳。

「妳一定就是黛西了，對不對？」那名男子對著我露出笑容，看起來非常真誠、開朗且直率，就像霍布森老師最初的模樣。

我把手縮進衣袖，迅速將雙手插入口袋。與他交談可能並不安全，起碼我現在認為如此。

「我叫艾瑞克，是這裡的工作人員。我們都很期待妳的到來。」他對著身後那些人揮手示意。

露台上現在聚集了更多人，大概十個人左右，全都置身於香菸的煙霧與咖啡的熱氣之中。我可以分辨出哪些是這裡的工作人員，雖然我認為他們見到我並不興奮。

那些沒有抽菸而且像傻瓜一樣揮著手的人就是工作人員。

另外四個人表現得比較沒有那麼熱情。其中一個男孩慵懶地躺在露台上，另一個男孩正在用我這輩子見過最大型的手機傳送簡訊，還有兩個女孩在聊天。

11《美國派》是一九九九年上映的美國青春喜劇電影。
12《鐵達尼號》於一九九七年上映，美國史詩災難愛情電影。
13《阿達一族》是一九九一年上映的美國黑色幽默電影。

他們都沒揮手，甚至沒看我一眼，彷彿這裡只有伊芙琳自己一人，我只是她的影子。

艾瑞克似乎不在意我沒有伸手與他相握，開始熱情地招呼我。「從這邊走，過來認識一下其他人。」

當我走上露台時，那些成年人的笑容變得更燦爛，陽光將他們的牙齒照得閃閃發亮，讓我覺得自己彷彿置身美國的情景喜劇。不過，雖然我臉上露出一種「別對我微笑」的表情，我依然可以感覺到他們是真心歡迎我。

這些工作人員被依次介紹給我認識：兩位女性分別是瘦弱且膽怯的瑪雅，以及看起來只比我年紀稍大一點的金髮女孩芙洛絲（但她絕對是工作人員）。一位名叫山姆的男性，看起來比艾瑞克年紀大一點，可能已經三十出頭，但是身材完全走樣。他臉上掛著大大的笑容，眼神卻很哀傷，看起來已經好幾個星期都沒睡好，我懂那種感覺。

「還有一些工作人員現在不在這裡，妳稍後或者明天就會看到他們。」艾瑞克說。

「包括艾德芭瑤。」芙洛絲補充說。「艾德芭瑤將是負責照顧妳的人。」

我不明白那是什麼意思。她和伊芙琳有什麼不同？那個女人也會像伊芙琳一樣愁眉苦臉，只有在見到她心儀的工作人員時才展露笑容嗎？

實在有點複雜。我點點頭，轉身望向露台上的那些孩子。

其中一個女孩突然介意起我的存在，因為她似乎對某件事的安排不太滿意。當她一聽見艾德芭瑤的名字，立刻就顯得不太高興。

「為什麼她和我一樣由艾德芭瑤負責？」那個女孩向瑪雅抱怨。「帕蒂離開這裡之後，妳就沒有負責照顧任何人了，為什麼不由妳來照顧她？為什麼我要與別人分享艾德芭瑤？」

瑪雅打算伸手拍拍那個女孩的肩膀以平撫她的情緒，可是那女孩悍然拒絕。

「不要碰我！」那個女孩大喊一聲，隨即氣憤地走開。「妳知道，我也有我的權利！」

其他孩子開始大笑，彷彿他們都很熟悉這種反應。他們故意模仿那個女孩的聲音，激得她對他們大吼大叫，即便她已經消失在大家的視線之外，她怒吼的聲音依然清晰宏亮。

「你們這些王八蛋！儘管嘲笑我啊！我一定會給你們好看的，等著瞧！」隨後才恢復安靜。

「那位是娜歐咪。」艾瑞克嘆了一口氣。「她是我們這裡的心理學家。」他說完之後自覺有趣地笑了一下，可是伊芙琳笑得更大聲，幾乎捧腹大笑。

瑪雅開玩笑地推了艾瑞克一下，才又繼續為我介紹其他人。

那兩個男孩分別是吉米和派翠克，我覺得他們的年紀應該都比我大，雖然他們也才十六歲左右，看起來卻都已經歷盡滄桑，而且吉米顯然曾經受到凌虐。

吉米骨瘦如柴，雙臂瘦得像猴子似的，他前臂上的血管很明顯，幾乎看得到血液在血管裡跳動。

他小心翼翼地與我握手，引起其他人發笑，但是他不以為意，只是用他凸大的眼睛盯著我，然後才把注意力轉回到他的手機上。「抱歉，我得接個電話。我們待會兒再聊，好嗎？」他大步走開，並且以宏亮的聲音對著他的超大型手機講話。他可能是把手機設定為無聲狀態，因為沒人聽見他的手機鈴聲響起。

派翠克似乎不太想聊天，在瑪雅的堅持下，他才從牆邊走過來，可是他沒和我握手，只向我提出一項建言：「不要和吉米太接近，他的腦袋有問題。」

瑪雅瞪了派翠克一眼，可是他顯然不在乎，只是聳聳肩，深深地抽了一口菸。菸頭發出紅光，隨即又消失。他似乎可以只抽兩口就抽完整支香菸，並且因為這種本事而自豪。

他的體重過重，而且看起來髒兮兮的，我可以聞到他身上的味道。他的運動鞋又舊又破，鞋底已經掀開，鞋身也有破洞，彷彿已經好幾個星期沒脫掉過那雙鞋。

幸運的是，我沒有時間去多想派翠克的事，因為突然有個東西撞了我的胸口一下，讓我差點摔倒。在我設法站穩腳步時，才意識到這是另一個女生幹的好事。不過，她不是要挑釁我，而是跑過來擁抱我，非常用力地抱住我。

我不知道該如何處理這種情況。假如我事先知道她要這麼做，我一定會躲開，因為我最討厭別人碰我。如果她知道我的個性，應該會三思而後行。因此，當她像一條飢餓的巨蟒纏住我時，我只是直挺挺地站著不動，並且對著瑪雅投以一個眼神，宛如說著：「快叫她放開我。」

瑪雅馬上就明白我的想法，拉開這名女孩。她對著我露齒而笑，眼裡閃爍著淚光。

「對不起。」她說。「我們聽說妳要來，都感到非常興奮。我們等著見妳，已經等了好幾個小時。」她一邊說，一邊又朝著瑪雅伸出雙手，緊緊抱住瑪雅。瑪雅面帶微笑，也回抱她一下，然後慢慢掙脫她的擁抱。

「好了，黛西已經來了，但是她一開始可能會有點緊張，所以我們多給她一些空間，好嗎？」

這個女孩看起來很沮喪。「抱歉！抱歉，我真的很抱歉。我沒想到。」她再次向我靠近，並且伸出雙手，我也再次往後閃開。

「蘇西……」那些工作人員同時開口提醒她，蘇西才停下動作，臉上露出驚恐的表情。

「沒關係。」瑪雅溫柔地說。「不用擔心。凡事多想一下就好，可以嗎？」

蘇西拉長了臉，尷尬地走到露台後方。她的個子很小，身高頂多一百五十二公分，但是體重大概也是相同數字，身材圓滾滾的。她有一頭粗硬的黑髮，像馬鬃一樣，綁成一束緊緊的馬尾。我一向覺得自己不夠時髦，然而站在她身旁，簡直像雜誌上的封面女郎那麼迷人。

瑪雅向我介紹其他工作人員時，蘇西又走過來黏著瑪雅。我一下子認識太多人，他們的名字我根本記不住。太多人注視著我，並且試圖了解我。

我突然感到疲倦，而且背部有一種緊繃的感覺，彷彿搭車時坐姿不良造成的不舒服，就算我用手去按摩也沒有幫助，於是我試著不去理會它。

其他人似乎都注意到我突然來襲的疲憊感，於是芙洛絲替我拿著包包，帶我由前門進入屋內。雖然她這麼做很體貼，然而她替我拿包包也減輕不了我太多負擔。兩件很醜的運動衫、一包三件裝的內褲，以及一把全新的牙刷，並不是造成我背痛的原因。

「黛西，等艾德芭瑤來了之後，我們再帶妳去認識環境。她比我們任何人都熟悉這裡。」芙洛絲帶我走過一條鑲著木板的長走廊，再走上樓梯，樓梯兩側有雕工精緻的扶手，讓我覺得宛如置身鄉間的豪宅。然而，無論這棟建築多麼宏偉，還是有一些破舊的地方。這裡的牆壁顯然最近才剛重新粉刷過，空氣裡瀰漫著一股油漆味，而且無論我往哪裡看，都能發現一些已經損壞的小地方：牆壁有污漬，地毯每隔幾步就有燒焦的痕跡，門板上則有亂七八糟的塗鴉。這棟建築物的主人應該很喜歡這裡，可惜住在這裡的人顯然沒有好好珍惜。

我們沿著樓梯走上三樓之後，芙洛絲帶我穿過一扇沉重的木門，離開樓梯間。

「這個樓層是女生的房間。」她輕快地說。「妳不必擔心自己會走錯樓層，因為如果妳走到男生那層樓，馬上會聞到一種臭味。我不知道是什麼東西造成的，反正就是有一股味道。無論那種臭味的來源是什麼，我想應該都不是什麼好東西。」

芙洛絲與我預期的工作人員不太一樣。到目前為止，每個人都不像典型的照護人員，我原本以為他們都很嚴肅。你懂我的意思嗎？我以為他們會在我說話之後滔滔不絕地說教，分析我所說的每件事。然而就目前看來，他們和其他孩子之間幾乎沒什麼隔閡，而且就拿芙洛絲來說，她和那些孩子也只相差幾歲。

我們沿著走廊往前走，最後抵達一扇白色的門。她拿出一把鑰匙打開門鎖，再慢慢地推開門。油漆的味道竄入我的鼻孔，像嗅鹽一樣讓我整個人精神一振。那種味道對我們兩人來說都太刺鼻了，因此我走進房間之後，芙洛絲馬上走到房間另一頭，試著將窗戶打開透氣。

這個房間沒什麼特別的地方，大小也與一般房間相同，牆面漆著最無趣的白色油漆。由於顏色太白了，讓人幾乎看不到牆與牆之間的接合處，感覺就像走進一場暴風雪中。

芙洛絲最後發出一聲咕噥，放棄了開窗的念頭。「不知道哪個笨蛋把窗戶給漆死了。」

「讓我試試看。」我小聲地說，然後握住窗戶上的把手。

雖然我連肩膀的力氣都用上了，窗子依然動也不動。但是當我輕輕推動窗玻璃時，才發現到這扇窗戶不太一樣。

窗玻璃並不是真的玻璃。它承受我的推力之後，先從我的手上彈開，然後又彎回原處。我困惑地皺起眉頭。

「這是怎麼回事？」我問。

「抱歉，黛西，我猜負責油漆的人如果不是瞎子就是笨蛋，但也可能又瞎又笨。」

「不，我是指窗戶的玻璃。這不是玻璃。」

「噢，妳是問這個。這裡的窗戶不是玻璃，整棟屋子裡的每一扇窗都不是玻璃，而是塑膠。這樣可以減少誘惑。」

我聽不懂她的意思。

「誘惑？」

「黛西，妳應該知道，住在這裡的每個人都經歷過一些事，通常這些事情會使他們產生某種程度的憤怒，所以我們必須避免他們將憤怒發洩在窗戶上。相信我，如果我們這裡的窗戶都鑲著玻璃，整間屋子的玻璃肯定早就全被打破了。」

她不是在說笑，而是陳述事實。就我目前對她的了解，我認為沒有任何事情能夠激怒她，這點讓我好生羨慕。

「聽我說，我現在必須下樓去和伊芙琳處理一些文書作業，正好給妳一點時間適應妳的新房間。不要擔心任何事情，好嗎？我可以向妳保證，等我們把妳的私人物品都送來之後，妳就會覺得這裡像家一樣。」

我很想相信她，可惜沒辦法，因為這個地方一點也不像家。雖然這裡只不過是在鎮上的另一頭，我卻覺得離家好遠好遠。

就算我拆掉媽媽的那扇窗，改用樹脂玻璃取代，「家」還是與這裡大不相同。而且無論我從哪種角度來看，現在我都是孤孤單單的一個人。

這種想法讓我感到筋疲力竭，我唯一想做的事就是立刻上床睡覺。我的床位在距離門口最遠的窗戶旁。我朝著床邊走去，可是一點也不想整晚盯著窗戶卻明知自己無法打開它或打破它。除此之外，床距離門口那麼遠，讓我感到格外無助。我希望自己就睡在門邊，如果有人打算開門走進房間，我可以隨時用腳一踢，將門關上。

沒關係，我相信我可以移動床架，等我挪好床位再躺上去休息。不過，當我握住床頭板並且企圖推動它時，根本毫無動靜。這張床看起來不重，只不過是一個簡單的木製床架和一片床頭板，然而不知道為什麼，我怎麼也推不動。我走到另一側改用拉的，它依舊毫無動靜，彷彿是個在鬧脾氣而不肯移動的孩子。

這到底是怎麼回事？我蹲下來並掀起被單，才發現床腳全都被拴在地板上。雖然其中一顆螺絲已經有點鬆動，看起來就像被拉扯過很多次，可是另外三顆螺絲依然緊緊地拴著，沒有鬆動的跡象。

我放下被單，站了起來。

首先是無法打開或打破的窗戶，接著是無法移動的床。這個房間真是詭計多端，我很好奇還有什麼我不知道的驚喜。

這引發了我的偏執，讓我的心跳開始加速。於是我快步走到門邊，擔心在自己抵達前還會發現什麼。

只要我逃出這個房間，然後數到五，應該就沒事了，我的心跳也會跟著變慢。

然而我還沒數到三，房門就已經在我身後「砰」地一聲關上。

21

我下樓時試著讓自己恢復鎮定。遠離油漆的臭味和宛如監獄般的家具，讓我覺得自己比較像個人。如果我沒有被某個躺在樓梯最底階的傢伙絆倒的話，一切應該都還不錯。

是娜歐咪，剛才在外面發飆的女孩。

我的腳不小心踢到她的手，某個小玩意兒從她手中飛出去，裡面的東西全部散落在木頭地板上。

「老天。」她大叫一聲，並且跳了起來。「妳走路都不看路嗎？」

「抱歉。」我連忙說，並且跪到地板上把我踢落的東西撿回來。看來我已經沒辦法在這裡交到朋友了。「我剛才沒看到妳。」

「對，妳沒看到。我坐在樓梯上一定不容易被人看見……」她不高興地反諷。「因為大家老是把我當成地板的一部分。」

我不好意思地羞紅了臉，趕緊低頭去撿東西。我一低下頭，馬上就明白自己要撿什麼了，因為我聞到了味道。

是菸草。我馬上想起和爸爸一起在家的時光，這個思緒立刻讓我流下眼淚。我痛苦地做個鬼臉，想辦法推開腦中的回憶。我現在絕對不能在任何人面前表露出我的情緒，更別說在娜歐咪面前。她依然一臉不悅地盯著我看。

「一點都不能少，這是完整的一包，妳聽見了嗎？如果少了一點，妳就得買一包新的菸草還我。」

「好。」我回答，慶幸她沒看到我掉眼淚。「地板上只有一點點。」我把散落在地上的菸草拿給娜歐咪時，雙膝仍然跪在地板上。我不敢看她的眼睛。

娜歐咪誇張地嘆了一口氣。「算妳好運。之前有人因為弄掉我的菸草而被我賞耳光。」

她的捲菸紙在打蠟過的地板上滑行到遠處，於是我站起來，走過去將捲菸紙撿回來給她。這次我比較大膽，敢抬頭看她的表情，確認她是不是想賞我一個耳光。

她看起來並不是真的非常生氣。她有一張自然下垂的臉，因此即使在沒有表情的時候，看起來也像不高興。就連她的頭髮似乎也帶有怒氣，鬈曲的髮絲披散在她的肩膀上。

她從我手中接過捲菸紙，然後坐回到樓梯上，沒有打算說聲「謝謝」的意思，但起碼也沒有繼續威脅我。

「我真不知道為什麼要抽這種玩意兒，這又不是萬寶路淡菸。」

她在腿上放了一張捲菸紙，然後在紙上放一些菸草。她試著用手指散開菸草，但她的手指微微顫抖，讓她皺起眉頭，生怕菸草再次掉到地上。

「我實在不懂為什麼要這麼麻煩，捲菸的過程比想要抽菸更加痛苦。」

我無法克制自己，露出一抹笑容。她很有意思，也很認真，比我還要認真。

「好啦，好啦，儘管笑吧。要不是因為我得賠償在這裡打壞的東西，我本來還負擔得起萬寶路，或者至少是梅費爾[14]。隨便什麼菸都比這種玩意兒好……」

她把菸草和捲菸紙扔回地板上，沮喪地把頭埋進雙手裡。我把地上的菸草和捲菸紙撿起來，坐到她身旁的樓梯上，和她一樣沉默不語。

我不知道我是出於習慣還是為了取悅娜歐咪，總之我無法克制自己的衝動。就像之前看到爸爸的菸草時那樣，自動自發地開始捲菸，不到一分鐘，我用手指輕輕戳娜歐咪一下，將我捲好的菸草遞給她。

她似乎很困惑，一時之間不明白我遞給她什麼東西。接著，她緊鎖的眉頭鬆開了，高興得幾乎要大聲歡呼。

「幹得好。」她深深吸了一口菸，將菸完全吸入她的肺中。「所以，妳也抽菸嗎？」

「不算是。」我不想對任何人提到爸爸，現在還不想，永遠都不想。

「呃，可是妳很厲害。妳可以多捲一些，因為妳已經抓到訣竅了。」

我從盒子裡拿出一張新的捲菸紙，準備再捲一根菸。我可以捲一堆讓她慢慢抽。

沒想到我的動作讓她生氣了。「聽著，如果妳也想抽，妳得先問過我，懂嗎？如果妳以後都幫我捲菸，我會好好罩妳，可是妳懂不懂基本禮儀啊？」

我想告訴她，我不是要捲給自己抽的，不過她蠻橫地打斷我的話。

「聽著，沒關係，這次我讓妳抽，但是下一次妳得先問過我。妳聽懂了嗎？」

捲好的菸平躺在我手中，我不知道該怎麼辦。如果我現在才告訴她，這根菸是為她捲的，聽起來可能很遜，於是我打算把香菸夾在耳朵上，像爸爸從前那樣。不過，當我舉起手時，她將點燃的打火機推到我面前。

---

14 梅費爾（Mayfair）是英國的香菸品牌。

打火機的火焰在我面前停留很久，久到足以讓她再次發怒。
「快點，不要浪費我打火機的瓦斯。」
我別無選擇，只好把香菸放進嘴裡，並且傾身點菸。
我把菸吸進嘴裡，讓它停留在口中，希望表現出會抽菸的樣子。
娜歐咪盯著我看，彷彿我是個怪胎。
「妳在幹什麼？這又不是雪茄。」
我無力地笑了一下，又抽了一口，並且將菸吸進我的肺裡。
好痛。我把煙吸進去的時候會痛，吐出來的時候也會痛。我盡我所能地把煙全吐出來，並試圖讓那些煙霧盡可能地遠離我，彷彿這麼做就能減少它所造成的傷害。當我嘗到喉嚨裡的那股熱氣時，我覺得自己的臉色肯定發青。
「妳還好嗎？」娜歐咪雖然這麼問，可是看起來一點也不關心。
「嗯，我很好，只是不習慣沒有過濾嘴的香菸。」
「妳應該早說的，我的口袋裡有一些濾嘴。誰叫妳不先問就打算抽我的菸，是吧？」
我們沉默了幾分鐘，但我能感覺到她的目光一直盯著我——打量我這個人，無論是衣服、頭髮，以及抽菸的方式。她毫不隱瞞地注視著我，讓我別無選擇，只能繼續一口一口地抽菸。因為我實在太害怕了，不敢在還沒抽完之前就用腳踩熄這根香菸。
「告訴我。」她突然問我。「妳為什麼到這裡來？」
她問得這麼直接，讓我有點意外。我聳聳肩，又抽了一口菸，宛如不想回答這個問題，暗示她答案根本不重要。

但是她顯然非要知道不可。

「呃？」

「我也不知道。他們說我必須釐清一些東西。」

她冷冷一笑。「嗯，廢話。他們對我們每個人都這麼說。我的意思是，妳要釐清什麼東西？妳究竟為什麼到這裡來？」

她提到這裡的口吻很奇怪，彷彿這裡是監獄。短短一瞬間，我還以為自己正在與電影《刺激1995》裡的摩根．費里曼說話，只不過我看不到自己圓滿的結局，也不認為娜歐咪會像電影裡的角色一樣照顧我。但是我知道必須說一些話以避免她繼續問其他問題，所以我直接告訴她真話。

「我到這裡來，是因為我爸爸死了。」

說出這些話讓我真的很痛苦，但是我知道如果我在學校裡這樣告訴別人，他們就不會來煩我。不過，這裡不是學校，娜歐咪也不是我的朋友。她被這句話勾起了興趣。

「真慘。發生了什麼事？」

「車禍。」她還想繼續問下去嗎？

「那妳為什麼不和妳媽媽住？」

真是夠了。

「她也死了。」

「妳沒有哥哥或弟弟嗎？」

我搖搖頭。

「姊姊或妹妹？叔叔？阿姨？」

「都沒有。」

她再次露出不以為然的表情。「嗯，難怪妳會發瘋。」

「感謝妳的鼓勵！」這段對話對於我的自信完全沒有幫助。

「不用客氣。妳不必擔心，根據妳剛才所說的，妳應該很適合這個地方。這裡的每個人都有精神疾病，包括我在內。」

她話一說完就馬上站起來，把菸蒂丟在地板上用腳踩熄，沒有拾起菸屁股便直接走開。不過，她走了幾步之後又回過頭來對我說：「對了，請妳抽菸是小意思，不必客氣。下次我再找妳幫我捲菸。」

隨之而來的靜默讓我鬆了一口氣，但不知道什麼原因，我沒有熄掉我的香菸。

我坐在那裡，凝視著那根菸，腦中思索著整段對話的荒謬性，以及我竟然開始抽菸的事實。香菸聞起來很臭，但我仍然再度將它拿到嘴邊。抽菸又何妨？反正事情不可能變得更糟了。奇怪的是，抽菸竟然讓我覺得自己比較接近爸爸。

所以我深深地吸了一口菸，感覺到肺部先因為受到刺激而彈跳，然後才繼續呼氣與吸氣。

或許我就應該這樣下去？倘若真是如此，那麼抽菸是適合我的。

22

如果我說我在這裡的第一個晚上風平浪靜，那就是在說謊。貝爾菲爾德社區的每一分每一秒似乎都充滿潛藏的戲劇性或緊張感，無論是開玩笑或者真正的衝突。

事實上，我像個殭屍一樣，度過了第一天的傍晚時刻。我不確定是因為自己被丟在這個詭異的地方所造成的震撼，還是因為離開醫院之後讓我非常疲累。我只知道自己彷彿與所有事物都失去了連結。

我的身體非常痛。稍早時我背部的僵硬感已經隨著時間加劇。吃晚餐的時候，我的背已經痛到讓我幾乎無法坐下。我覺得脊柱周圍的肌肉正不停抽搐，宛如有人從我爸爸的襯衫領口後緣塞進六顆高爾夫球。每當我往後靠在椅背上時，都會感到陣陣劇痛向我襲來，讓我不得不坐得直挺挺的。

可是沒人發現這一點。娜歐咪先對著蘇西竊竊私語，然後對我投以輕蔑的表情。蘇西則咯咯發笑，但是在接觸到我的目光時看起來一臉尷尬。

芙洛絲也注意到了。

「黛西，發生了什麼事？」

「沒事。」我試著裝出一臉輕鬆的模樣。「我的背有點疼，如此而已。我想應該是因為我太累了。」

芙洛絲看起來並不相信我。

「妳自己多留意一下，好嗎？如果情況惡化，請妳一定要告訴我們。」她似乎很擔心。「噢，這讓我想起了妳的藥，伊芙琳說妳每一餐飯之前都要吃藥。」

她馬上站起來，走出食堂，留下我被大家盯著看。

食堂的空間十分狹長，不像家裡的飯廳，比較像學校裡的餐廳。右側隔著金屬百葉窗，百葉窗後方是廚房。今晚廚房沒開伙，我們點了外送的披薩，以慶祝我的到來，但這項慶祝活動引起其他人不快。

「為什麼由她來選擇披薩口味？」派翠克不滿地說。「我到這裡來都已經八個月了，從來都沒有機會選擇披薩口味！」

「你胡說八道。」娜歐咪立刻反駁他。「你上個星期選了超難吃的炸雞，我從來沒吃過那麼難吃的東西，簡直像老鼠肉。」

「那不是我選的。是吉米選的！」

所有人的目光都轉向吉米，然而吉米正瘋狂按著他那支超大型手機。

蘇西再次咯咯發笑，而娜歐咪和派翠克都翻了白眼。這場爭執似乎就這樣過去了。

「你發簡訊給誰？」派翠克問吉米。

「一個朋友。我請他下個星期替我安排一場演奏會，我想要表演一些新作品。」

「那真是太棒了。」娜歐咪嘲諷地說。「一定要把我們列入賓客名單，我們非常期待你的演出。」

她顯然不相信吉米的話。

「沒問題。你們每個人都可以拿到貴賓證。」吉米露出笑容，可是沒有抬起頭來。

這句話讓其他人都翻了白眼，派翠克的表情看起來最為苛刻。

披薩送到之後，大家就停止嘲笑吉米了，因為他們四個人就像禿鷹一樣，立刻將魔爪伸向披薩。我等他們先搶奪自己要的食物。搶完之後，他們才將一片披薩丟到我的盤子上，而且還拿走披薩上面的香腸和鳳梨。雖然我不太高興，但反正我本來就覺得在披薩上面放水果很噁心。

派翠克狼吞虎嚥地吃掉他的披薩，貪婪的嘴臉就像他抽菸時的模樣，彷彿生怕別人會在他吃下披薩之前就從他的盤子上搶走。

相反的，吉米吃披薩時非常神祕。他帶著自己的披薩坐到食堂盡頭處的座位，背對著大家，還用雙手護著盤子。

「他從來不讓任何人看見他吃東西的樣子。」芙洛絲嘆了一口氣說。她回來時手裡拿著一個杯子，杯裡有兩顆橘色藥丸。「從他到這裡來的那天開始就這樣。」

我看了那兩顆藥丸一眼，我從住院初期就開始服用這種橘色小藥丸，然而讓我自己驚訝的是，我根本不知道這是什麼藥。

「妳需要水嗎？」

我搖搖頭，指指我杯子裡的水，然後就把藥丸吞進喉嚨，扭曲著臉喝下一大口水。

其他人沒有任何表示。事實上，芙洛絲看我服下藥丸之後，就把其他杯子分別遞給蘇西、娜歐咪和派翠克，然而她沒有靠近吉米。

蘇西也服用了她的藥，並且熱情地向芙洛絲道謝。派翠克直接拒絕，還把杯子甩到地板上。娜歐咪則試圖討價還價。

「只要妳給我可以用來吃藥的刀叉，我就把藥吃下去。」從她的語氣和芙洛絲的肢體語言可以看出，這種討價還價的場面已是家常便飯。

「親愛的，妳也很清楚情況。這個星期的每個晚上，妳都用這種理由推託。除非我們能信任妳，才會給妳刀子，可是妳不能偷偷拿刀上樓，而且妳只能拿到木製的刀。」

「妳不覺得這裡的刀子很鈍嗎？就算我想拿刀切東西，根本也切不動。」

「既然如此，妳為什麼還要在房間裡偷藏那麼多把刀？為什麼要把它們藏在各個不同的地方？」芙洛絲的語氣不是質問她，而是平靜地陳述事實。

然而這並沒有阻止派翠克無情地嗆聲。

「就算給她木製的刀，妳還是得小心一點。她會拿刀割自己的手臂，她會割出很多道傷口。」他說完之後放聲大笑，並且看著其他人尋求認同，可是沒人理他。蘇西看起來很害怕，輕輕地擁抱自己，吉米還坐在遠處的長凳上。

然而這樣就已經足以惹火娜歐咪。她把椅子向後一推，飛快地衝到派翠克面前。

「你這個怪胎，那些木製的刀子也可以拿來割你。」她大喊著，並且拿叉子對著派翠克。

如果不是因為她如此失控，這個場面可能很好笑。派翠克鐵定也以為娜歐咪在開玩笑，所以他閃開她的攻擊，並且在跳開時拍了她的頭一下。

「那就來吧，砍死我。」他嘲笑她，還做了一個鬼臉。「做妳最拿手的爛事。」

娜歐咪發出一聲尖叫，一聲用盡全力的鬼叫，然後整個人撲向派翠克。

我猜派翠克沒有料到娜歐咪會反擊，他還以為自己的動作夠快。因此，當叉子刺穿他的皮膚並且斷裂時，一切都變成了慢動作。他的手伸向自己的臉，然後看見手指上滿是鮮血，接著所有的動作又開始變快。他向她撲去，抬起手臂。在撞擊聲中，娜歐咪的頭往後仰去。工作人員隨即從四面八方出現，在慌亂中拉開他們兩人。

令人驚訝的是，娜歐咪依然站著，同時開始不停地辱罵派翠克。雖然瑪雅和芙洛絲拉著她的雙手，她仍舊試圖衝向派翠克，並且用難聽的字眼刺激派翠克。

派翠克也很激動，即便有三名男性工作人員將他壓倒在地，他依然不斷扭動身體。雖然那三個男性工作人員的體型都比派翠克壯碩，年紀也比他大，可是仍得費力地制服他。其中兩人將派翠克的雙手固定在地板上，並用自己的體重壓住他的肩膀，將他的額頭推貼在地板上。艾瑞克則負責壓住他的背，一邊留意他不斷踢動的雙腿，一邊以平靜的語調與派翠克輕聲說話，儘管他正用力地壓制派翠克。

「冷靜想一想，派翠克，想想看剛才發生了什麼事，然後試著深呼吸。你聽見我說的話了嗎？」

這一幕太不真實了，與我在電影銀幕上或現實生活中看到的都不一樣。我看著其他人，發現他們動也不動。蘇西雖然坐立難安，但依然試著吃完她的披薩；吉米則是走到廚房邊，將他的盤子放在上菜窗口，然後繼續在他的手機上敲打數字。

這種場面讓我沒有辦法承受，我覺得自己已經無法繼續看下去，於是從椅子上起身，在背部發出抗議般的疼痛時蹣跚走向樓梯，不確定是否有人發現我離開食堂。

23

當我關上房門時，一顆心不停狂跳。我倚在門板上，擔心樓下的打鬥會跟著我走上樓梯、進入我的房間。

此刻我的背部痛到不行，迫使我彎下腰，彷彿我的脊椎是一條橡皮筋，因為拉得過長而回彈。雖然我每多彎一英寸都意味著更多的痛苦，可是我別無選擇。

我順著門板往下滑，躺到地板上，將膝蓋蜷縮到胸口。我的脖子也像我的背一樣彎著。

我的腦子想盡辦法去理解現在的狀況，我的心跳則不斷擊打著肋骨。到底發生了什麼事？這不是恐慌症發作，這是身體上的疼痛。我覺得彷彿有人操控著我，要把我捲成一顆球。

我需要爸爸，我很需要他。我想要大聲呼救，但無法將足夠的空氣送進我的肺裡。我只能設法靠呼吸來壓抑疼痛。

我的體內不斷出現尖銳的疼痛，讓我的脖子和背部變得奇形怪狀。我用腳踢門，希望樓下的混亂場面已經結束，有人可以聽見我踢門的聲音，但我懷疑自己踢門的聲音是否大到能讓他們聽見。

幸好真的有人聽見了。

一開始，我把那個聲音誤認為回音，以為是我踢門的聲音在長長的木板走廊上迴盪，可是當我停止動作之後，那個聲音還繼續著。然後，有個聲音傳來，那是我沒有聽過的聲音，不過這不重要，因為那是我聽過最偉大的聲音。

救我。

「黛西？妳可以開門嗎？」

我設法轉動我的頭，看見有人正在拉動門把，並感覺冰冷的木板正在推動我的背部。

「無論是什麼東西擋住門口，妳都必須移開它。我們很擔心妳，所以要進來房間看妳。」

那個聲音聽起來很急迫，我聽得出來，不管有什麼東西擋在她和我之間，都沒有辦法阻止她來救我。

「是我擋著門。」我大聲地回答。「可是我動不了。」

那時我聽見她喊著一個我沒聽過的名字，要那個人去找醫生來。雖然她還不清楚我處於什麼狀態，但是她很敏銳，知道我出了問題。

「黛西，我需要妳盡量從門邊移開，好讓門打開一道縫隙，讓我擠進去。妳能做到這一點嗎？」

我告訴她我可以，儘管我覺得自己根本辦不到。現在我的上半身因為抽筋而動彈不得，脖子也因為痙攣而歪貼在左肩上，痙攣一路往下延伸到脊椎底端。我只能晃動雙腿，直到踢到門板。我用腳抵住門板，然後將腿伸直，扭曲著臉滑行身體，直到我退離門邊，足以讓門打開，隨即有個女人的臉出現在門口。

當我一看見她，心情立刻放鬆了，因為她對於眼前所見的景象沒有大驚小怪。我不知道是不是因為見到某人讓我鬆了一口氣，因而影響了我的感受，但她真的是我所見過最醒目的女人。

她的臉飽滿圓潤，皮膚散發著非裔女性深棕色的光彩。她的鼻子兩旁有黑色的雀斑。

當她看見我一臉驚恐的模樣時，立刻對我露出要我放輕鬆的微笑。雖然她什麼都沒說，可是她的笑容告訴我：一切都會沒事的，不要害怕。

她從門縫擠進我的房間之後，立刻跪在木頭地板上，並將我的頭抱到她的腿上。我痛得大叫，但是這個疼痛很值得。她將手放在我的額頭上輕輕按摩，把我所有的疼痛都吸進她的掌心裡。

我努力仰起頭看她，看見與她在門口出現時相同的微笑。

「呃，我沒想到我們會以這種方式見面。握手應該是比較傳統的方法，不過這樣也不錯。很高興認識妳，黛西，我叫艾德芭瑤，但是每個人都叫我艾德。」

「對不起。」我小聲說道，淚水不斷從眼中流出，因為疼痛及情緒放鬆。

「這是妳犯的第一個錯誤——妳不需要道歉，因為一切都很好，所有的事情都會很快好起來。妳只需要放鬆並且信任艾德。我們會提供妳幫助。」

爸爸過世才一個星期，在這段期間，只要想到有人觸碰我，就會讓我心生恐懼。可是在這個地方，在我新房間冰冷的木頭地板上，被這位全然陌生的女子擁抱著，感覺比什麼都好，彷彿我已經得到救贖。

24

我出事的消息使得樓下的紛擾結束了。事實上，在等待醫生過來的那半個小時，屋裡的每個人都跑來看我，就連吉米也放下他的手機，從門口探頭進來。他並不是好奇或八卦，只淡淡地對我說一聲：「冷靜下來」，然後就消失了。

至於其他人則很想坐在我的床上，看著倒在地上的我，可是艾德不許他們這麼做。「這不是電視實境節目。」她對娜歐咪及蘇西說。「沒有什麼好看的，妳們也幫不上忙。我們讓黛西好好休息，可以嗎？」

蘇西在惶恐地跑出房門時不停道歉，娜歐咪則翻了一個白眼，氣呼呼地走掉。

「我是不是惹她不高興了？」我在痛楚中咬著牙問艾德。

「不，不，不。妳不必在意娜歐咪。她只是有點不高興妳到這裡來，如此而已。」

艾德的說話方式有一種讓人平靜下來的力量。她帶有濃濃的非洲口音，可是抑揚頓挫十分柔和，聽起來就像時鐘的滴答聲，具有催眠效果。

時間一分一秒慢慢過去，然而每分每秒都帶來新的疼痛，宛如不受歡迎的禮物。艾德動也不動地跪坐著，雖然這樣的坐姿一定讓她很不舒服。她的手輕輕撫摸我的頭髮，我閉著眼睛，想像這是爸爸的手，甚至是媽媽的手。

醫生的到來打破了這種寧靜。這位醫生看起來並不想來這裡，而且她顯然經常被叫到這裡來看診。

她沒有為我檢查身體，甚至沒有蹲下來問我哪裡痛。她只是拿出手機，告訴艾德她準備叫救護車。

「我真不懂他們為什麼這麼快就讓她出院。」

她上樓前顯然已經先讀過我的背景資料。

「妳不打算過來和這個女孩說說話嗎？」

這是我頭一次聽見艾德的語氣如此冰冷，但她肯定是故意的，而且醫生也聽得出來。我想，醫生很不喜歡艾德的這種口吻。

「我認為沒必要。從她抽搐的樣子，看得出來她應該住院，她現在不該待在這裡。」

艾德不同意醫生的說法。「噢，我認為這裡最適合她，而且她才剛到幾個小時。」

醫生環顧四周，緊皺的眉頭透露出她對這個地方的觀感。

「如果妳是醫生──我想妳當然是醫生，因為妳似乎懂得比我多──為什麼還要叫我過來？」

艾德笑了一下，緩緩地搖頭。「噢，我不是醫生，我差得可遠了。可是我讀過這個女孩的資料，我想妳指的是我對她的了解。」

醫生將一隻手插進口袋，彷彿在尋找什麼東西，艾德也注意到這個小動作。

「那裡沒有她的資料。我把資料放在樓下的辦公室。」

「聽我說，」醫生說。「我不是心理學家，我的專長是一般醫學。我不需要閱讀任何資料也看得出來，這個女孩現在很痛苦，非常需要我的幫助。現在，妳到底要不要讓我幫她？」

「如果那意味著妳要把她送回醫院，那麼我不會讓妳這麼做。我只會讓妳開藥給她，讓她減輕疼痛。」

醫生聞言後很不高興，直接對艾德嗆聲。

「妳大概也可以精準地告訴我應該開哪種藥吧？」

「當然，因為我已經讀過她的資料，知道她過去四天都在服用氟哌啶醇[15]，一種抗精神疾病的藥物，但是她沒有服用任何預防副作用的藥，這就是為什麼她會有肌肉痙攣的症狀。」

醫生往前走近一步，比剛才更靠近我一些。艾德沒有給她太多時間看我，又繼續開口說話。

「因此，我認為少量的煩寧[16]可以緩解眼前的問題，然後再開些環丙啶[17]以防止肌肉收縮再次發生。」

醫生在我身旁蹲下，試著將我的脖子扳離我的肩膀，但是當她這麼做的時候，我痛得放聲尖叫，並且將手伸向艾德的手。

「我能不能看看她目前服用的藥？」醫生問。她說這句話的時候沒有看艾德。

---

15 氟哌啶醇（Haloperidol）是一種典型的抗精神疾病藥物，可用於治療思覺失調症、妥瑞氏症的抽搐、噁心、嘔吐、躁動，以及戒酒症狀。

16 煩寧（Valium）常用於治療焦慮症、酒精戒斷症候群、苯二氮平類藥物戒斷症候群、痙攣、癲癇發作、失眠，以及睡眠腳動症。

17 環丙啶（procyclidine）是一種抗膽鹼能藥，主要用於治療藥物誘發的帕金森氏症和急性肌張力障礙。

瑪雅馬上去拿我的藥過來。在短暫的等待時間裡，醫生檢查了我的脈搏和血壓，並試著彎曲我四肢的關節。

在看過藥罐的標籤之後，醫生站起身來，去拿她放在房門邊的包包。她從包包裡拿出一個棕色的小瓶子，迅速回到我身邊。我覺得這是她頭一次真正看著我。

「黛西，我會給妳一種鬆弛劑，因為妳目前經歷的痙攣很可能是藥物造成的。除此之外，妳應該先停止服用其他藥物，直到精神科醫師找出平衡藥效的方法。」她無力地笑了一下，幾乎帶有道歉的意味，然後轉向艾德，同時收起臉上的笑容。「不過，如果抽筋的症狀在一小時內無法緩解，那麼我們別無選擇，只能讓黛西住院。」

她把藥瓶交給艾德，然後站起身來，並且看我最後一眼，目光中帶著同情與憐憫。「親愛的，快點讓自己好起來。」她說完後就轉身離開。

艾德沒有浪費任何時間，馬上讓我服下鬆弛劑。我百分之百相信這種藥會有效。在看過艾德充滿自信地與醫生過招之後，我當然不懷疑這種藥能幫我。

艾德繼續跪坐在地板上陪我，過了大約十五分鐘，我的脖子漸漸恢復正常，就像有人慢慢鬆開我背上的扭結。當舒緩感抵達我脊椎底端時，我已經深深愛上這種藥，覺得自己彷彿變成巨人，只要動動手腕就可以輕易拂去天花板角落的蜘蛛網。

這種輕盈感如此強烈，讓我忘了所有的事，包括我做過的壞事，以及失去的親人，所有的一切。我想要唱歌跳舞、擁抱這屋子裡的每個人。這種輕盈感改變了我。

我以手肘撐著地板，讓自己站起來，享受四肢恢復功能的感覺。艾德也伸直雙腿，在缺乏活動許久之後，她得讓血液在腿部重新流動。

「不要太勉強，黛西。」她警告我。「那種藥會讓妳感到非常疲倦。」

我不想理她，因為我覺得自己可以馬上去爬山或者參加馬拉松比賽。然而當我真的用腳站立起來時，整個人立刻跌撞在牆上。

我沒有辦法讓身體平衡，彷彿我的雙腳已經忘記如何幫助我站立。我往後倒去，不過沒有跌得太遠，因為艾德伸出雙手接住我，然後攙扶著我走到床邊，讓我躺在床上休息。

她替我脫掉腳上的鞋，並替我蓋好被子。

當藥效在我身體裡的每個細胞開始發揮作用時，我的眼皮變得越來越重。我暈眩地露出笑容，並且對艾德說聲「謝謝」。當時我也只能做到這麼多。

她發出像小女孩般的笑聲，並且搖搖頭。

「不，不，不，黛西。」她說。「我應該感謝妳。」

我不明白她在說什麼，但是我太累了，無力與她爭論。我將頭深深埋入枕頭中。

不到一會兒的時間，我就睡著了。可是我知道艾德還在我的房間裡，因為我聽見她說話。只不過，我不確定她的聲音是什麼時候停止的，因為我可能已經開始做夢了，畢竟我聽到的最後一句話很不合理。

「我應該感謝妳，黛西．霍頓。妳是我的幸運符。」

25

醒來之後，我發現自己睡了十二個小時，令我非常訝異。雖然下床時有點辛苦，可是能夠再次控制自己的手腳感覺很棒，讓我不禁想給昨晚的藥丸加分。

我去浴室盥洗並換掉內衣褲，然後再次穿上爸爸的襯衫，準備下樓。走廊上另外兩個房間傳出音樂聲，我猜應該是娜歐咪和蘇西的房間。我聽見其中一扇房門後面播放著流行歌曲嘈雜的吉他聲，而另外一扇房門後有饒舌歌曲刺耳的貝斯聲。要推論她們哪個人聽哪種音樂，其實並不困難。

我一拉開通往樓梯間的門，馬上又聽見其他音樂聲傳來，這次是來自男生住的樓層。男生聽的音樂節奏比較沉重，有更多貝斯和不同的節拍。當各種聲音朝我耳朵襲來時，我不禁停下腳步。這種混亂的環境十分完美，為我初到這裡的十二個小時做出總結。

我走下樓梯時感覺樓梯微微震動，但我這次非常小心，不打算再次撞到或踢到任何人。

我的腳帶著我走到食堂。在這麼長一段時間裡，我除了一片披薩之外什麼都沒吃，因此我的肚子叫我快點想辦法。

瑪雅坐在其中一張長凳上，一邊喝茶一邊閱讀資料。她樂意告訴我食物在哪裡。在吃下三片吐司和一碗麥片之後，我的胃才總算滿足。

我吃飯時瑪雅沒有打擾我，她沒有問我前一晚發生的事，只是很高興看見我又恢復健康，然後繼續閱讀她的資料。

當我將碗盤放進洗碗機時，艾德出現了。她一看到我，臉上露出欣喜的表情。

「這是一個好徵兆。」她臉上帶著笑容說。「我第一次看到妳走路時不會摔倒。」

我不好意思地羞紅了臉，沒有回應她的話。昨晚她還只是一個陌生人，我卻那麼依賴她，所以我覺得今天不可以再做相同的事。

「告訴我，妳今天早上感覺如何？」

「好多了。」

「很好，那麼我們要開始忙了。我先帶妳熟悉一下這裡的環境，然後再陪妳去找醫生檢查。」

我肯定露出了恐懼的表情，因為她搖搖頭，告訴我不必擔心。她說我們要去找的是另外一位醫生，不是昨天晚上那個「甚至不敢看我們眼睛的笨蛋」。

我很欣慰她沒有急著要我馬上看醫生。事實上，很顯然的，除了昨晚的救援行動之外，艾德做任何事情都不著急。

接下來的半個小時，我們悠閒地在屋裡走動，由艾德為我介紹各個房間的用途。這裡簡直像座迷宮，到處都有走廊和隱蔽的空間。屋子老舊的部分有臥室、交誼廳、廚房和活動室，比較新的但是看起來毫無生氣的那一半則是工作人員的辦公室和教室。在此之前，我還不知道自己已經不會再去學校上課。雖然與派翠克和娜歐咪一起念書並不吸引人，但是比起必須面對唐娜或霍布森老師，這無疑是更好的選擇。

我們四處走動時，艾德談起昨晚的事，並詢問我肌肉疼痛的狀況已經發生多久、其他人如何與我相處，以及我到這裡來的感覺。我知道她想探知我的私事，誘使我說出心裡的話，以便對我進行評估，不過她問話的方式非常溫柔，也不會大驚小怪，與伊芙琳這麼做的時候感覺大不相同。雖然我什麼話都沒說，她依然耐心地點點頭，繼續下一個話題。

「沒有人會強迫妳談論任何事情，黛西。」艾德對我說。「我們的工作是幫助妳找到答案——如果妳願意的話。而且我很清楚，妳應該不會想在這裡待超過必要的時間。」她對我挑挑眉毛，我也對著她點點頭。我當然不想在這裡待太久。

「那麼妳就好好利用這個地方，利用我和每一位工作人員以及其他人，例如娜歐咪，甚至吉米。我們每個人在某些方面都能夠幫妳，我們每個人都能夠幫妳盡快離開這裡。」

「他們都去了哪裡？我是說，原本住在這裡的孩子，他們離開這裡之後去了哪裡？」

「這取決於他們的年齡，以及他們在貝爾菲爾德與我們互動的成果。黛西，我不想騙妳，雖然有人可以順利找到寄養家庭或者在我們的協助下自己獨立，但也有人不是在自願的情況下離開這裡。」

「妳的意思是，他們入獄了？」

艾德說到這裡時看起來有點感傷。「對，因為有時候唯一的選擇是把他們送往安全的環境。這樣的結果讓我們所有人都很難過。所以，妳必須時時刻刻想著，等妳離開這裡時，妳是要與新的家庭展開全新的生活。」

這種想法令我不寒而慄，讓我想起自己孑然一身。萬一我無法解開自己心裡的問題，那該如何是好？萬一他們無法找到願意冒險接納我的家庭，那該如何是好？

「有可能讓我回自己家嗎？」我問。「如果我不想要新的家庭，那該怎麼辦？難道不可以派人定期到我家，確認我是否一切無恙且沒有放火燒了房子嗎？」

「一切都有可能，妳也不必擔心自己會放火燒了房子。在沒有經過妳的同意之前，我們不會做任何安排。但是我必須坦白告訴妳，從長遠的角度來看，妳希望的這種安排不常發生，甚至無法做到。我的朋友，一步一步來，我們先來解決妳的用藥問題。」

我們沒有花太多時間與醫生會面，因為這位醫生大概只花了十五分鐘，就得出艾德前一晚提出的相同結論。這個醫生還算友善，比前一晚的女醫生親切許多，也不像那位女醫生一樣草率地對我們做出評斷。

最後的結論是，如果我要避免抽搐症狀復發，每天必須服用另外兩種藥片。雖然醫生試著向我解釋這兩種藥片的作用，可是我不想聽，只希望他的診斷是正確的。

我們離開位於這棟房子新建築部分的醫生辦公室，回到室外的陽光下。

夏天已經到了，雖然我認為自己不配享受陽光，但是陽光確實讓我更有活力，而且這裡的一切都比醫院好。

然而艾德沒心情晒太陽。

「黛西，我們今天還有任務。」

這句話給我一種不太舒服的感覺，所以我懷疑地看著她。

「什麼任務？」

「我們有好幾件事。有些事情是每天都要做的，還有一件事情是今天下午就得完成。我們今天要完成的第一件事並不容易，可是非常必要。」

「到底是什麼事情？」

「我們必須回妳家去拿東西，一些可以讓妳更舒服的東西，例如衣服，妳的衣服。」

「我們今天就得這麼做嗎？」我問。我不確定自己今天就能面對這種情況。

可是艾德非常堅持，雖然她沒有硬逼我。「噢，是的，我的朋友，今天一定得做。如果妳再繼續穿著那件襯衫，妳身上的味道會比兩個男生湊在一起時還難聞。」

對話到此結束，因為這個理由讓我無法辯駁。

26

儘管屋外有陽光，屋裡還是漆黑一片，因此我們走進屋子時，我點亮了走廊的電燈。當我關上門，抬起頭看著媽媽的那扇窗，覺得走廊上的燈光溫暖了她窗上的太陽，讓我心情放鬆了些。也許待會兒我們離開時，我應該讓電燈保持亮著，好讓人覺得這間房子有人住，雖然我們一家人都已經不住在這裡了。

「這是一間很可愛的房子。」艾德輕撫我的手臂說。「以前我從來沒有看過大門上有這種窗戶。你們搬進來的時候就有這扇窗了嗎？」

我搖搖頭，告訴她這扇窗是我媽親手做的。

「妳母親真的很有天分。妳這一點很像她，對不對？」

她發表這樣的評論似乎不太對，我不知道她的論點是根據什麼而來，她對我根本一無所知。

「我沒有辦法做得這麼好。」

「她還有創作其他東西嗎？有我們可以帶走的東西嗎？」

我聳聳肩。沒有別的了。

「黛西，我知道這不是一件容易的事，所以妳必須學著控制自己。我們可以在這裡花最少的時間，也可以花很多時間，全由妳自己決定。但或許妳應該先整理好妳的衣服，這樣我們就可以在妳需要的情況下隨時離開。」

我乖乖聽話，上樓去拿衣服，艾德則待在廚房裡。從廚房傳出的聲音聽來，她應該是在清理冰箱和垃圾桶。

樓上也有一種腐壞的氣息，彷彿空氣已經停止流動。我沒有打開任何一扇窗，因為這麼做已經沒有意義。

我走向衣櫃，找出一個最大的旅行袋，然後把內衣褲全放進去。

接著，我把衣櫥裡的牛仔褲和連帽衫都放進旅行袋裡。這些連帽衫都是超大尺寸，穿起來垮垮的不好看，可是非常舒服。

我找不到襯衫，長袖的襯衫。我回想起車禍發生的那天，才想到當時我之所以穿爸爸的襯衫，是因為我的襯衫都拿去洗了，只要去洗衣籃裡找一找，應該就可以找到，不過就只有那幾件，我的襯衫顯然不夠多。

我停頓了一會兒，才鼓起勇氣走進爸爸的房間，因為我知道那個房間裡的一切都可能讓我崩潰，不過我必須進去一趟。我做了一次深呼吸，宛如準備潛水，然後打開房門，走了進去。

房間裡的模樣不是我見過最糟糕的狀態，起碼那天早上他還拉開了窗簾。然而房間的每個角落都堆放著衣物，空氣中瀰漫著一股陳腐的菸草味——這不令人意外，因為菸灰缸就放在床邊的小桌上，而且除了菸灰缸之外，還有一瓶喝了一半的烈酒。爸爸最後的遺物不應該是這些東西。

我努力壓抑住自己的情緒，因為目前我有任務在身：我必須堅強起來，憑靠自己完成該做的事。我已經別無選擇，沒有其他方法。

在翻遍爸爸的衣櫃之後，我找到了想要的東西。我選了六件他的襯衫——不是他上班時穿的高級襯衫，而是布料柔軟好穿的長袖襯衫，能夠遮掩我想掩飾的每一道傷疤。

我把這些襯衫塞進旅行袋，然後回到我的房間，迅速掃描牆面，選了一張我最喜歡的父女合照，還有爸爸與媽媽的照片，將它們從牆壁上拿下來，放在襯衫上面。

我拖著旅行袋下樓，雖然袋子不重，但已經足以讓我明白自己體力尚未恢復。艾德站在客廳裡，看著擺滿ＤＶＤ的書櫃。

「我從來沒有在同一個地方看到過那麼多部影片。」她說。「這些妳都看過嗎？」

「我猜，大部分都看過了。」

「妳最喜歡哪一部片？」

我又聳聳肩，這似乎已經是我的基本反應，但我馬上就因為自己高傲的態度產生罪惡感。為了彌補，我馬上從中挑選出幾部電影，撐起微弱的笑容交給艾德。

「這些我都還沒看過。」她嘆了一口氣。「妳想帶著它們嗎？」

「嗯，如果可以的話。」儘管我覺得自己已經不配再看這些電影。

她決定讓我一併帶走我房間裡的電視機和ＤＶＤ播放器。她認為我在貝爾菲爾德社區裡擁有多一點屬於自己的東西會有所幫助。

於是我上樓去拿，留下她繼續看著書櫃裡的東西。過了五分鐘我回來時，她依然站在同一個地方。

「告訴我，這些是什麼？」她指著一排未貼標籤的ＶＨＳ錄影帶。那些錄影帶放在ＤＶＤ旁邊，看起來顯得十分笨重。

「家庭電影。」我回答。「我爸爸很喜歡拍影片。」

「妳看過裡面的內容嗎？」

「沒有，因為沒有轉拷成ＤＶＤ。其中有一些是用八釐米攝影機拍攝的。我爸爸讀大學的時候有一台攝影機。」

我們望著那一整個書櫃的影片，我開始感到不舒服，艾德也察覺到這一點。

「妳該帶走的東西都收拾好了嗎？」她問。

「我想，應該吧。」

「那麼我們該回去了。妳不用擔心，這裡的東西不會有人動，而且只要妳想回來，我們隨時都可以再回來。黛西，這裡依舊是妳的家。雖然到最後一定得處理掉這些東西，但是我向妳保證，處理方式絕對會讓妳知道。」

我們走向大門時，我覺得自己的雙腿像鉛一樣沉重。我遲疑了一會兒，才關掉電燈。當我按下電燈開關的那一刻，覺得自己彷彿向命運臣服了。艾德摟著我的肩膀安慰我，將我帶回陽光下。

艾德先把一個大大的黑色垃圾袋丟進垃圾箱，接著才帶我走到車子旁，將她手中的第二個袋子交給我。

「這個給妳。」

我在陽光下瞇起眼睛。「這是什麼東西？」

「我們先上車離開這裡，妳自己打開來看。」

我家消失在視野之外後，我才將注意力轉向那個袋子，默默期盼裡面不是其他壞消息。

我打開袋子，看見一個彌封的塑膠袋擺在一個箱子上。我馬上就看出那個箱子裡裝著什麼：爸爸送我的攝影機。光想到它就已經令我崩潰，讓我很想把它扔出車窗外，因為它使我想起自己的惡行。但我又覺得這樣太輕易放過自己了，或許我該把它留在身邊，以便二十四小時全年無休地提醒我做錯什麼。

我拿起那個彌封的塑膠袋，將它正反兩面都看了一遍，以確認裡面裝著什麼。

裡面都是爸爸的東西，應該是他發生車禍時的隨身物品。我咬著嘴唇，決心不表露出任何情緒或恐懼。

裡面有他的錢包，塞著很多收據、便箋及紙鈔，還有他的車鑰匙、手帕、一包菸草、捲菸紙。其中最醒目的東西，就是他的芝寶打火機。

我拿起打火機，想著爸爸多麼珍惜它，幾乎總是隨身帶著它。每當他不小心將它遺忘在某處，就會顯得非常驚慌，因為這是媽媽送他的寶貴禮物，是代替媽媽陪在他身旁的寶貝。如今……好，它是我的了。我會像爸爸對待它的方式那樣珍惜它。

我伸手去拿爸爸的手帕時，手不禁微微顫抖，而且心跳加速，擔心自己會在車子裡情緒失控。

艾德馬上察覺到我不對勁，看出我的激動，於是不發一語地按下控制鍵，打開我身側的車窗，讓微風輕拂我的臉頰。

雖然這麼做對我有一點幫助，可是還不夠。於是我從塑膠袋裡拿出菸草，開始捲菸。由於我的手還在發抖，好好捲菸並不容易，然而專心做這件事使我稍微靜下心來，幫助我轉移注意力並且遠離恐懼。問題是，當我捲好了菸，恐慌感又回來了。因此，我在未經思考的情況下把菸放到自己嘴邊，並且點燃芝寶打火機。

香菸開始燃燒，氣味不如昨天那支菸濃郁，而且在我用力抽兩口之後，香菸的酸味就減少了許多。雖然抽菸可能對我有點幫助，艾德卻不這麼認為。

「我不知道妳會抽菸。」她皺著眉頭對我說。她瞥視我的眼神，彷彿在說：「不會吧？妳真的會抽菸嗎？」接著她又補充一句：「我能體會妳今天很難熬，可是抽菸不能解決問題，而且會讓我的車子聞起來很臭。」

我聳聳肩。我實在沒辦法熄掉這支菸，因為它能幫助我冷靜下來。

「這次就算了。」艾德說。「但如果妳下次想要抽菸，我們就停車，這樣可以嗎？」

「好。」

我不想急著把菸抽完，於是我一口一口慢慢吸，最後把菸蒂從車窗扔出去，並且將頭轉向敞開的車窗。我嘴巴裡的味道很難聞，可是我不在乎。只要抽菸能讓我的情緒冷靜下來，那麼，就現在而言便是最棒的解決方案。

27

我們回到貝爾菲爾德社區的時候，時間剛過下午兩點，可是我已經筋疲力盡，剩餘的力氣只能用來提我的旅行袋。因此當艾德主動替我搬電視機和DVD播放器時，我真的鬆了一口氣。她走在前面，我則步履蹣跚地跟在她身後，遺憾我的房間不是在一樓。

我們走到露台時，我看見派翠克坐在上面一邊搖晃雙腿，一邊大口大口地抽菸。他看到艾德手上捧著的東西，在我越走越近時瞇起了眼睛。

「妳打算在房間裡舉辦電影之夜嗎？」

雖然他沒有以齷齪的口吻說這句話，他的話語還是讓我倍感壓力，因為我一點也不想和他一起看電影。

艾德看出我在想什麼，以此為契機向我提出告誡。

「妳不必理會派翠克。」她睜大眼睛，露出我從未有見過的表情。「他和這裡其他人一樣，有許多問題要面對。妳最好把房間當成私人領域，不要隨便邀別人進去。」這時她的表情又稍微軟化，不想把我嚇壞。「妳到這裡來，是為了擁有安全感。妳明白這一點，對不對？」

我點點頭，不過我一點也不擔心派翠克，因為他不可能隨隨便便就走到女生房間這層樓，除非得先經過一場大戰。

我將私人物品放進房間之後，這個房間終於不太像個空殼了，只不過依然沒有家的樣子。艾德答應給我一些錢去買新被單，把舊的丟掉，好讓房間改頭換面，但我覺得於事無補。每當我看見那些塑膠窗戶時，就會馬上想起自己已經不住在家裡。

我掛好衣服後就準備躺下來休息，可是艾德另有安排。

「不，不，不。」她催促道。「現在不是睡覺時間。」

我趴在床上，將自己裹在棉被裡。「拜託，讓我睡十分鐘就好。」

不過我知道她不可能答應。

「黛西，已經快三點了。」

「所以呢？」

「這表示我們應該到樓下的交誼廳集合了。」

「為什麼？」

「因為我們每天下午三點鐘都得集合。」

我從被子裡伸出頭來。我不喜歡這個消息。

「我們是指誰？」

「大家，所有的人，包括值班的工作人員。」

「我不懂。」

「如果我們兩人在兩分鐘之內還沒出現在樓下，妳就會懂了。來吧，動作快一點！」

艾德沒有給我任何警告，直接把被子從我的背上拉開。我一度以為她會生出一根消防隊的滑桿，讓我直接溜下樓去，可是她只是氣定神閒地叫我走樓梯下去。

我們是走進交誼廳的最後兩個人，但不是那裡臉色最差的。娜歐咪和派翠克分別坐在房間兩邊，兩人都擺著臭臉。

房間裡有四張沙發，四張都是鬆垮垮的老式四人座沙發，排列成一個大大的正方形。這四張沙發圍成的空間與拳擊擂台差不多大小，我好奇他們是不是一向這樣擺設座位，以便娜歐咪和派翠克隨時對打。這種想法讓我不寒而慄。

吉米和蘇西坐在第三張沙發上，沒有理會另外兩人之間的緊張氛圍。吉米用手指敲打著膝蓋，不停搖動他的頭，嘴裡哼著只有他自己能聽見的音樂。蘇西坐在他旁邊注視著他，並且跟著搖頭晃腦，試圖跟上吉米杜撰出來的節奏。

我不想與任何人太接近，於是坐在第四張沙發的扶手上。艾德在我身旁坐下。

沒人說話，就連原本站在那裡的兩位工作人員也沒開口，他們只對著我微笑，一句話都沒說。我們顯然在等待某人或者某事發生，但我不知道到底是什麼。

又過了一分鐘，門打開了，一個女人走進來。起初我以為她走錯地方了，因為她穿得非常正式，身上的套裝熨燙得整整齊齊。

每個人都看著她，甚至張大嘴巴。吉米發出一聲長而緩慢的狼嚎，消除了空氣中的緊張氣氛。

「貝克絲，妳怎麼穿成這樣？」派翠克大喊。「萬聖節又到了嗎？」

不意外的，娜歐咪馬上反駁派翠克，並且朝他扔了一個椅墊。「閉嘴，大白痴，反正你看什麼人都不順眼，對不對？」

接著他們兩人又開始互相叫罵，而且站起身來往對方走去，兩名工作人員立刻伸手拉住他們。

這裡到底是什麼鬼地方？事情總是這樣變幻無常嗎？我跟不上這裡的腳步，也無法招架似乎不斷發生的火爆場面。

我做了一次深呼吸，從口袋裡拿出菸草，開始專注地捲菸。混亂的場面並未持續太久，因為那個新來的女人走到房間正中央，站在娜歐咪和派翠克中間。雖然她的體型比他們兩人嬌小，可是有一股氣勢。她只說了一個字，並且用手一指，他們兩人就乖乖回到各自的座位。

那個女人的表情十分嚴厲，但是不具威脅性，當氣氛恢復和平之後，她就變回和藹可親的模樣，尤其是當她看著我的時候。

「很好。」她溫柔地說，並且脫下外套，隨手丟到沙發上。「不好意思，我遲到了。又到了開會時間，我猜我應該是唯一一個還沒見過她的人，但我還是要正式向大家介紹，這位是我們的新朋友黛西．霍頓。」

每個人都面帶笑容地歡迎我，讓我有點不好意思，不安地撥弄著手裡的菸草。

「我們很歡迎妳到這兒來。」她繼續笑著說。「我叫貝克絲，是這個地方的笨主管。」

派翠克當然不肯放過這個可以順勢辱罵她的機會，不過沒人理他。貝克絲又繼續致詞。

「妳可能很好奇為什麼大家都坐在這裡。一部分的原因是為了歡迎妳，另一部分的原因是我們固定在星期一到星期五的下午三點鐘開會，不管發生什麼事，我們都要到這裡來集合。我們把這個時間稱為『社區時間』，有時候我們不會聊太多事，但有時候我們可能會暢談四十五分鐘都無法結束，無論如何，這個會議一定要開。我要表達的是，黛西，這裡有很多事情具有選擇性，可是『社區時間』

沒得選擇。如果妳不出席，我們會去找妳。」

「他們說到做到。」娜歐咪在一旁碎念。「上個星期他們就去我房間找我，他們的杯子還留在我房裡。」

「說起來還真是奇怪，自從那次開始，妳每天都準時出席。」艾德笑著說，並且對娜歐咪吐吐舌頭。

「黛西，我無意讓妳困窘，但妳想不想簡單自我介紹一下？」貝克絲說。

我皺皺鼻子，搖搖頭，我才不想自我介紹。難道她以為我到這裡來是很光彩的事？她沒有勉強我，可是派翠克又開始囉嗦。

「她到這裡之後就一直惹麻煩。」他抱怨道。「超愛惹麻煩。」

貝克絲認為這是轉移話題的好時機，讓我鬆了一口氣。

「沒關係，黛西，慢慢來，這裡的每位工作人員和孩子都會提供妳幫助。」她說完後就轉向派翠克。「派翠克，你今天好像有很多話想說，或許你可以告訴我們昨晚發生了什麼事？」

派翠克因自豪而鼓起胸膛，似乎很高興成為大家關注的焦點。「妳說什麼？」他大喊著。「妳是說我喝了幾杯伏特加的事嗎？」

「噢，我不知道你喝了伏特加。我……呃——」她故作驚訝地看著其他工作人員，「我想我們都沒人知道你昨晚喝酒，但我們開完會之後一定會去你的房間沒收那瓶伏特加。」

派翠克聞言後氣得臉色發紅。

「我指的是昨天晚餐時發生的事。有人願意告訴我發生了什麼事嗎？」

娜歐咪與派翠克，甚至還有蘇西，紛紛爭相發表自己的想法，宛如一群幼稚園孩童想博取老師的注意。

值得一提的是，貝克絲對他們非常有耐性，專心聆聽他們千奇百怪的敘述，沒有嘲笑他們言論的荒謬。芙洛絲和艾德不像貝克絲那麼能夠控制自己，當娜歐咪哀號著自己不受尊重時，芙洛絲忍不住用椅墊遮住自己的臉。雖然你看不到她的表情，但可以看見她的肩膀已經笑到發抖。

每位證人發言完畢後，貝克絲立刻指出每個人所犯的錯。雖然她的言詞直接且坦率，但是沒有人因此動怒。

「聽起來你們每個人都忘了我們在這裡努力實現的基本原則，那就是尊重別人。娜歐咪，妳知道我們為什麼給妳木製餐具嗎？——我們已經討論過非常多次了，因為我們不能讓妳從廚房裡拿刀傷害自己。我們很在乎妳，所以不容許這種事情發生。」

娜歐咪眼睛眨也不眨地看著貝克絲，不敢說一句話，但是她癟嘴且歪頭的表情，表示出她不想聽貝克絲說這些。

貝克絲轉頭看著將雙臂伸展於沙發上的派翠克，雖然派翠克企圖表現出天不怕地不怕的模樣，但是在空蕩蕩的四人座沙發上，他只顯得格外孤單。

「至於你，派翠克……呃，你也必須想想自己的行為。難道你不覺得，不打斷娜歐咪說話是尊重別人的態度？難道你不覺得，娜歐咪說話的權利被剝奪時，她可能會感到非常難過？她肯定不喜歡你故意在她說話的時候插嘴。」貝克絲的目光在他們兩人之間來回移動，接著逐次望著我們五個人。

「對我們這個團體來說，黛西的到來是個非常重要的時刻，所以我們要好好把握，對不對？在接下來的幾天和幾個星期，讓我們致力於互相尊重，讓我們試著互相幫助，而不是互相看不順眼，好嗎？」

娜歐咪和派翠克都勉強地說聲「好」，蘇西也跟著熱情回應。蘇西此刻對吉米的音樂比較不那麼感興趣了，她似乎比較想要擁抱貝克絲。

關於那場風波的討論就到此結束。實際上，當貝克絲在派翠克身旁坐下並熱情地捏捏他的手時，會議的氣氛似乎也開始轉變。在接下來的十五分鐘，大家開始討論即將到來的暑假。

事情變化的速度如此快速，實在非常瘋狂。激烈的爭吵結束還不到幾分鐘，娜歐咪和派翠克已經都對瑪雅為下星期安排的旅行興奮不已。當會議結束時，他們已經把整個假期都計畫好了，甚至決定共度大部分的時間。

這種發展都令我難以置信。這不是隨隨便便就能編造出來的情節，這屋子以外的人肯定都無法相信它是真的。

28

沒有人因為會議結束而感到失望。當我們離開交誼廳時，我有點希望娜歐咪和派翠克再次爆發衝突，可是停火狀態似乎暫時已經穩定下來。

不過，艾瑞克對派翠克可就沒有那麼友善。

「派翠克，你要不要告訴我你把伏特加藏在哪裡？你知道，我們必須沒收你的酒，對不對？」

結果回話的人是娜歐咪。

「你為什麼不能放過他一次？」娜歐咪說。「都是因為你們對我們太惡劣，我們才會借酒澆愁！」

艾瑞克沒有理會娜歐咪，他的目光依然鎖定著派翠克，可是派翠克完全懶得理他。

「你要找就去找，可是你永遠都找不到。」

「所以，你同意讓我們進去你的房間囉？你要在旁邊看我們找嗎？」

「不必了，但是請你們離開時把我的房間恢復整齊，我這星期才剛請女傭來打掃過，她把我的房間整理得非常乾淨。」

艾瑞克翻了一個白眼，轉身走人，顯然他以前就聽過這類鬼話。

「噢，如果方便的話，順便替我整理一下襪子。」派翠克又大喊。他停了幾秒鐘，等到艾瑞克的身影消失在轉角處，他才罵一聲：「王八蛋。」

娜歐咪覺得派翠克表現得很好，因此拍拍派翠克的肩膀，然後轉頭看著我。「我們要去抽菸。」

她說。「想不想替我們捲菸？」

我不想回房間呆坐，而且吉米和蘇西顯然也打算跟他們走，於是我點點頭，跟在他們身後往露台走去。

太陽還沒下山，露台上可以遮陽，還有徐徐微風。

他們一屁股坐在露台的藤椅上，雖然派翠克身旁還有空位——大家似乎都圍著他而坐——但我依然選擇倚著木梁。儘管不太舒服，可是感覺比較安全。

「又浪費了四十五分鐘。」娜歐咪一邊抱怨，一邊把菸草扔給我。「可以幫個忙嗎？」

我無力地笑一笑，然後從盒子裡抽出捲菸紙。

「噢，也替派翠克捲一根，可以嗎？」

「謝啦。」

我實在無法表現出擁戴派翠克的嘴臉，但盡量試著不帶任何表情。只要我融入這群人之中，日子就會好過一些，他們也不會來煩我。如果不融入他們，他們一定會經常找我麻煩。因此，我這麼做對大家都有好處。

我馬上就捲好兩根菸，交給他們。他們接過菸之後，從不同的角度仔細端詳，然後認同地點點頭。

「我告訴過你，她這方面很厲害。」娜歐咪得意地說，宛如她是發現我擁有這項「才華」的人。

「嗯，還不錯。我想這樣也好，畢竟她在其他方面沒有什麼本事。」

這就是派翠克典型的說話方式。然而不知道什麼原因，蘇西突然反駁他這句話。

「派翠克，你怎麼知道？」她說。「黛西才剛到這裡一天而已，你就以為自己很了解她。你根本亂說。」

我很感激蘇西這樣替我說話，倘若不是因為我試著融入他們之中，我一定會對她投以一個感謝的微笑。蘇西敢這樣對派翠克說話，實在很有勇氣，尤其她的身高比他整整矮了一英尺，而且相較於派翠克的大嗓門，她的聲音就像老鼠吱吱叫。

「因為我已經徹頭徹尾看透她了，我知道她沒有什麼不同。幾個月之後，她也會像帕蒂一樣被他們送走。可悲的傢伙。」

我氣得臉色發紅，雖然不知道帕蒂是誰，也不知道她發生了什麼事，甚至不知道她或我到底誰才是可悲的傢伙。於是我告誡自己不要聽派翠克的批評，低下脹紅的臉，默默替自己捲了一支菸，然後點燃。

「妳的打火機不錯。」吉米說。「我以前也有一個，但是送給一個女生了。」

「那個女生是你的歌迷嗎？」娜歐咪問，口氣充滿嘲諷意味。

吉米似乎不在意，他回答娜歐咪：「不算是。我們是偶然認識的。她來看過我們的表演，後來就經常出現在我們演出的地點。」

「你確定她不是你媽？」娜歐咪自以為好笑。「你知道，樂手不可以叫自己的媽媽假裝成歌迷。」

派翠克認為這是他加入戰局的機會。「吉米，那是在你認識西蒙・高維爾[18]之前還是之後？我永遠搞不清楚時間先後。那時你已經簽約了嗎？還是在你得到白金唱片之前？」

吉米沉默了。他看起來沒有生氣或感到尷尬。相反的，他站起身，從口袋裡拿出手機，盯著手機螢幕好一會兒，然後抬頭看著其他人，並且指指他的手機。

「好啦，好啦——」派翠克點點頭，「我們知道，你必須接這通電話，這通電話很重要，因為可能是你的經紀人打來的，要替你安排世界巡迴演出，對不對？」

「先在歐洲巡迴，然後才會到全世界。」吉米露出一個燦爛的笑容，語氣裡沒有一絲開玩笑的意味。他用一隻手撐住欄杆，然後一躍而下，跳到下方的草坪，接著把手機貼近耳朵，開始大聲說話。

「那個傢伙腦袋有問題。」派翠克不屑地說。「我發誓，他變得越來越嚴重了，每天都在接聽這個『經紀人』的電話。」

「他這樣又不會傷害任何人，不是嗎？」蘇西小聲地說。

「可是他會傷害我的聽力！他一天到晚在桌上敲敲打打，然後說著他的巡迴演出。他最好小心一點，不要被送去精神病院。那裡會把病人關起來，再也不讓病人出來，除非先切除病人一部分的腦葉。」

蘇西看著吉米，臉上露出擔憂的表情。我覺得讓她坐在那裡發愁並不公平。

「可是，這不可能完全是吉米幻想出來的吧？」我的聲音聽起來十分勇敢而且篤定，比我實際上感覺的更加勇敢和篤定。「我的意思是，他正在和某人通電話，不是嗎？」

娜歐咪笑了。「妳有聽見他的手機響嗎？」

「呃，沒有，但他可能設定為振動模式。」

---

18 西蒙．高維爾（Simon Cowell）是英國唱片製作人、電視節目製作人、唱片公司老闆，以及電視選秀節目的評審。

娜歐咪搖搖頭，看著我的眼神宛如我和吉米一樣腦袋有問題。「黛西，黛西，黛西，妳還有很多東西要學。首先，他那支手機的型號至少是十年前的，甚至無法發送簡訊，更別說要設置為靜音振動模式。」

「還有一件事。」派翠克插話進來。「更重要的是，那支手機根本沒有裝電池。」

他的話還沒說完，自己已經先開始狂笑，娜歐咪也跟著大笑，然後兩人互相擊掌，繼續說著吉米種種不正常的行為。

他們瘋狂大笑時，我轉頭看著蘇西。「是嗎？」我問。「他的手機真的不能用嗎？」

蘇西難過地搖搖頭。「就我們看到的情況，那支手機應該已經不能用了。有一次他把手機忘在交誼廳，我們看到放置電池的地方是空的。」

我慢慢吐了一口氣，目光望著吉米，吉米正在庭院某棵樹下的樹蔭講手機，手機緊緊貼在他的耳朵上。不管他到底在和誰通話，顯然都很專注傾聽著，而且心情很好，因為當他對著手機說話時，我可以看見他燦爛的笑容。

派翠克的歡呼聲將我的注意力拉回來。他從針織衫下方拿出一個塑膠瓶，如果那個瓶子裡裝的是水，他也未免興奮過度了。

「我剛才不是說他們永遠找不到伏特加嗎？」他得意地說。「就是這個原因！我已經把伏特加都裝進這個瓶子了。」

他那得意的表情，可能會讓人誤以為他發明了什麼偉大的東西，殊不知只是將液體從一個容器換裝到另一個容器。他拿起那個塑膠瓶豪飲一口之後，將瓶子遞給娜歐咪，然後她也喝了一大口。

她用手背擦擦嘴唇，停頓了一會兒，用眼神詢問派翠克該不該把瓶子遞給我。

他嘟起嘴，皺起眉頭思索。「好吧，也給她喝一口。我們來看看她喝酒的本事是不是比說話來得高明，呃？」

娜歐咪把塑膠瓶塞進我手中，要我喝一口。那一秒鐘，我心中的魔鬼戰勝了一切，非常想要狠狠灌下一大口伏特加，讓自己清涼一下，或者喝一口然後吐到派翠克臉上，教訓他不准再用那種方式對我和其他人說話。

可悲的是，我沒那麼勇敢。我把瓶子拿到嘴邊啜飲一口，希望瓶子裡的東西能夠讓一切變得輕鬆，並且讓這一天快點結束。

那不是我喝過最難喝的東西，和我在許多派對上喝的加水啤酒差不了多少。

「妳還挺聽話的。」派翠克又開始碎念，並傾身搶走我手中的塑膠瓶。「妳這個貪心的傢伙，不要全部喝光。」

我故作驚訝地舉起雙手，並且無視我胃裡的翻攪。我很想叫他快點決定要不要讓我成為他們的一員。

「我應該不會喝醉吧？」他嘟囔著。「這麼一點酒應該不會讓我醉倒。」

「難道他們不知道你一直在喝酒？他們沒有聞到你的酒味嗎？」

娜歐咪一臉無奈地搖搖頭。「妳真的還有很多東西要學。這就是為什麼我們只能喝伏特加，因為琴酒或威士忌會有味道，可是他們幾乎聞不到伏特加的氣味，我們甚至不用噴香水來消除酒味。」

我不知道她說的是真是假，但他們如此堅信。這似乎是他們的遊戲規則之一，是他們在這裡生存的方式。當他們繼續分享愚弄工作人員的詭計時，我決定坐下來，一邊傾聽一邊再替自己捲一支菸。無論他們說的是不是真的，一旦你肚子裡裝著一點伏特加，一切聽起來都變得有趣多了。

29

雖然娜歐咪和派翠克的性情火爆且脾氣不穩，但他們似乎主導著貝爾菲爾德的一切。在接下來的幾天，我已經開始習慣他們的生活模式。

位於新大樓的教室在暑假期間暫時關閉，由於不必上課，日子變得漫長又悠閒。

我很少到處閒晃，主要是因為他們持續提供給我的藥物。

這些藥的副作用似乎讓我嗜睡。雖然我沒有再出現詭異的抽筋，可是藥效讓我昏昏沉沉。

早上最為嚴重。我幾乎每天都在可怕的迷霧中醒來，濃密的大霧將我包圍住，讓我即使最簡單的思維過程也都陷入混亂，令我萌生焦慮。房間的油漆味已經慢慢消退（多虧有室內芳香劑），但是每天想著爸爸已經不在這個世上，對我來說實在非常難熬，而且這些想法總會帶來尖銳的自責與罪惡感。

每天睡醒後的前半個小時，我總是靜靜躺在床上，等待恐慌感在我全身蔓延，將我牢牢抓住。它會激怒我、嘲弄我，威脅著隨時要咬我。但奇怪的是，儘管它的威脅從不間斷，卻始終沒有真正傷害過我。因此我認為這種恐慌是藥物造成的，不是出自我的內心。

當我洗完澡並穿上爸爸乾淨的襯衫時，上午差不多已經過了一半。但無論我磨蹭多久的時間，我始終是第一個起床的人。那些工作人員看見我時總是非常高興，幾乎就要為我跳起波浪舞，就連那些比較無趣的工作人員也會為我準備早餐，或者在我烤吐司時替我泡杯茶。

等我們五個人全都起床，差不多已經到了午餐時間。我們會在交誼廳集合，等著聽工作人員說明下午有什麼安排。等到陽光照遍每個角落，就表示該去海邊度過午後時光。雖然這裡沒有熱帶地區的暖陽——畢竟我們在英國——但可以晒晒太陽就很不錯。

不久後我就發現，工作人員都盡可能讓我們舒服自在。如果計畫是去海邊，我們不必麻煩地自備難吃的三明治和瓶裝水，因為他們會準備裝滿食物與冷飲的野餐盒，或者燒烤與印度烤肉串。奇怪的是，其他那些孩子完全無動於衷，彷彿他們本來就期待有五星級的療程。

這真的很怪，很不自然。雖然我不知道娜歐咪或其他人是從什麼地方來的，但我不覺得那裡的舒適程度能有這裡的一半。

我問娜歐咪，大家是不是一直被這樣照顧著，她得意地給了肯定的答案。

「很棒，對不對？」她大聲地說。「毫無疑問，當個廢物也有好處。」

「可是，這裡的經費要從哪裡來？」

「我才不管那麼多，只要我還待在這裡，經費不要花光就好。」

更令人驚訝的是，替我解答疑惑的人是蘇西。也許她像隻小老鼠，也許她情感過於豐富，但如果你想要探知事情的真相，問她就對了。

「這裡的經費是靠募款的方式籌來的，這就是為什麼貝克絲總是穿得那麼正式。她一直在向投資人和國會議員之類的人募款。」

「說服別人把錢放到這裡來應該很不容易，對不對？」

「對，可是貝克絲是個傳奇人物。」娜歐咪突然插話。「她和我們一樣。」

「什麼意思？」

「她也是在這種環境中長大的。以前她也是個每天鬼混的人，什麼事都幹過，後來被送到曼徹斯特一個類似這裡的地方，那裡的人改變了她。」

這實在讓人難以置信，可是我不想與娜歐咪爭論。

「這就是為什麼我們沒人敢惹她。其他工作人員都是從書本中學到我們所接觸的事物，可是貝克絲不同，她是親身經歷過，妳懂嗎？」

「這也是為什麼我們很少看到她嗎？」

「完全正確。她忙著在外面那些高檔的地方與高檔的人交際，忙著握手寒暄之類的事，才能讓我們在這裡過好日子……」

其實貝克絲並不是唯一一個我們不常看見的工作人員，我到這裡來之後的最初幾天也很少見到艾德。關於這點，我不確定自己有什麼感覺。

一部分的我對此感到欣慰，因為從艾德和我之間的對話看來，她顯然很想知道爸爸車禍前發生了什麼事；但是與此同時，我又覺得有艾德在我身邊，心情會比較平靜。

艾德值班的時候，我認為自己不需要喝伏特加。

貝爾菲爾德社區從來沒有短缺任何生活物資，而且有足夠的靜謐空間讓我們躲起來安靜地毀滅自己。

我試著規定自己只能在晚上喝酒，而且我不是專業人士，無法像派翠克或娜歐咪一樣把酒藏得好好的。他們無論什麼時候喝酒都不受影響，就算真的喝太多，只要上床睡幾個小時，醒來之後又可以繼續喝。可是我只等晚班時段開始時才喝，因為那個時候所有的工作人員都在辦公室交接工作，我知道不會被他們抓到。

在控制恐懼的藥丸與伏特加的幫助下，我就這樣迷迷糊糊地過完了第一個星期。其間當然也有狀況發生，例如派翠克偷藏酒被發現，或者娜歐咪從廚房的抽屜偷走刀具被看見，可是我總有辦法在各種小型衝突中避開風頭，從不置身其中。

好吧，我可能會喝一小口伏特加，可是在我房間裡絕對找不到酒瓶。倘若我喝了酒還是無法消除恐懼，因此產生絕望，我就從手臂上的舊傷疤下手，但絕對不製造新傷痕。

我猜，這麼做還算有效。雖然我既不舒服也不快樂，但起碼我把自己灌醉了，而且情緒高昂。之前發生的事情依然安全地鎖在我心中，沒有人能夠打開。

至少我是這麼想的。可惜蜜月期就要結束了。

30

我用睡眼惺忪的目光看著那雙健走靴，希望它們只是幻影。

「妳說這雙鞋要給我？」我啞著嗓子問，菸草的味道還殘留在我的喉嚨裡。

「當然是給妳的，不然要給誰？」艾德笑了。「我的靴子已經穿在腳上了。」

她的靴子也是厚重的棕色皮靴，看上去就像派翠克時時刻刻穿著的那雙運動鞋一樣破舊。

「真棒。」我呻吟著，再度把臉埋回枕頭中。

「妳是不是在氣我過去幾天沒到這裡來？」艾德問。

是的。可是我沒有這樣對她說，只用聳聳肩和打哈欠來回答她。雖然已經又過了一天，我還是不習慣藥物帶來的副作用，還有伏特加。

「現在已經十點鐘了，太陽在等我們。」

我忍不住抱怨，因為我本來打算再多睡一個小時。艾德竟然想叫我出去晒太陽……呃，她最好放棄這個念頭。

可是她沒打算放棄。取而代之的是，她開始一連串煩人的動作，目的就是要讓我離開被窩。首先她拉開我的被子，接著是枕頭，然後用我放在床邊的杯子在我臉上灑幾滴水。當她五音不全地唱起某種非洲歌謠時，我擔心我的耳朵會流血，只好從床上跳起來。

「好啦，好啦，我起床了。給我時間先洗個澡，好嗎？妳知道，我有這個權利。」

她低聲笑個不停。「噢，老天，妳到這裡來才一個星期，可是說起話來已經和娜歐咪一模一樣了。我們絕對需要好好相處一天，就只有妳和我。我讓妳盥洗半個小時，待會兒我再過來找妳。穿上那雙靴子，我們今天要走很多路，好嗎？」

她竟然說我像娜歐咪，實在讓我驚訝得說不出話，因此我除了點頭之外，沒有任何回應。我拿起浴巾去洗澡，希望能把身上所有像娜歐咪的氣味全部洗掉。

我們帶著我的早餐離開貝爾菲爾德。艾德堅持要在其他人睡醒之前出發，可能是擔心他們會說服我不要跟她去健行，而是和他們待在露台上打發時間，順便替他們捲菸。

奇怪的是，雖然我一開始覺得在露台上鬼混是比較吸引人的選擇，然而在艾德無法阻擋的勸誘下，我竟然被她的熱情吸引。等我回過神來，我們已經走到沿海道路上。我一手拿著一根香蕉，另一手拿著一片吐司，艾德替我端著茶杯，茶裡加了糖，而且依然冒著熱氣。

「相信我，妳會需要一點熱量。」艾德笑著說。「今天將與妳在貝爾菲爾德的其他日子有所不同。」

我當下就覺得自己需要來根菸，因為我早已習慣慵懶的日子，而且我感覺這雙靴子的鞋墊好像快翹起來了，一直在摩擦我的腳跟。

「所以，妳在這裡適應得如何？」艾德問。

「我猜，還可以吧，」我喃喃地說，不太知道應該如何評論我在這裡的第一個星期。「這裡的生活……還算有趣。」

「噢，是的，這裡的生活絕對不會無聊，保證每天都有不同的鬧劇上演。」

艾德在岔路的路口前停下腳步，大海出現在我們眼前，一望無際的藍色延伸到視野之外。陽光讓一切看起來如此不同，也讓一切看起來更美好，實在非常奇妙。在這種光線下，我們或許能看見地中海或者加勒比海，或者任何地方，因為眼前的大海真的太清澈了。

「黛西，我很抱歉自己讓妳在第一個星期感到失望，也很抱歉我沒有協助妳安頓下來，告訴妳這裡的一切。」

我覺得她的道歉很莫名其妙，不理解她為什麼要說對不起，畢竟她是發現我倒在地板上的人，也是幫助我找到適合藥物的人。如果沒有她，那個女醫生早就把我送回醫院了，我現在可能住在精神病房，聽護士們在我房門外說我的閒話。

「不用擔心，其他人已經告訴我這裡的運作方式。」

「噢，其他人，妳是指派翠克和娜歐咪嗎？」

我點點頭，心裡明白她接著要說什麼。

「他們可以教妳許多事，但如果妳想好好運用貝爾菲爾德社區的資源，我不確定他們是不是最好的老師。」

「噢。我懂妳的意思。」

「黛西，妳必須了解，這裡的每個孩子都有無限潛力。如果他們沒有潛力，就不可能住到這裡來。可是娜歐咪、吉米和其他人都經歷過他們不該有的遭遇，並見識過他們這個年齡不該看到的不幸，或者應該說任何年齡都不該看到的事。基於這個原因，他們努力地想弄清楚自己的人生，有時候他們需要一點幫助才能勉強撐完一天。」

我不太懂這是什麼意思。從艾德的表情看來，她知道我不懂。

「很抱歉，我表達得不夠好。黛西，我的意思是酒精，還有未來會出現在妳面前的各種誘惑。我不是笨蛋，我知道妳也不是，所以我只說一次。有時候，喝酒確實能讓日子好過一些，也會讓妳覺得自己更勇敢、更強壯、更能與世界抗爭，可是酒精無法解決妳的問題，也無法幫助妳提早離開貝爾菲爾德。我們很高興妳能住在這裡，但是等我們知道妳已經找出繼續前進的解答時，我們也會很樂意地看妳邁向下一站。」

艾德的話很有道理，而且聽起來非常真誠，可是也讓我生厭。正如娜歐咪警告過我的，這些工作人員都讀過很多書，吸收了許多他們需要的專業術語。艾德其實並不清楚我發生了什麼事，也不知道她希望我告訴她的事最好一輩子都不要被說出來，這樣對大家都好。

她可能意識到自己說太多了，因此接著沉默了幾分鐘，什麼話也沒說，於是我默默吃完早餐並且喝茶。我覺得這段小小的靜默時間非常棒。

我們走到海邊時，艾德才將話題轉移到我們兩人都覺得更難啟齒的事情上。

「黛西，我們需要談談妳父親的事。」

我慢慢地吐氣，需要馬上抽根菸的感覺非常強烈。「有什麼好說的？他已經死了。」我覺得我的內心正因為這個事實而哭泣。

「到現在已經過了兩個星期，我們必須考慮如何與他道別。」

「什麼意思？」我又變遲鈍了嗎？或者她說的是另一種語言？

「黛西，我是指葬禮之類的儀式。」

「我不想要那些東西。」
艾德對於我回答的速度和內容都感到驚訝。
「妳確定嗎？」
「非常確定。」我甚至不想思考舉辦葬禮的可能性。「我爸爸不喜歡任何宗教，他從來不去教堂。他曾說，每次他去參加葬禮或婚禮，都覺得自己像個偽君子，所以他肯定不希望其他人因為他的緣故而必須這麼做。」
在我意識到自己在做什麼時，我已經又捲好一支菸了。當我舔舐捲菸紙的接縫時，思忖著自己剛才所說的話。我說的都是真的，全都是真的。每次只要遇上任何宗教儀式，爸爸就會顯得煩躁不安。不過，這不是我反對替爸爸舉辦葬禮的唯一原因。
我還想到必須面對自己所犯的過錯，而且被那些一開始想要擁抱我、替我撫平傷痛的人包圍。我無法忍受這種事發生，因為隨著葬禮儀式的進行，他們到後來就會明白發生了什麼事，並且得知是我造成了這一切。當我爸爸的棺木被推到天鵝絨布簾後方時，大家就會開始竊竊私語。等到火化棺木的黑煙從煙囪裡不斷冒出時，他們已經想殺死我以當作懲罰。
光想到這些我就難以承受，即使這一切都是我應得的。
「我知道突然要妳面對這些事情非常困難，妳不必現在就做決定，可以花點時間考慮一下，這對於妳和其他人來說都是好事，例如妳父親的朋友……」
「我才不想管別人！」我說出這句話的音量比我預期的大聲且憤怒，讓我們兩人都嚇了一跳。「我才不想看他們排隊表達弔慰，好嗎？我在醫院的時候，他們也沒來看我，我何必要管他們的想法？」

這些都是我的真心話，全都是。不過我一點也不失望他們當初沒來探望我，我不認為自己可以承受他們的同情。我不相信自己，也不覺得我值得別人照顧我。我只希望自己有足夠的說服力讓艾德打消念頭。

看來我達成目的了，不過她看起來並沒有生氣或失望。事實上，她接受我的說法，反而更令我不安。

「我明白。不過還有其他選擇，或許妳可以考慮一下。」

「例如什麼？」

「我們可以安排將妳父親的遺體火化，並通知他的朋友，告訴他們妳還難以接受他的離去，所以無法舉辦葬禮，他們可以自行選擇紀念他的方式。然後我們可以留著他的骨灰，等到妳準備好的時候再說。」

如果我把骨灰罈放在床邊，娜歐咪那些傢伙可能會跑來惡搞，把它當成菸灰缸，或者整個偷走，以報復我沒有替他們捲菸。一想到這些我就忍不住發抖。我沒有辦法承受這種事。我很想發怒，或者什麼都不管。

「別擔心，黛西，我知道才經過這麼短的時間，妳的情緒尚未恢復，卻得面對這麼多事情……我向妳保證，一切會慢慢好轉的。請妳相信我，事情真的會好轉。」

我用爸爸的衣袖擦拭他的打火機，然後輕輕彈開打火機的蓋子，點燃一根香菸，讓香菸刺痛我的肺。

我很想相信艾德，真的，可是我無法相信她，起碼現在還不行。因為我甚至無法相信自己。

31

我們回去時，露台上的那些人給予我們熱烈的掌聲及嘲諷的歡呼。

艾德不當回事，對著他們揮手並投以大大的笑容，我一瘸一拐地走在她身後，咒罵著我腳上的水泡。他們看見我的狀況後喜不自勝，在我走到可以聽見他們聲音的距離時，就開始嘲笑我。

「你們只是嫉妒。」艾德朝著他們大喊，試著為我打氣。「今天早上我們走了好幾英里的路！我敢打賭你們才剛起床！」

「答錯了。」派翠克舉起他的馬克杯大笑。「我們都已經喝了好幾杯啤酒囉。」

我不禁冷笑，猜想他馬克杯裡裝的其實是茶。我才不相信他這麼早就開始喝酒。

艾德走進屋裡，表示要去替我們倒茶，我則癱坐在藤椅上，即便唯一的空位在派翠克旁邊，我也無所謂。我實在太累了，沒有力氣計較那些。

我小心翼翼地脫掉靴子和襪子，以為腳上已經磨掉好幾層皮，可是除了幾個水泡之外，我的腳幾乎沒事。

「玩得愉快嗎？」娜歐咪問我，但是她沒看我，而是假裝在捲菸，可惜裝得不夠自然。她的語氣帶有一種尖銳感，暗示她不想看我。

「噢，很棒啊，我超喜歡運動，尤其是在這種高溫下。」

「妳應該拒絕她啊，不是嗎？像我就絕對不會被艾德拖出去。」

她的口吻充滿挖苦，我不禁好奇艾德是否真的找過她。或許這就是她不高興的原因。

我嘆了一口氣，傾身從她手裡拿走捲菸紙，希望這麼做能夠讓她開心一點。雖然她依然看都不看我一眼，可是當我把菸遞給她時，她不情願地說了聲謝謝。

「妳們走了多久？」蘇西問。

我也不知道，感覺走了好久好久，但那可能是因為最近缺乏運動且氣氛尷尬所導致的感覺。

在討論過葬禮那件事情之後，艾德和我的對話始終不太順利，因此我也一直埋怨自己為什麼態度如此不客氣。

雖然我試著聊天，但無論我說什麼，話題馬上又會轉移到我身上，然後我就不想說話了，因為我沒有什麼好說的。所以到了最後，我們兩人就什麼話都沒說。

然而艾德似乎完全不在意，無論是我的沉默或者我的壞脾氣。她始終悠閒地走著，接受我的各種反應，並且哼歌給自己聽。如果不是因為這一切看起來如此怪異，我可能會覺得很有意思。

就連她臉上帶著汗珠端茶走回來時，她的笑容依然不變。她還與其他人閒聊了一會兒，尤其是和娜歐咪，然後才去忙她的文書工作。如果她是去記錄我們之間的對話，我很確定她不會浪費太多墨水。

這天結束時，雖然我的兩腿痠痛，可是我已經不再去回想這次散步的尷尬過程。

不過，在偷喝一、兩口伏特加之後，我的腦子又開始想這件事。事實上，到了隔天早晨，我已經深信艾德會因為這次嘗試失敗而不敢再來一次。然而我又錯估了艾德，因為上午十一點，我們再次回到了海邊道路，太陽晒著我的背，膏藥貼滿我的腳跟。

這次她費了更大的工夫才說服我出門，並保證不會讓我走得那麼遠且那麼久，可是她沒有承諾不會拿更多問題來煩我。我們走了半小時之後才第一次停下來喝水，這時她也開始進攻。

「昨天我和醫院的精神科醫生通過電話。妳還記得愛麗絲嗎？」

我點點頭。她很友善，但是那些害我抽筋的可怕藥丸是她開給我的，因此壞了我對她的印象。

「她問我妳在這裡過得如何。」

「妳怎麼回答？」

「我告訴她，妳還在旅程的開端，但我確定妳可以順利抵達終點。」

我想冷笑。這些關於旅程和潛能的說法都是廢話，就像娜歐咪他們說的，是讓這些工作人員替自己任務合理化的方式。

「黛西，她也為我填補了很多空白。她告訴我妳在住院期間焦慮症發作，妳當時非常沮喪，並且宣稱這一切都是妳的錯。」

我的手伸向菸草，希望用沉默來回答她想知道的一切，然後她就會知難而退。

可是無效。

「當妳的親人過世時，感到內疚是正常的，妳知道嗎？這種衝擊會讓妳懊悔，希望自己能有不一樣的行為舉止，或者不應該說出哪些話。妳明白我的意思嗎？」

我一邊點燃香菸，一邊微微搖頭。我不想鼓勵她。

「最重要的是，妳不能讓這種想法在妳腦中生根。妳一定不能給它們時間，也不能讓它們一次又一次地在妳腦子裡反覆播放。黛西，相信我，這麼做對妳沒有好處。」

我用力地吐氣，想知道能不能用香菸將這波浪潮推回給艾德。我不想與艾德互動，因為她已經太靠近我了。

「這需要花點時間，但如果妳選擇無視它，就得耗費更長時間。我很樂意每天陪妳走路，我每天都會問妳感覺如何，以及我能如何幫助妳釐清腦中的想法。不過，我無法逼妳開口，這必須由妳自己決定。」

「我不知道說出來有什麼用。」我沒有生氣，只是對於這段對話感到無聊和沮喪。「這對我有什麼好處？反正事情都已經發生了，我沒有辦法改變它。就算說出心裡的話，也並不能阻止那場車禍，不是嗎？」

「當然不能，雖然我們每個人都希望那場車禍不要發生，然而把話說出來可能會讓妳有不一樣的理解，意識到那場車禍可能不是妳的錯。」

我的情緒在喉嚨裡累積，於是我狠狠地吸菸，試圖讓情緒燃盡。我多麼希望事情可以這麼簡單，可是我知道，真的知道，這是不可能的。

「黛西，妳能告訴我一件事嗎？我只有今天問妳，而且只問一件事。事實上，妳甚至不必開口，只要點頭或搖頭就好。請妳告訴我，妳真心認為自己應該為妳父親的車禍負責嗎？」

「是的，我很清楚。」

艾德看起來很驚訝，甚至因此想以肢體動作來安慰我。她向我走近，然後用手摟著我的肩膀。

「那麼我們得努力一下，因為我知道那不是事實。黛西．霍頓，我看得出妳有非常多種可能，並擁有非常多項潛力，但絕對不是殺人犯。我保證，我們要破除妳這種錯誤的信念。有一天當妳醒來時，妳會發現自己的這種想法、這種信念，實在荒謬又可笑，妳會因此將它趕出妳的大腦外。妳相信我嗎？」

我很想相信她，非常想，可是我更相信自己的魔力。畢竟，受害者不僅是爸爸而已，不是嗎？這時我彷彿又聽見派翠克和娜歐咪的聲音，提醒我只有貝克絲才是真正了解我們的人。艾德很冷靜也很可靠，可是她對每件事都很有把握，而且看起來一派輕鬆，我實在不理解她要如何幫助我。

因此我誠實地回答她。

「我不相信妳。我沒辦法。」

她的手沒有因此放開，反而將我抱得更緊，讓我感覺更溫暖，同時也增加了我的罪惡感。

「好，沒關係。那麼我還要繼續努力，對不對？」她再次展露微笑。「我們都要努力。來吧。」

我和艾德都站起身，我把菸蒂往懸崖邊扔去，然後兩人繼續沿著海邊的小路走去。艾德有了新的目標，我則有了新的恐懼。

32

接下來是你所能想像最漫長的單向遊戲。想像一下羅傑・費德勒[19]與一個壞脾氣且興趣缺缺的青少年打網球，你會發現這種球賽根本毫無意義。

艾德花了數小時甚至數天時間，教我如何面對心裡的問題，而我總是沉默以對，冷眼看著她的話語墜入懸崖深淵，甚至懶得與她爭論。

但是我不得不稱讚艾德，她有足夠的耐性和毅力，無論必須面對多久的沉默，她臉上的笑容都不曾消失。然而就算她有這些優點，我還是無法讓她或其他人進入我的內心世界，因為那實在太危險了。

她的不屈不撓也讓我筋疲力竭。無論她的方法多麼巧妙，我都已經對她的鼓勵和追根究柢感到厭煩，甚至忘了剛開始她讓我覺得非常溫暖，要是沒有她幫忙，我可能已經又回到醫院，或許住進了精神病院。現在她只讓我覺得掃興，使我更依賴香菸和私底下偷喝的伏特加。那是我唯一有興趣玩的遊戲，而且我很擅長。

不過，我還比不上其他人——就連身高只有一百五十二公分的蘇西，酒量也比我好——但是沒關係，總之伏特加讓我得以喘口氣，這是艾德或其他工作人員都做不到的。

我也開始變得越來越大意，不再那麼小心翼翼地隱藏自己偷喝酒的行為。好幾次我都先在房間裡大口喝酒，然後才下樓去參加社區會議，反正根本沒人在乎我做了什麼。派翠克他們都覺得這種行為很普通，頂多只是證明我也是他們其中一員，和他們一樣會偷偷喝酒，與他們之間沒有祕密。

娜歐咪的態度還是很冰冷，她很介意自己不得不與我分享艾德。可是我始終不懂，如果她覺得自己那麼聰明、艾德那麼沒用，為什麼她還要計較這些？我從來沒有問她為什麼，因為從第一天開始，我就知道質疑她任何事都是不智的，如果不想挨揍，我最好閉上嘴巴。

我在貝爾菲爾德社區住了將近兩個月，娜歐咪似乎才開始信任我，呃，應該說她才開始對我有足夠的信任，願意把我納入她的小計畫中。她的計畫，是到外面去喝酒並且喝醉。

她和派翠克經常這麼做。他們會消失一段很長時間，嚇壞工作人員。工作人員會分頭去找他們，有時候還會請警察一起幫忙，最後才把他們找回來。

我不知道為什麼她突然覺得我也應該這麼做，可是我沒有反駁她。我內心深處的惡魔非常樂意去做她要我做的事。

「艾瑞克今晚要帶我們去『歡樂英里』遊樂場。」娜歐咪小聲地對我說。「可是和他一起帶隊的是一名學生，所以我們應該有機會溜走。妳要不要參加？」

「歡樂英里」在夏天的時候總是擠滿遊客，我知道很值得一試。雖然艾瑞克很厲害，然而他們派來盯著我們的學生都很笨，要愚弄他們一點也不難。

「當然好。而且我還有一點錢。」我讓她看了一眼我口袋裡的錢。

「那些夠我們花一整晚了。」她的表情很認真，讓我覺得自己有機會成為她的夥伴。「不過，說實

19 羅傑・費德勒是瑞士職業網球運動員，現今在男子單打賽的排名為全世界第五名。

話，黛西，如果妳聽我的指示，今晚我們不需要那麼多錢。」

「這樣更好。」我回答。

我很高興她找我參加。現在我們要做的，就是在小巴士出發之前的這幾個小時，想辦法躲開艾德。

小巴士駛過大門時，車上已經鬧烘烘了。派翠克主導了音樂播放權，喇叭傳出傑斯[20]震耳欲聾的節奏。我不知道傑斯到底在說唱些什麼，但是他的音樂重重地撼動我，讓我對今晚的一切更加興奮。娜歐咪一整個下午都在叮嚀我保持冷靜，而且不准我告訴任何人我們的計畫。倘若被哪個工作人員聽到風聲，他們就會取消這趟旅行，我們在可預見的未來也會被禁足。我只需要知道這些就好，因此下午大部分的時間我都待在自己的房間裡，我認為這是最安全的方法。

當我們接近「歡樂英里」時，每個人都開始躁動，加上傍晚的天氣十分溫暖，大家當然非常興奮。雖然車陣使得小巴士的行駛速度變慢，也無法減少我們的熱情。事實上，這種情況讓娜歐咪臉上更增添歡娛的神色。她看起來很開心，讓我忍不住想叫她收斂一點，因為她通常不會如此喜悅，可能會因此洩漏我們的計畫。

「這太完美了。」她小聲地說。「今天這裡這麼熱鬧，我們要溜走就更簡單了。他們要找我們也會更加困難，讓我們有更充裕的時間。」

我熱烈地點點頭，越來越期待接下來發生的事。

過了半個小時，我們才找到停車位。艾瑞克先對我們耳提面命一番，才讓我們從小巴士下車。

「大家聽著，」艾瑞克的聲音在顫抖。「我們不常有機會出來玩，所以請你們遵守本分，大家要走在一起，並且注意自身安全。聽清楚了嗎？」

有人點點頭，表達不同程度的同意，娜歐咪假裝很期待與蘇西一起走，娜歐咪真的很厲害，隨時可以在必要的時候演戲。

「但最重要的是，玩得開心一點。」艾瑞克大聲宣布，然後帶我們走到「歡樂英里」華麗但俗氣的燈光下。

上次爸爸帶我到這裡來已經是很久以前的事了，我晚上到這裡來的經驗則是更早之前。這個地方的一切有讓我發瘋的潛力，能使我迷失在騷亂之中。雖然天色還要再過一個小時才會變黑，但是霓虹燈和露天遊樂場的閃光燈都已經點亮，引誘著我的心。我以前從來不敢玩雲霄飛車，可是今天晚上我每一種設施都想玩，我打算從各種遊戲中吸取每一滴腎上腺素，以便向娜歐咪證明我在每一件事情都能夠跟上她的腳步。如果我這麼做，腦子裡就不會有空間容納其他念頭。

我們沿著海邊走，偶爾停下來從艾瑞克那裡拿錢去玩各種遊樂器材。我們玩了電動摩托車和碰碰車，在充滿異國情調的攤位玩射擊遊戲。我們在地球上最危險的地方發射子彈，不在乎我們劫持的人質或者對周圍環境的破壞。除了我們自己存下的抽菸基金之外，艾瑞克提供的銅板似乎無窮無盡，讓我們貪得無厭地盡情花費。

每個人似乎都很興奮，我從來沒看過派翠克如此心醉神迷。他在熱鬧的遊樂場中發現一個玩射擊

20 傑斯（Jay-Z）是美國知名饒舌歌手及詞曲作家。

遊戲的攤位，在那裡玩了半小時。事實上，他甚至連眼睛都沒有眨一下。我在他旁邊站了一會兒，看見他眼裡發出戲劇性的光彩。

我們沒有人吵架或互罵，也沒有人與工作人員鬧脾氣，大家都在這個海邊遊樂場裡玩得興高采烈。

最掃興的時刻，就是娜歐咪把我拉到一旁提醒我該準備開溜了。

「不能再等一會兒嗎？」我哀求她，宛如一個被告知應該準備回家的孩子。

「不行，現在非行動不可。再過二十分鐘天就要黑了，到時候艾瑞克會更嚴密地盯著我們。接下來我們要這樣做：現在我先閃人，兩分鐘之後妳也跟著行動——不准拖超過兩分鐘。」她死盯著我的眼睛。「兩分鐘之後妳跟著閃人，躲開他們，到舊燈塔旁邊與我碰面，聽懂了嗎？」

我將視線抬高，望著位於她的頭頂後方的集合地點。

「妳是指那個燈塔嗎？」我問。

「當然是那個。」她不悅地說。「白痴，不要洩漏我們的祕密。放輕鬆一點，等妳看到我閃人之後就開始計算時間，懂嗎？」

我點點頭，看她開始慢慢走到我們這群人的外圍，假裝在看一台吸引她的吃角子老虎機。

我突然感覺一陣緊張，期待啃食了我的勇氣。這是我幾個月以來最有生命力的時刻，雖然沒有喝半滴酒，但感覺就像喝醉了一樣。我的視線在其他人身上游移，看看是否有人察覺我們打算做的事，但他們顯然都不知情。艾瑞克正在與一個學生玩兩人遊戲，而蘇西、吉米和派翠克則坐在電動摩托車上，面前的螢幕顯示他們行駛在蒙地卡羅[21]的道路上。

我轉頭去看娜歐咪，想告訴她我覺得很有趣，但是她早就已經走掉了，我只看見她頭髮紮起的馬尾在人群中擺動。我立刻低頭看錶，才發現我的手錶沒有分針，頓時覺得自己額頭上彷彿被刻了「有罪」二字。

我忍不住看看艾瑞克，儘管我知道如果艾瑞克這時看我一眼，一定馬上能看穿我的計謀，但我還是無法將視線從他身上移開。基於本能，我知道自己不能再等下去，雖然娜歐咪才離開十秒鐘而不是兩分鐘，但是沒關係，如果我現在不走就沒機會了。於是我毫不猶豫地將雙手塞進口袋，壓低視線，慢慢混入身旁的人群中，讓他們將我的身影吞沒。幾秒鐘之後，艾瑞克的頭消失在我的視線之外。這時我感覺自己臉上浮出一抹微笑，我做到了，就像娜歐咪叫我做的那樣。現在我們可以開始享樂了。

21 蒙地卡羅（Monte Carlo）位於摩納哥公國（Monaco）。

33

我們以小跑步的方式離開時，兩個人都開心地笑了出來，可是我仍偏執地不停回頭張望。後面有很多路人遮掩了我們的行蹤，所以根本不用擔心。我們持續往前跑去，希望能盡快抵達可以喝酒的地方，至少娜歐咪看起來是這麼想的。她知道我們要往哪裡去，所以直接奔往目的地，不願浪費一分一秒。

我佇立在一面懸掛於豪華金屬門上方的招牌前，那面招牌寫著「IRNWRX」，使我忍不住想瞇起眼睛，希望視線模糊後有助於我理解招牌上的字。

「是『鐵製品』（Ironworks）的意思啦！」娜歐咪懷著些許思鄉之情嘆了一口氣。「這裡有整個東北海岸最好而且最便宜的酒。」

我再次看看這棟建築，這裡的一切看起來都很廉價，不僅因為門口寫著「特價優惠」，還因為它看起來很可怕，是那種天黑之後你不會想要靠近的場所。然而我們此刻就在這裡，偷偷摸摸地溜進大門，朝著露天吧台走去。

露天吧台前擠滿了人，男人都穿著襯衫和牛仔褲，女人則穿著性感單薄的洋裝，臉上的妝比她們身上的衣物還厚，讓我忍不住猜想她們是不是每隔十分鐘就跑去廁所補妝，將化妝品一層又一層地往臉上抹。

娜歐咪發現遠處有個酒客特別多的角落，便抓住我的手腕，把我拉到她身後。

「太完美了，」她笑著說。「看起來可以在那邊弄到免費的酒。」

雖然她說得沒錯，可是和我想像的不太一樣。我看到的不是忙著調雞尾酒的酒保，也不是一個忘了上鎖的啤酒冰箱。我看到的是後門旁邊有張桌子，桌上擺滿了酒，可是座位上沒有半個人。

娜歐咪馬上衝過去，拿起一個一品脫容量的酒杯，杯子裡面是半滿的。她接著拿起另一個杯子，把剩餘的酒倒在一起。這與我原本期待的不同，然而這確實是免費喝酒的方法。我不想惹娜歐咪生氣，而且我不希望自己一個人被丟在這個鬼地方。於是在她的帶領下，我也將一些啤酒倒進同一個杯子裡，但是跳過幾杯看起來已經放了很久的啤酒。

娜歐咪的動作敏捷，顯然不是新手。雖然她一頭鬈曲的長髮披垂在肩膀上，看起來比我大好幾歲，但要說服別人我們已經成年還是有點困難。因此，她裝滿酒杯之後，就帶我混進人群中，躲在幾個彪形大漢身後。那幾個人真的非常魁梧，就算把相撲選手藏在他們身後也沒問題，因此我們覺得自己很安全。

過了一會兒我就不再惦記著啤酒是二手貨的事。雖然我們從艾瑞克那裡拿到了一些錢，可是口袋裡的錢沒有辦法讓我們喝太多酒，而且如果我們去吧台買酒，也會增加別人發現我們未成年的風險。只要想著這些事，就會很滿意我們手上有酒可喝。

娜歐咪當然很滿意，她很快就喝完了一品脫的酒，然後又偷偷溜到剛才那張桌子旁，帶回一瓶瓶口仍放著萊姆的墨西哥啤酒。

「這瓶酒真是太好喝了。」她大聲地說。「真是酒神的傑作。」她朝著天空高舉致意，然後一口氣灌了半瓶酒，還打了一個嗝。

這個小動作概述了接下來的一小時。我們越來越吵鬧、越來越放肆，而且越來越失控，可是我很享受這一小時的每一秒鐘。幾個星期以來，我第一次如此輕鬆（在我手中這杯酒的幫助下），而且娜歐咪也在酒精的影響下終於不再武裝自己。自從我認識她以來，這是我頭一次覺得沒有被她甩巴掌的危險。

她開始批評其他酒客，尤其是女性。她為那些面無表情的女人編造背景故事——說她們生過很多小孩，而且每個孩子的父親都不同；她知道那些女人都有問題，其中許多人在我們這個年紀就已經生孩子了。有時候她會用很大的音量說話，彷彿故意想讓其他人聽見。在我們這種亢奮的狀態下，娜歐咪的言行讓我們的腎上腺素更為激增。

時間過得很快，太陽早已西沉，但我依然能感覺到陽光殘留在我臉頰上的溫度。我們已記不清喝了多少酒——娜歐咪將我們偷酒的行為稱為「挖寶」——隨著時間流逝，娜歐咪變得越來越大膽：她故意去分散年輕男性的注意力，讓他們放下手中的酒杯，然後示意我在她與他們聊天時偷偷把酒拿走，躲到酒吧另一頭。她與他們閒聊幾分鐘後就藉故脫身，搖搖晃晃地跑回來找我，她臉上的笑容和她的步伐一樣歪斜。我們合作無間，彷彿這種事已經做了好幾年而不是幾個小時。不幸的是，我們出色的手段最後引起某些旁觀者的注意。

是我先發現他們的，因為娜歐咪整個人已經變得有點遲鈍。這不令人意外，因為她喝了非常多酒。對方有四個人，每個人都是平頭，臉上有些剛長出來的鬍碴。雖然他們看起來年紀比我們稍長，但我不覺得他們已經滿十八歲了，也許他們是拿假身分證混進來的。然而這不重要，重要的是他們一直盯著我們看，在我們最後一次「挖寶」之後掌聲叫好。

娜歐咪轉過頭去看他們，酒精使得她失去判斷力，在我阻止她之前，她已經舉起酒杯向他們致意。

他們馬上就靠過來，不僅與我們乾杯，還給我們香菸。娜歐咪貪婪地接受他們的菸，我則婉拒他們的好意，自己開始捲菸草，希望藉此釐清思緒並觀察他們想做什麼。

娜歐咪似乎如魚得水，欣然接受他們的讚美，並接受他們款待的酒，甚至還將身體逐次貼向他們每個人，動作甚為親密。即便她還不知道他們的名字，就已經成了好朋友。

我試著說服自己，相信他們和我們一樣只是想灌醉自己，不過我不像娜歐咪那麼放鬆，我始終懷著警覺心，我的臂部也離他們的手比較遠。

於是我們從兩個人變成六個人，要保持原本的隱匿性也變得有點困難。這幾個男孩當中有兩個人說話很快而且很大聲，每次他們只要一開玩笑，就會引來側目。倘若我們還夠清醒，應該知道要就此結束並離開酒吧，可是現在我們有免費且新鮮的酒可以喝……好吧，我們變得非常貪婪，而且很醉。

娜歐咪是第一個開始發酒瘋的人，雖然我們都覺得很有趣，但她的行徑開始讓周圍的人感到討厭。最初，娜歐咪的舉止只是招來側目，不久之後便引來抱怨。當她開始跳舞時——她蹦蹦跳跳、又推又撞，不斷踩到別人的腳，還把酒潑灑出來——麻煩才真正來了。好幾組人馬警告她小心一點，然後就自認倒楣地遠離她，然而一個穿著八〇年代後期風格洋裝的女人不像其他人那麼寬容。其實不能怪她，因為娜歐咪害得她把手上的酒全灑在自己的衣服上，以致她不滿地對著娜歐咪開罵。

「喂，妳這個白痴！看看妳幹了什麼好事！」

娜歐咪試著讓自己的視線集中在那個女人身上，然後才回嗆對方一句。

「抱歉，親愛的。」她口齒不清地說。「妳身上的洋裝又不是我挑的，妳穿得這麼醜不能怪我。」

我們那群新朋友大聲叫好，娜歐咪轉身接受他們的掌聲。可是在她背對著那個女人的短短一瞬間，對方已經一把揪住娜歐咪的頭髮。

雖然我們的感官都因為喝酒而變得緩慢，但是接下來的一切就像在轉瞬之間發生：當那個女人猛拉娜歐咪的鬈髮時，娜歐咪本能地轉過身，用力地一拳打在那個女人臉上，那個女人痛得彎下腰，她的朋友們立刻圍上來，試著扶她起來。我趕緊拉著娜歐咪衝向門口，趁著我們還能離開的時候逃出那個地方。

不幸的是，我們剛認識的那群年輕人也決定跟著我們一起離開。

34

雖然娜歐咪已經喝醉，但是當我們沿著海邊往回走時，她顯得神氣活現。

「妳知道嗎？這就是訣竅。」她口齒不清地說。「有人抓住妳的時候，妳必須馬上反擊。當他們揪著妳的頭髮，絕對不會想到妳會轉身給他們一擊。」

那些男孩子都點點頭，把娜歐咪的醉言醉語聽進耳裡，但其實她是對我說的。

「妳會記住這一點吧，黛西，對不對？」

她抓著我的手臂，我只好微微一笑。

「我說，妳會記住的，對不對？因為妳很清楚自己有什麼問題，對不對？」

我很好奇她想說什麼，所以我沒有回答。

「妳太軟弱了。從妳剛到的第二秒開始，我就看出來了。如果妳想要生存下去，就必須堅強起來。妳聽懂了嗎？」

她的眼神中有一種奇怪的懇求，無疑是酒喝多了的結果。我除了同意之外，沒有別的選擇。

「妳們是室友嗎？」其中一個男生問。

我想他的名字應該是萊恩。他不太注意我，在過去半個小時中，他大部分時間都在娜歐咪耳邊竊竊私語，讓她不停發笑。如果他不是在娜歐咪耳邊說笑話，那麼肯定是把舌頭伸進娜歐咪的耳朵裡了。

我不知道該如何回答他的問題，娜歐咪卻嘻嘻哈哈地接話。

「我和黛西才不是室友。」她大聲地說。「我們認識好久了，基本上就像親姊妹一樣，對不對？」

「我們感情非常好。」我也馬上笑著表示。真奇妙，酒精可以扭曲所有事情。

「那麼，妳們住在附近嗎？」另一個男生問。「我們剛才請妳們喝那麼多酒，所以妳們欠我們一杯。」

我看見娜歐咪露出苦思答案的表情。

「我們住在鎮上。」我連忙回答。「除非你們願意花二十鎊搭計程車，不然我們可能必須告辭了。」

「不必花計程車錢啊。」萊恩咧嘴一笑，同時把手放在娜歐咪的臀部上。「這裡離我家只有幾分鐘的路程，如果妳們願意賞光，我冰箱裡還有一些啤酒。」

我已經想好推辭的藉口，可是娜歐咪搶先一步開口。她一聽到還有啤酒可喝，馬上點頭答應萊恩。

「好啊，我們很樂意去你家。黛西，對不對？」

「這才是我們想聽的答案。」萊恩興奮地表示。

我心想，如果這群人再清醒一點，他們一定會想辦法在我們恢復神智之前盡快將我們哄騙去萊恩家。

我很清楚這些男生想做什麼，他們並不討人厭，只是喝醉了，而且有點狡猾。但無論他們在打什麼主意，起碼沒有說謊，因為他們真的住在附近。才走了幾分鐘，我們就被帶到一間破舊的排屋。

穿越過兩道門之後，我們已經上樓進入萊恩的住處，典型的男生住家。萊恩顯然很闊綽，但也可能是他父母有錢，因為這間屋子裡什麼都不缺：筆記型電腦、平板電視、藍光播放器，以及我見過最豐富的ＤＶＤ收藏。我是說，僅次於爸爸的ＤＶＤ收藏。我不敢想到爸爸，以免自己突然清醒過來。

我被這些電影吸引住了，其他人則走進廚房，然後帶著啤酒和洋芋片回到客廳。那些男孩子看起來欣喜若狂，娜歐咪臉上則露出一絲不悅。她把啤酒遞給我時，另一隻手用力抓住我的手腕。

「不要像個呆子一樣好嗎？」她小聲斥責我。

「什麼意思？」

「妳看看這個地方，這麼多好東西，而且冰箱裡擺滿啤酒，結果妳卻只盯著那些ＤＶＤ。妳以為妳在逛ＤＶＤ出租店嗎？笨蛋。」

「好吧，那妳要我做什麼？」

「拜託妳裝得酷一點，不然他們會把我們趕出去。」

我對此抱持懷疑的態度，因為我不覺得他們會趕女生出去。

他們坐到沙發上，萊恩拿起遙控器，在iPod播放器響起音樂時得意洋洋。我不情不願地離開那些ＤＶＤ，坐到一張豆袋椅上，不知道娜歐咪還要多久才會開始覺得無聊。

喝了一瓶半的啤酒後，我們仍然坐在同樣的地方，可是我似乎又找回了酒興，覺得心情很愉快。好吧，雖然這幾個傢伙的長相當不了偶像明星，但起碼不是什麼小渾球，而萊恩的冰箱顯然放了非常多啤酒，因為他們不斷拿啤酒出來，笑聲也從沒停過。

娜歐咪是這裡的中心人物，雖然她講話已經變得結結巴巴，但是那些男生依然回應著她說的每一句話。不過，萊恩才掌有主導優勢，這點毫無疑問，因為我們都在他的公寓裡。每個人都看得出來，除了萊恩之外，娜歐咪對其他人都沒興趣，因此其中兩個男生開始想打我的主意，主動遞香菸和更多啤酒給我。已經喝醉的女孩子，實在不需要這些東西。
我知道自己應該要聰明一點，可是我的腦子裡一片混亂，如果沒有再繼續喝啤酒，我大概就無法呼吸了。
當他們將一個空啤酒瓶倒放在桌上並且開始旋轉時，情況變得更糟了。每次空啤酒瓶停止轉動時，似乎總是指向我，讓我不得不一再灌酒。啤酒灌進我的喉嚨，泡沫沾在我的鼻尖上，讓那群男生連聲叫好。
我不記得自己被空酒瓶指中多少次，也不記得自己喝了多少杯啤酒，我只知道我玩得非常開心。那是一種我無法拒絕的樂趣，能夠玩得如此失控並且盡情享受，不必老想著要割傷自己，實在是一種解脫——即便我已經喝到想吐，在尋找廁所時醉倒在走廊上。
我的臉頰貼在瓷磚上，感覺有點冰冷。我的一條腿掛在浴缸邊，當我試著站起來時，才發現那條腿已經麻了，它顯然睡得和我一樣深沉。
我看看手錶，時間已經將近凌晨兩點，所以我應該至少睡了……我不知道多久，也不想知道。我現在只想回到我的床上，好好睡一覺，即使那張床被固定在地板上。
我等血液流回雙腿，然後拖著腳步走出浴室，走進小小的廚房，扭開水龍頭，彎下頭直接對著水龍頭喝冷水，希望讓自己清醒一點，並且消除頭痛。噢，我的老天，如果我現在就覺得這麼不舒服，到了早上會不會更慘？而且在面對艾瑞克和其他人的時候，我該如何解釋我們為什麼溜走？
我迫不及待想回去貝爾菲爾德社區，希望娜歐咪和我有同樣的感覺。但如果我無法說服她，那該怎麼辦呢？好吧，我只能祈禱自己口袋裡有足夠的錢可以搭計程車，或者至少足夠搭夜班巴士。

我又嘔出一些膽汁，然後回到客廳。我先探頭偷看，雖然光線很暗，但是我可以看見娜歐咪低著頭坐在沙發上，萊恩緊緊貼在她身旁。

糟糕，如果她打算和他發生關係，我就沒有機會帶她一起離開這裡。我原本打算直接跑出大門，然而當我再看一眼時，發現娜歐咪並不是在與他接吻，因為她根本已經睡著了，萊恩正在想辦法叫醒她。

萊恩用很多種方式叫醒她：親吻她、舔她的耳朵（我又想吐了）、輕捏她的手臂。他捏娜歐咪的力氣越來越大，最後幾乎是在扭她的手。可是娜歐咪始終沒有反應，我看得出萊恩火氣越來越大，於是他轉頭叫兩名同伴過來，要他們分別抓著娜歐咪的一隻手臂。

「實在難以置信。」萊恩不高興地說。「她完全睡死了。」

「你要我們怎麼做？把她拖下樓然後丟出去嗎？」

萊恩皺起眉頭。「你開什麼玩笑？我花了這麼多力氣，怎麼可能就這樣把她丟出去？你們把她帶進我房間。」

那兩個傢伙發出鼓譟的笑聲。另外一個男孩子則顯得有點不太開心，事情開始朝著他不希望的方向演變，我懂那種感覺。

我突然有個念頭，然後回廚房去找我可以用來當武器的鈍物或尖銳工具，可是什麼都找不到——沒有擀麵棍或鋒利的菜刀，只有一把使用太久而變鈍的披薩切片器。如果沒有武器，我就沒有辦法救娜歐咪，因為即使他們其中一人退縮了，我還是得一個打三個。我根本沒機會打贏，就算我跑進客廳開始對著他們嘔吐。

當他們將娜歐咪從沙發上扶起來時，我什麼也沒辦法做。那個有良心的男孩再次試著表達意見，告訴他們他不喜歡這樣，可是萊恩惡狠狠地瞪著他，眼中的怒火幾乎可以照亮客廳。

「聽著，你這個渾球，如果你不想要，那麼你就滾吧！」

「你看看她，萊恩。她喝太多了，她已經醉得不省人事了。」

「所以呢？」萊恩反駁他。「她選擇到這裡來的時候就已經喝到半醉了，她又不是傻瓜，如果她不想要，怎麼可能喝得半醉還到男生家裡，對不對？」

「可是她現在睡著了。」

萊恩發出一聲冷笑，伸手拍拍那個男孩的臉。「別擔心，小朋友，待會兒她就會醒過來的，相信我。」然後他轉頭對另外兩人說：「來吧，你們知道我房間在哪裡。」接著他們就拖著娜歐咪走進一個可能是萊恩的房間，萊恩也跟著走進去。

我嚇壞了，不知道該怎麼辦。我不想就這樣離開，因為我知道如果我走了，娜歐咪會遇上大麻煩，可是我根本無計可施。

我在腦子裡反覆罵著髒話，接著才突然想到：我有手機！我急忙從口袋裡拿出手機，按下解鎖碼，然後迅速按下999[22]。

「快點，快點。」我緊張地等待電話接通。

我需要上廁所，我需要睡覺，我需要知道警察可以馬上過來救娜歐咪，偏偏這些事情都不可能發生，因為手機完全沒信號，甚至沒辦法撥打緊急求救專線。

我的目光轉回客廳，希望能找到電話機，可是只看到沙發上那個害怕的男孩抱著頭。就算他良心發現，他真的會讓我打電話報警嗎？他明知道萊恩想對娜歐咪做什麼，卻仍坐在沙發上不動，因此我不敢輕易冒險。

我必須經過他面前，才能跑到門邊。如果我能溜下樓梯然後逃出去，就可以打電話報警或者攔車求救，想辦法讓娜歐咪全身而退。

我脫掉鞋子。雖然我不是穿高跟鞋或者有鞋跟的鞋子，可是我不想冒險發出任何聲音。我走過木頭地板，每次他只要動一下或者疑似準備站起身來，我都會害怕得停下腳步。幸好他顯然不知道自己要做什麼，只是一直待在原地，讓我得以順利開門，抵達樓梯。

我加快腳步，已經不在乎會不會發出聲音，因為此刻我距離外面的世界只有幾步之遙。我在最後幾階樓梯處絆了一下，手肘撞到前門，發出巨大聲響。我希望這個聲音能夠吵醒娜歐咪，讓她因此有機會反抗萊恩。如果要說誰有本事與萊恩對打，肯定就是娜歐咪。她生氣的時候有足夠的力量可以對付十幾個男生，倘若酒精沒有奪走她的力氣，那麼她仍有機會打贏萊恩。

我笨拙地摸索門閂，將門推開後直接往外衝，沒有關上門。等警察來的時候，他們就不必再花時間開門。

我一路衝到一輛停在這條街底的車子後方，才敢停下來喘口氣，並且再次檢查我的手機。

「該死。」依然沒有訊號。

22 在英國如遭遇車禍、搶劫等危及生命安全的緊急事故，報警求救專線為999。一般報案專線則為101。

我瘋狂四處張望，最後在大馬路上發現了一個公用電話亭。
我回頭看了那間屋子一眼，做了一次深呼吸，然後盡我所能地跑向電話亭。
我必須打電話報警，而且動作要快。

35

儘管我想確定警察會來，可是我的膽怯讓我以最快的速度逃走。

這通電話只花了我一分鐘，就足以告訴警察一個少女遇上四個壞男孩。我不必提到「性侵」這個字眼，他們就已經明白發生了什麼事，讓他們必須果斷地採取行動。直到他們問起我的名字，我才想到自己應該掛電話了。當我掛上話筒時，腦子裡開始出現罪惡感。

我為什麼不敢告訴他們我的名字？我為什麼要感到羞恥？

因為我狠心拋下喝醉的朋友，將她留在一群爛醉如泥的年輕人身邊。

一想到這裡，我就快要發瘋了，認為今晚發生的一切都是我的錯。如果我一開始就拒絕娜歐咪，我們現在早就已經安全地回到貝爾菲爾德社區。如果我們離開酒吧之後我就懇求娜歐咪回去，我現在就不必自己一個人踩著沉重的步伐，後悔自己沒有多堅持一會兒，或者更努力尋找可以與萊恩對抗的武器。我怎麼可以就這樣棄娜歐咪不顧？

我的感官開始戲弄我，甚至當我走在前往貝爾菲爾德社區最安靜的路上時，都會不自覺聽見警車的警笛聲。就連我好不容易攔到夜間巴士時，也依然能看見警車的警示燈在巴士的車窗上閃閃發光。

當我穿過貝爾菲爾德社區的大門時，我真的看見了一輛警車，可是這輛警車沒有閃著警示燈，而是靜靜地停在停車場。我唯一看見的動態事物，是一如往常出現在露台上那些混合著燈光與香菸煙霧的面孔。那些面孔顯得疲憊又焦慮。

艾德從其他人中間冒了出來，跑下露台，跨著大步衝向我。自從第一個晚上之後，這是我見過她最快的動作。她將我緊緊擁入懷中，幾乎要把我的胃擠出來。她的聲音夾雜著生氣及鬆了一口氣。

「妳到底去哪裡了？」她大喊。

「和娜歐咪在一起。」

「我們也猜是這樣，可是警察打電話來，說他們半小時前接到了娜歐咪，卻沒看到另一個女孩，害我們以為發生了可怕的事。」

我一點也不在乎我怎麼了，只是不想再繼續被良心折磨。

「娜歐咪在哪裡？她回來了嗎？」

「還沒有。她正在醫院裡接受檢查。貝克絲在那裡陪她。」

「她還好嗎？」

「妳知道娜歐咪，她堅不可摧。可是，要不是警察及時趕到，情況可能大不相同。」

我什麼話都沒說。

「幸好有人打電話報警。如果沒人通知警察的話……呃，我不敢想像。」艾德緊緊抓著我的肩膀。「妳知道是誰打的電話嗎？」

我聳聳肩，堅定地搖搖頭。我不想因此得到任何讚美，畢竟我一開始就不該離開娜歐咪。

我踩著沉重的腳步走到露台，希望能有張友善的臉孔迎接我，可是我只看到艾瑞克憂慮、憤怒且全然疲倦的神情。

我想向他道歉，然而沒有任何言詞能彌補我犯的過錯。我低頭看看派翠克，他用力抽著菸，轉過頭去不想理我。就連蘇西也不想看我，但她還是忍不住伸手捏捏我的手臂。他們兩人都表達出同樣的想法：

妳怎麼可以就這樣拋下她？我們應該要團結在一起的。永遠團結在一起。

我知道他們在想什麼。是我違反了規則。

於是我什麼話都沒說，推開門準備上樓回到我的房間，可是每一步對我來說都很痛苦。

雖然我已盡了最大努力，可是始終無法入睡，就算宿醉發作也幫不上忙，任憑恐懼慢慢籠罩著我。在絕望中，我發現衣櫃後面還藏著一瓶剩下幾口的伏特加，於是我用最快的速度喝完，希望能夠讓自己盡快睡著。

結果沒用。相反的，我在房間裡來回踱步，聽著屋子裡其他房門開開關關。每次聲音傳來，我都試著聆聽有沒有娜歐咪的聲音，並且認為自己會聽見她的吶喊，她特有的鬼叫聲，也許對著某人或針對某事，無論她遇上的事情是大是小。然而她沒有回來，只是我的恐慌症發作了，以一種我平常服藥後不曾有的力量穿透我，但或許是因為酒精減弱了藥物的作用，也或許是我自己活該。無論什麼原因，都迫使我無法抵擋這次的恐慌來襲。因此當第一道曙光穿透窗簾時，我癱躺在床上，被子纏著我的手臂，原本被我用膠帶黏在衣櫃抽屜底部的指甲刀，又被我拿出來傷害自己，此刻靜置在我身旁。

我曾想過自己看起來會是什麼模樣，應該就像某個自殘的笨蛋，但我想這就是我該有的樣子。我是一個癮君子，沒有戒菸貼片可以幫我戒除這種癮頭。

我一定是在脈搏趨緩之後昏了過去，而且睡得很沉，所以沒聽見有人從大門進來。事實上，在娜歐咪的手放在我的脖子上之前，我根本什麼都不知道。
天知道當她發現我的手臂在流血時心裡想些什麼，可是這並沒有阻止她跨坐在我身上，並且用膝蓋將我的肩膀牢牢壓制在床墊上。
「妳這個賤人！」她怒斥。「妳出賣我，對不對？」
如果不是因為她掐著我的脖子，我原本要搖頭。最後我只能悶悶地問：「把妳出賣給誰？」
「妳別裝傻！當然是警察。」
我試圖否認，但不知道說實話或說謊話哪個比較好。
「少來，不然還會是誰？妳這個大騙子。我知道一定是妳，絕對是妳。」
她的眼睛閃著紅光，邪惡的力量一路傳遞到她的雙手，將我的脖子越掐越緊。
「妳給我聽清楚了，因為我不會再說第二遍。妳永遠永遠不許小看我。我可以照顧自己，我這輩子都是自己照顧自己，不需要妳來扮演母親的角色。妳聽到我說的話了嗎？」
我迅速點點頭，試著將脖子從她手中掙脫，期望她馬上鬆手。她果真鬆開手了，雙腿也從我的肩膀上離開，然後高高地站在我面前。
她看著我的手臂，然後又看看自己的衣服，發現我的血沾到她的衣服上，因此皺起了眉頭。
「妳看看妳做了什麼，妳這個令人反胃的傢伙。妳要自殘是妳的事，但是不要弄髒別人的衣服，可以嗎？」
我將被子拉高，可惜為時已晚。在那一刻，她看穿我了，雖然她自己也做過同樣的事。我自殘的事將會成為她的子彈，成為她讓我日子難過的必需品。

「這是我最後一次帶妳去喝酒。」娜歐咪說，臉上帶著一抹冷笑。「我告訴妳，我以前看過妳這種人。妳和喬納一樣，和妳接觸的每個人都會倒大楣。所以妳最好離我遠一點，並且閉上妳那張愛告密的臭嘴。我不希望妳的霉運接近我，聽懂了沒？」

我點點頭，眼淚刺痛了我的臉頰，現在我已不在乎被娜歐咪發現我的淚水。在我害慘所有的人和所有事物之前，我必須趕緊離開這裡。

36

海浪痴迷地拍打著岸邊的石頭，沒有任何人能讓它們離開或者分散它們的注意力，每一道海浪都懷著相同的目的來到岸邊，並且產生和前一道海浪相同的結果。

我望著大海，希望我的人生也能像海浪一樣，希望自己能簡單地擊倒阻礙，在生命中獲得一次又一次的成功，而不是毀掉我身邊的一切。

我專心地看著大海，希望能夠找到答案。我沒有辦法從其他人身上找到，無論是娜歐咪或派翠克，或者是艾德，甚至貝克絲。我必須自己弄清楚，然而我甚至不知道應該從哪裡著手。

海浪開始退潮時，我聽見有人從後面走來的聲音，因此馬上站了起來，生怕是娜歐咪又要來掐我脖子。結果是艾德，讓我鬆了一口氣。艾德一如往常，臉上帶著充滿希望的笑容。

我希望她不是來對我說教的，因為我不確定自己能夠忍耐多久而不轉身逃走，或者往懸崖縱身一跳。

讓我驚訝的是，她在距離我幾碼遠的地方停下腳步，然後卸下背包，一派輕鬆地坐到草地上。

「妳口渴嗎？」她拿出一瓶水問我。

我點點頭，因為我已經快脫水了，所以沒有婉拒她。

「我知道娜歐咪今天早上去找妳。」這是一句陳述，而不是問題。我不明白她是怎麼知道的，於是我問她。

「我不會讀心術，但是我認識她夠久了，所以知道如果她對誰心懷不滿，她會馬上解決。」當我揉著脖子時，艾德停頓了一會兒。「除此之外，我看到妳脖子上的勒痕了。希望她沒傷到妳。」

我臉紅了，沒想到娜歐咪在我脖子上留下我背叛她的印記。

「我還好，這是我應得的教訓。」

艾德深深嘆了一口氣。「唉，妳又來了。」

「啊？」我感到困惑。「我不懂妳的意思。」

「妳總是馬上責備自己。」艾德盯著我看，視線幾乎將我看穿。「那麼請妳告訴我，妳到底做錯什麼？」

「無所謂了，不是嗎？現在說什麼都已經太遲了，早已無法彌補。」

「是的，妳說得沒錯，但是妳知道嗎？大聲說出來，有時候可以幫助妳從不同的角度看待事物。」

她的話開始激怒我了。我明白她想幹什麼，這些話我以前都聽過了，所以我不打算回應。

「沒關係，黛西，在這種情況下，妳甚至不必開口，因為我知道妳做了什麼。大家都知道。這就是為什麼昨天晚上沒有人責備妳，也是為什麼大家都認為妳是英雄。」

我不敢相信她竟然這麼說，這顯示她根本完全搞錯了。自從我們認識以來，所有的一切她都搞錯了。她稱我為幸運符，說我像我媽一樣有才華，現在還把我當成英雄？實在錯得太離譜了。

「妳在說什麼？打電話叫警察去找娜歐咪怎麼算是英雄？是因為我的緣故，她才被帶去警察局。而且現在艾瑞克不想理我們，剛才娜歐咪差點掐死我！」

艾德站起來的速度和我一樣快。

「因為妳的緣故，我們的朋友娜歐咪昨晚才能夠平安回來。因為妳的緣故，警察找到她的時候，她身上還穿著衣服。因為妳的緣故，那個和她在一起的男孩才沒有辦法趁她昏睡時占她便宜。」艾德歪著頭看我。「妳明白我的意思了嗎？無論妳心裡有什麼想法，妳必須勇敢大聲說出來。現在妳還想告訴我，妳不該打電話報警嗎？」

我超想對著艾德大叫。她對我根本一無所知，我討厭她這種無端冒出來的邏輯。

「要不是因為我答應和她一起去那個男生家，後來也就沒有打電話報警的必要了，不是嗎？」這個回答似乎讓艾德更感興趣了，她說話時肩膀微微顫抖。「噢，黛西，妳還不懂娜歐咪，對不對？就算妳拒絕陪她去，她還是會獨自前往。她會更快喝醉、更早昏倒，並且在妳回到貝爾菲爾德時，她已經被那些男孩子侵犯了。我並不是說妳完全沒錯，妳們不該偷偷溜走，也不該偷喝別人剩餘的啤酒。」

我不禁畏縮了一下，因為艾德顯然已經從娜歐咪那裡得知我們做過哪些不光彩的事。

「……可是妳沒有傷害任何人，完全沒有。因為妳及時報警，所以娜歐咪才能毫髮無傷。」在我的頭因為憤怒而劇痛。我能感覺到憤怒在我體內翻騰，穿過每一塊肌肉，進入每一個關節。在那一刻，我真的很想撕裂艾德。

「妳到底怎麼回事？」我大喊。「妳是某種神祕主義的信徒嗎？妳一直對我說我辦不到的事，而且妳根本對我一無所知。」

這樣發洩的感覺很好，讓我輕鬆許多。

「沒錯，妳讀過我的檔案，也看過我手臂上的傷疤。妳和妳那些自命不凡的朋友討論過我的事，還把我關在像鴿子籠一樣的小房間，想弄清楚我應該被貼上哪種標籤。但是我告訴妳，無論妳把我歸類為哪一種人，結果都是錯的。妳不知道我做過什麼事，也不知道我有能力做出什麼事。如果妳一直逼我，我會說出來的。他媽的，我會一五一十地告訴妳，到時候連妳也會受害！不過這麼一來，我就可以擺脫妳了。」

我用肩膀撞開她，一屁股坐到一塊大石頭上。當我捲菸的時候，我的手不停顫抖。

「哇。」她順著我的話說。「我不知道妳的力量如此強大。」

她到底在說什麼？你看，她又搞錯了。我的力量一點也不強大，我做的事情只會傷害別人，可是她不懂，還繼續刺激我。

「說真的，妳真心認為妳說的話能傷害我嗎？」艾德問我，她罕見地不帶笑容。「這就是妳剛才的意思，不是嗎？妳認為如果妳把車禍發生前的事全告訴我，妳父親的遭遇也會發生在我身上。」

我點點頭，嘴裡吐出翻騰的煙霧。

「好，我告訴妳一件事：妳說的話不會傷害我，妳說的話也不會讓我驚訝、害怕、討厭，或者讓我離開妳，因為無論妳認為自己做了什麼壞事，我都做過比妳更糟糕的事。」

我忍不住想笑。她有沒有搞錯？她每天走來走去，對著別人微笑或說笑話，逗每個人開心。她根本是個啦啦隊長，不可能傷害任何人。我把這些想法一字不漏地告訴她。

「啦啦隊長？」她睜大眼睛看著我。「妳在開玩笑嗎？」

「不，我沒開玩笑。聽我說，我很感激妳在第一天晚上救了我，讓我不必回去住院，然而妳不明白我的感覺，妳當然不明白，因為妳和我完全不同。」

「是這樣嗎？那麼請妳告訴我，假如我和妳有類似的經歷，假如我和妳一樣擁有強大的力量，妳願意把妳心裡的祕密告訴我嗎？」

這根本不算是對話，因為我們如此不同，活在不同的世界，所以就算我回答「願意」也無所謂。

於是我說願意，這個答案讓艾德非常高興。

「我們終於有進展了。」她開心地笑了，同時解開自己的袖口。在那一瞬間，所有的一切都改變了。

37

宿醉可能讓我無法清楚思考。在來到貝爾菲爾德社區之後，我很快就學到了這個事實。其實宿醉已經讓我完全無法思考，這也是我酗酒的原因之一。

然而現在坐在懸崖邊緣的我，非常懊悔前一晚喝得那麼醉，因為我不敢相信自己看到了什麼。我就像是被《迷離境界》[23]電影版吸引的觀眾，看著身旁的艾德在陽光下露出她的手臂，她深褐色的手臂上布滿了線條狀的疤痕，就像我手臂上的傷疤一樣。

我非常驚訝，驚訝到讓我有點想笑出來。這實在太荒謬了。

然而我沒笑。相反的，我慢慢伸出我的手，放在她的手臂上。我很訝異她沒有把手縮回去。雖然她臉上掛著同樣的笑容，給人同樣溫暖的感覺，但艾德此刻變得不同了，讓我很不自在，因為我一想起自己對她說話的惡劣態度及堅稱她不懂我的感覺，我就覺得萬分內疚。

我很想對她說聲對不起，儘管我知道這麼做也沒有辦法彌補一切。我只希望伸手觸碰她的手臂能代替我的千言萬語。

23《迷離境界》（*The Twilight Zone*）是羅德．瑟林創作的美國電視劇集，自一九五九年起開播，每集為內容互無關聯的獨立故事，題材包括恐怖、幻想、科幻、懸疑和驚悚，經常以大逆轉劇情作結，並帶出特定的警世寓意。一九八三年由史蒂芬．史匹柏翻拍成電影版。

「我讓妳看我的傷疤，不是為了令妳感到愧疚。」艾德以愉快的口吻說。「所以妳不要有那種想法。妳聽見我說的話了嗎？」

我因為被她說中而羞紅了臉。

「我不是故意要逼妳讓我看妳的傷疤。」我結結巴巴地說。「妳一定覺得我是個渾球。」

「不，妳不是渾球，但是妳真的很固執。」

我把手收回來，手指上仍殘留著她的溫度。我再次看著她的傷疤，那些疤痕非常工整，彼此的距離以及每條傷疤的長度都幾乎相同。那些看起來都是很舊的傷痕，顏色呈淺褐色，從她的皮膚微微突起，顯然早已癒合多年。

「妳不必因為不知道應該說什麼而胡思亂想。」艾德說，然後嘆了一口氣。「我並不想讓妳受到驚嚇或感到內疚，但老實說，我不知道自己還能怎麼做。」

「我是唯一一個看過這些傷疤的人嗎？」

我不想要擁有另一個祕密，也不想因為看了艾德的疤痕而讓她不自在，然而她揮揮手，給了我否定的答案。

「不，還有其他人看過，弗洛絲和艾瑞克都知道。事實上，所有的工作人員還有以前住在這裡的一些孩子都知道。」

「娜歐咪或派翠克也看過嗎？」

「不，我不認為他們曾經注意過我的手。」艾德似乎想了一下。「不過，沒有一個人像妳這樣對我發脾氣。我知道，非常難以置信，對不對？」

她用肩膀頂頂我，試著化解緊繃的氣氛。

我腦子裡浮現出好多問題，但不確定自己是否已經問了太多，或者她其實希望我也能有點回饋。我是說，既然她亮出自己的傷疤，我應該也要告訴她一些祕密……

然而她又繼續開口，讓我鬆了口氣。

「最近這兩個月我一直在觀察妳，我們所有的工作人員都在觀察，看了心裡很不捨。我們看見妳始終背著沉重的負擔，有時候甚至覺得妳被那些負擔壓得身高變矮了。我們每個人都看得出來，也都在尋找釋放那些負擔的開關。不過，我們認為基於某種原因，妳還沒有準備好釋放那些負擔。」

她說這句話的時候看起來很嚴肅，但隨後又變得輕鬆，並且再次露出招牌笑容。

「我讓妳看我的傷疤，並不會改變任何事。我們沒有簽契約，我也不期望妳要告訴我一切，甚至任何事情。我只是要讓妳明白，其實妳並不孤單，別人同樣也有罪惡感。」

「妳認為自己傷害了誰？」我忍不住問艾德這個問題，希望她不介意回答。

「妳是指現在嗎？」她問。

我點點頭。

「沒有任何人。」她明確地回答。「但如果妳今天晚上或者明天早上再問我一次，我可能會給妳完全不同的答案。」

我聽不懂，因此皺起眉頭。她看出我的困惑。

「這取決於我的感受是否理性，而理性會隨著我的疲倦程度或者前一天晚上是否喝醉而改變，這些因素都會影響我的想法。」

我的腦子裡一團迷霧。其實我只想要一個直截了當的答案，但是直截了當的答案好像也無法適用在我身上。

「那麼，當妳疲倦或宿醉時，妳傷害了誰？」

「永遠是同一個人：我弟弟。」

「他在哪裡？他住在附近嗎？」

「不，他已經不在這世上了。他二十二年前就已經在奈及利亞過世了。」

我深深吸了一口氣，感覺我的肺部開始騷動，急需一根香菸來安撫情緒。

「妳是因為他過世才搬到這裡的嗎？」

「我搬來這裡五年之後他才過世。」

「但我以為妳剛才說妳傷害了他。」

「我認為我殺死了他。」

「如果妳在世界的另一端，怎麼可能殺死他？」

雖然這個話題很沉重，但是艾德的笑容沒變。「我又沒說我的想法是合理的。」她再次頂頂我的肩膀。「在所有人當中，妳應該最清楚這一點，不是嗎？」

我點點頭，調整好坐姿以面對著她，希望她能繼續往下說。

「我和我的父母及弟弟住在奈及利亞，直到我十五歲那年。比起很多人，我們算是非常幸運的，因為我的父母都有工作，而且是在工廠上班的好工作。對，他們不是醫生或老師之類的專業人士，但是我父親負責管理工廠的員工，我們真的比其他人幸運，妳懂嗎？」

我不懂。我連奈及利亞在哪裡都不知道，沒有辦法在地圖上指出它的位置。不過這不是重點，我只想聽艾德繼續說下去。

「可惜我不知道我們多麼幸運，所以不懂感恩，因此給家人添了很多麻煩。」

「真的嗎？」我問。我無法想像艾德給任何人添麻煩。

「我利用家境的優勢，想盡辦法逃學蹺課。我認為學校教的東西，可以從校外的朋友身上學到。我在學校外的市場認識了很多朋友，他們大部分比我年長，灌輸我很多觀念，告訴我學校一點用都沒有，他們不必上學也能賺錢過日子。我相信他們的話，被他們所說的一切吸引，並且開始替他們工作，幫他們運送東西給別人。」

「妳的意思是違禁品？」我實在無法想像。「例如什麼東西？」

「什麼東西都有：酒類、毒品、鈔票，還有各式各樣的東西，讓我羞於啟齒的東西。當時我根本不知道自己在做什麼。我太天真了。我很笨。」

我驚訝得腦袋無法運轉。

「他們也說服我開始替他們藏包裹，還說如果我願意幫他們藏包裹一個晚上，他們就會付給我很多錢，所以我就答應了，直到我父親在我房間裡發現其中一個包裹。」

「裡面是什麼？」

這時她的目光才第一次離開我，落在自己的手臂上，並且伸手輕輕撫摸疤痕。

「那是一把槍，一把手槍。我完全不知情，因為它外面用布包著，所以我看不出它的形狀，但是我早就應該要注意到事情不對勁。當我看見那把槍時，我才明白我的那些朋友一直在利用我。」

38

我不敢相信，但是從艾德眼中的痛苦，我看得出這肯定是真的，不是她故意說來唬我的謊言。

「妳一定猜得到，我的父母氣瘋了。雖然他們知道我很叛逆，可是完全沒想到我會參與這一類的壞事。」

「他們怎麼做？」

「他們驚惶失措，認為改正我行為的唯一方式就是把我送走。」

「所以你們搬家了？」

「沒有，我們不可能全家搬走。如果我們要搬家，那就意味著我的父母必須放棄他們的工作、放棄我們的家。但他們沒有受過高等教育，很難保證他們可以找到相同收入的工作，所以他們不能離開。必須搬走的人只有我。」

「因此妳就到英國來了？」

艾德點點頭，她的目光和心思都飄向遠方。

「我弟弟就因此被犧牲了。」

「什麼意思？妳爸媽原本打算送他來英國？他也惹上麻煩了嗎？」

「不，和我比起來，我弟弟強尼簡直是聖人，而且他很聰明，腦袋非常靈光。我們經常開玩笑地說，我爸媽一定是在強尼小時候不小心把他摔在地上，才讓他的頭腦變得這麼好。強尼是我父母的希望，因為他一定可以成為一個有用的人。」

「那麼他們為什麼打算把他送來英國？」

「為了讓他進好的學校，並且上大學，讓他接受能造就他的教育。我父親在這裡有個親戚，一個堂哥，他自己沒有孩子，因此他的妻子變得很沮喪。他同意收養強尼，讓他的妻子把強尼當成自己的孩子來照顧。可是當我惹了麻煩之後，我父母想盡辦法說服他們，由我代替強尼到英國來。」

「妳弟弟因此不高興嗎？」

「沒有，他不是那種人，而且他當時只有十歲，根本不想離開我父母。他怎麼可能願意離開他們？」

「妳願意離開他們嗎？」

「我願不願意根本不重要。當我把那個包裹帶回家，我就已經失去了選擇的權利。總之，我父母一說服我父親的堂哥，我就立刻被送來了，以免再為他們帶來更多羞恥。」

要艾德說出這些事，對她而言肯定很困難。她雖然沒有落淚，但是當她告訴我她在新環境的生活時，平常在她眼中看到的光芒似乎變黯淡了。她的堂伯父歡迎她，並試著讓她有賓至如歸的感覺，可是她很快就發現堂伯母並不歡迎她。接受一個十歲的天才兒童是一回事，接受一個十五歲的壞女孩可就得另當別論了。

這對夫婦雖不清楚艾德在家鄉惹了多大的麻煩，不過他們仍把艾德視為瑕疵品，無法把她當成自己親生的孩子。

「我不怪他們。」艾德說，臉上勉強撐起一抹微笑。「無論現在或者當時。他們好心接納我，可是我讓他們的日子很不好過。我不願意適應新生活，像在家鄉時那樣逃學蹺課，拒絕他們的一切好意。」

「妳想回家去嗎？」

「我要怎麼回家？我的父母花光了他們的積蓄才把我送到這裡，而且我在這裡表現得那麼差，哪裡還有臉要求他們出錢讓我回去。我至少得假裝自己過得不錯，即使只是為了讓我弟弟心裡舒服一點。」

「他怎麼了？」

「我父母最擔心的事情發生了。他慢慢長大，開始意識到周遭的人們過得多麼辛苦，許多人都得為了吃飯和生存而辛苦掙扎，讓他相當難過，甚至讓他開始無視課業，對示威抗議產生興趣。」

「什麼意思？」

「他加入一群對於現況感到不滿的人，一群想要靠著知識扭轉當局的人。雖然他只有十五歲，可是他很敏銳、很聰明。每當他說話時，大家都不會覺得他只是一個孩子，他說的話大家都會聽進去。」

「這有什麼問題嗎？我的意思是，每個人都可以發表自己的意見，不是嗎？」

「當然可以，可是他們不是只在私底下討論而已。那是二十年前的奈及利亞，如果你把頭伸得太高，就等於讓自己置身於風險中。」

我有點害怕接下來發生的事，默默希望自己猜錯。

「強尼才只有十五歲，可是他跑去參加示威遊行。這麼多年來，我一直覺得，不，我很清楚知道，如果不是因為我，強尼不可能走上那條路。他會被送來這裡，讀一所好的學校，成為一名醫生或律師。當他被警察用警棍毆打時，我卻和一群不認識我也不關心我的人坐在一起喝廉價啤酒。」

艾德站了起來，抖抖腳讓血液流回腿中。

「我們去走一走好嗎？」她說。「我走動時頭腦比較清楚。」

我點點頭，把她的背包從地上拿起來，背在自己背上。

「當我聽到噩耗時，我整個人都崩潰了。我不確定哪件事情讓我比較難過：是因為我只能透過新媽媽得知二手消息，或者是因為我沒有辦法回去參加葬禮。我父母並沒有表示不歡迎我回去奔喪，可是他們也沒有試著安排讓我回去，所以當時我覺得自己已經無依無靠。」

「妳沒辦法回去與家人同在，一定非常難過。」

「確實如此，然而我認為這是我自己造成的。如果我沒有那麼任性又愚蠢，這一切都不會發生。最糟糕的情況，應該是我被警棍打死，而不是強尼。這種罪惡感深深糾纏著我，讓我深信我應該受到更嚴重的懲罰。我不知道妳為什麼自殘，黛西，但就我個人的情況，自殘是一種自我懲罰，每星期提醒自己我讓家人蒙羞，並且害我父母失去強尼。我甚至很高興在疼痛消失之後，我仍然留有傷疤。」

艾德自殘的理由讓我感覺奇怪，她的原因和我非常不同，而且她主掌了一切，是她選擇要這麼做。聽完她的故事之後，我想到她的傷疤如此整齊，原來是這個緣故。她懲罰自己，而不是恐慌迫使她這麼做。突然間我有點害怕，擔心幫助她停止自殘的方法可能不適用在我身上，我這輩子只要恐慌一發作，就得不停自殘。

我們走了好一會兒，久到讓我必須捲一根菸來調節我的心跳。

「妳自殘很久嗎？」我問艾德。

這個問題應該很安全，畢竟她現在看起來已經沒事了。

「我自殘了十五年。」她回答時似乎帶著小小的自豪。

「妳現在已經不會再自殘了嗎？」

「有時候我當然還是會想要這麼做。我花了很長時間才擺脫自殘的行為，透過不斷與人溝通，我終於明白拿警棍打碎我弟弟頭骨的人不是我。現在我已經不會再自殘了，因為我重新思考發生的一切，改變了自己的執念。如今我以不同於過往的觀點來看待這件事，而不是繼續浪費生命去追悼他。失去強尼成為我現在的動力，鼓勵我迎接每一天。」

一想到我還得經過漫長的時間才能擺脫自殘，讓我感到相當沮喪，使我幾乎想要從她的康復過程中尋找漏洞。

「可是妳每天都會看見那些疤痕，對不對？它們不會每天提醒著妳嗎？」

「它們確實每天提醒著我，提醒了很長一段時間。但現在已經不會了，因為我也改變了它們。」

我困惑地看著艾德，於是她停下腳步，將袖子捲到手臂最上方。

「每年到了我弟弟去世的那一天，我就會慶祝自己不再自殘、不再逼自己為他的死亡負責。每年的五月六日，我會在自己身上再增加一條線，以提醒自己我還活著。」她咯咯地笑，這種反應與她所說的話完全矛盾。「我的朋友認為我瘋了，因為我又找了一種理由傷害自己。可是我認為他們錯了，我現在沒有繼續傷害自己，相反的，我提醒自己我已打敗罪惡感，而且我好好活著。」

說到這裡，她將整隻手臂露出來給我看。一股無形的力量將我拉向她，我的瞳孔因為我看見的景象而變大。

她自殘的疤痕以相同的長度及間隔，一路延伸到手肘以上，直到上臂的一半，可是接下來的線條不同了。

接下來不再是陰暗隆起的皮膚，而是藍色的墨水線。最上方的自殘傷疤以上是一系列的藍色紋身，每一條紋身線都有一個小小的波折，往上方凸起之後又恢復為完美的水平線，呈現出令人心醉神迷的效果，一條接著一條，看起來宛如碩大的心電圖。我盯著那些紋身，彷彿看著加護病房裡的生理監視器。

我驚訝得張大嘴巴，什麼話都沒說。沒有任何話語能公正地評斷我所看見的景象，因此我不發一語，默默擦去自己臉上的淚水。

39

如果這是好萊塢電影裡的場景，那麼此時會出現激動人心的配樂，或者我與艾德在不同地點專心對話的蒙太奇畫面，以驅走我腦子裡亂七八糟的想法。

我經常看電影，所以非常清楚劇情常有的發展。

然而現實並非如此。聽見和看見艾德的故事並沒有使我的罪惡感消失，不過確實讓我有些改變。她的故事賦予我一個願景，或許也可以說是一種盼望——儘管我不知道她的故事究竟能如何幫我。我努力抱著積極的心態：既然艾德和我有這項共同點，她一定會找出幫助我的方法。我對她心存懷疑已經夠久了，但是她始終相信我，光是這一點就值得我信賴她，尤其我如今在貝爾菲爾德的處境變得這麼艱難。

我們上次溜走的事件依然餘波盪漾。雖然艾瑞克已經接受我的道歉，並且原諒我了，可是娜歐咪和派翠克打架之後馬上原諒彼此的公式並未延伸到我身上。他們兩人除了偶爾故意撞我或侮辱我之外，其餘時間都把我當成隱形人。

如果我們沒有住在同一個屋簷下，我會覺得這樣很好，偏偏事與願違，而且我還得靠他們替我買菸草和酒。

九月開始上課之後，我覺得宛如獲得解脫，因為白天我可以轉移注意力，在上課時間的六個小時不必一直想著廉價的伏特加。

我覺得不必走出大門就能上學真的很奇妙，有點像是在家裡自學。我們的老師不介意學生的人數，因為基本上只有我和蘇西兩人。吉米偶爾會到教室來露個臉，而且他會神神祕祕地帶著一把吉他，然後手指在琴弦上亂彈，就像他在自己的手機上不停亂按一樣。他總是活在自己的世界裡，我們聽不見他在彈什麼，因為他的吉他上插著耳機，可是從他笨拙的指法看來，我很難想像他能彈出什麼悅耳的曲調，甚至光看他的動作就讓人覺得痛苦。每當他彈起吉他時，我都忍不住替他留意娜歐咪和派翠克是否在附近徘徊，以便隨時警告他，讓他免於遭到羞辱。

蘇西很迷戀吉米，每天不厭其煩地告訴我吉米多麼棒。

「妳遇過像他這樣的人嗎？」有一次蘇西輕聲問我。

這是一個相當容易回答的問題。「沒有。」起碼我不必說謊。

「每次我看到其他人嘲笑他，真的覺得好痛苦。他太好欺負了。」

「可是他也不以為意，對不對？他整天拿著手機說話，別人很難不注意他的言行舉止。」

「他這麼做又沒有傷害任何人，這是他面對困境的方式。我希望他們能看見他的才華。」

我很困惑。「妳覺得他說的那些與音樂有關的事情，關於巡迴表演和歌迷，全都是真的嗎？」

「當然啊。妳不相信是真的？」

我試著以巧妙的方式回答，不要破壞她的美夢。「呃，我不知道，因為我沒聽過他唱歌或演奏。妳聽過嗎？」

她看起來有點蠢。「不算真的聽過。但有一次我覺得我聽到他的聲音從天花板傳來，我還叫娜歐咪一起來聽，結果她很生氣，揍了我一拳。她說那是廣播節目播放的歌曲，是酷玩樂團[24]的歌。」

「結果是嗎？」

「是什麼？」

「酷玩樂團啊？」老天，和蘇西說話很累。

她聳聳肩。「我不知道，我不是專家，但我希望是吉米的音樂，這樣對我來說就已經足夠了。我不知道其他人為什麼不能這麼認為。」

雖然我很喜歡蘇西，但是這種對話實在非常乏味，讓專注於課業變成一種解脫。我的課餘時間由艾德負責。自從上一次我們在懸崖邊聊天之後，我一直很擔心她會期待我說出自己的故事。這種想法讓我不知所措，在我與她相處的每一刻困擾著我。

我們每天放學後都去散步，那條石頭小路對我而言變得非常熟悉。就某種意義而言，那裡就像我們的小天地。我從未見過艾德帶娜歐咪去那裡，而且我擔心艾德花太多時間陪我，會讓娜歐咪大發雷霆。

然而艾德完全不以為意，並且立刻消除我的憂慮。

「有時候妳必須開始學著將自己放在第一位，不要再去擔心其他人，尤其是娜歐咪。」

我看了她一眼。被娜歐咪壓在床上掐住脖子的人又不是她。

「我知道娜歐咪是一個捉摸不定的人，妳知道她曾經攻擊過我很多次，因此我知道她的力氣有多大。但這不表示妳在她身旁應該像個受害者。生活在恐懼之中並不會讓妳變得比較好，不是嗎？」

「難道每天出來散步就會讓我變得比較好嗎？」我知道這樣回答實在太任性了，話一說出口，我就畏縮了一下，可是我已經來不及閉嘴。

「如果只是出來散步，就不會比較好，可是我們每天都會帶著一種武器和我們一起散步，這個武器可以漸漸改變妳的想法。」

「噢，是嗎？什麼武器？」

「邏輯。」

我停下腳步，眼睛盯著她看。她在開玩笑嗎？

「如果妳願意帶著信任出來散步，我就會帶著邏輯。」她的語氣中帶點不耐煩。「黛西，如果妳不設法照著我的話去做，那麼這些時間都會白白浪費。我不介意花時間陪妳——實際上，我想不出更好的方式來運用我的上班時間。我看得出妳很困擾，而且我知道，只要妳願意相信我，我們絕對可以戰勝目前正在糾纏妳的負面想法。但如果妳不信任我……」她停了一會兒，皺起眉頭。「我們就不必麻煩了，妳也可以回到屋裡，等著娜歐咪再欺負妳。妳希望這樣嗎？」

我緩緩地搖頭，當然不希望。

「那麼我們就從現在開始。」她從背上拿下她的背包，小心地拉開背包的拉鍊，拿出一個笨重的方形物，上面附有麥克風線。

那是一台隨身聽，一個她可能從一九八〇年代就使用至今的超大型塑膠製品。那台隨身聽的年紀肯定比我還大，而且當艾德把它放在我手中時，似乎也比我還重。

24 酷玩樂團（Coldplay）成立於一九九六年，是來自英國倫敦的搖滾樂團。

「我們要這個東西做什麼？」我手中把玩著這台隨身聽，打算繼續挑戰她的計畫。

「妳得對著這台機器說話。這個看起來很奇妙的東西可以訓練妳的思維，幫助妳消除腦海中所有不真實的想法。」

「妳在跟我開玩笑嗎？」除了播放出很小聲的音樂之外，我看不出它還有什麼用途。

「不，我不是在開玩笑。我知道這看起來不太可能，但是這台機器幫助我棄絕了弟弟因我而死的想法。」

我大大嘆了一口氣。這次我以比較禮貌的方式告訴艾德，我不懂她的用意。

「妳耐心聽我說，我保證我會說明清楚。」她示意我坐到她旁邊。「我知道妳的一件事，是妳的醫生告訴我的。妳認為自己對於妳父親的死負有責任，是不是這樣？」

我點點頭。

「儘管發生車禍時，妳並不在他的車裡，對吧？」

我再次點頭。

「即使另一輛車撞到他的車子時，妳根本不在現場？」

「但那依然是我的錯。」我就是這樣深信，而且信念比之前更為強烈。

「我要對妳說的話，與我的治療師對我說的話一樣：妳的想法是錯的。那些都是空泛的想像，缺乏實質論點的支撐。妳怎麼可能從遠距離造成一場車禍的發生？正如我怎麼可能害死遠在非洲的弟弟？妳明白我要表達什麼嗎？妳的這些負面想法，或者我以前的那些想法，都是不合邏輯的，所以我們不應該浪費時間與它們糾纏。」

我懂她在說什麼，以及她在做什麼，可是她並不知道整件事的來龍去脈，對不對？她不知道我有什麼樣的豐功偉業。

「我要告訴妳一種幫助妳消除那些負面想法的方法，讓妳在邏輯思考的協助下，認清那些負面想法並不真實，甚至完全與妳無關。只要妳真的理解並且相信這一點，那些想法就會粉碎瓦解，妳也可以好好過日子。」

她以前就說過類似的話來鼓勵我，儘管這些話聽起來很棒，我還是不懂一台隨身聽要如何幫助我。

「那我應該怎麼做？」

「妳需要開始淡化那些負面想法。只要妳的大腦一聽到那些想法就感到倦怠和無聊，它就會慢慢看出那些想法的本質。如此一來，大腦會因為負面想法的不合理而開始排斥它們。」

艾德從我手中帶走隨身聽，插上麥克風線，然後將另一端的黑色麥克風交回到我手裡。

「妳去找一個安靜的地方，妳可以坐在長椅上或者懸崖邊，只要妳覺得舒服就好。等妳準備就緒，按下紅色的按鈕，然後不斷重複說這個句子：『我殺了我爸爸，一切都是我的錯。』」

我突然感到一陣反胃。

「錄音帶的長度是二十分鐘，所以妳必須重複這句話直到一整面錄完為止。如果妳中途需要休息，那也沒關係，只要按下停止鍵，呼吸一下，然後再開始繼續錄音。」艾德拍拍我的背，以安撫我的方式靠在我身旁。「我知道這對妳來說是很過分的要求，但我保證百分之百會有幫助。」

我實在不想這麼做，也不知道自己能否辦到，但是我強迫自己思考不去做的後果：那些負面想法會繼續操控我，我會在貝爾菲爾德與娜歐咪一起待到十八歲，然後被他們趕出去。一想到這兒，我慢慢站起身來，研究了一下隨身聽的按鍵，然後走到懸崖邊的長椅前。

我花了一點時間才穩定住自己的情緒，強迫自己的手指不要發抖，並且用足夠的力氣按下紅色錄音鍵，最後終於成功。然後我開始說話，起初說得很慢，好幾次我都必須設法集中注意力，但是我真的做到了。大約過了十分鐘，這些字句的意義顯然已經變得不再那麼重要，可是我仍繼續說著。它們已經不再具有相同的力量、相同的含義。這個發現給了我一絲希望。

整整二十分鐘，艾德一直陪著我，而且只要我需要，她的目光就會迎向我，卻始終沒有侵擾我的隱私空間。我一想到她也曾經和我一樣坐著錄下自己的恐懼，就讓我深受鼓舞。到了最後，我發現自己的聲音已經變得死板，但是我也找出一種節奏感，讓我可以舒服地錄完錄音帶，直到紅色錄音鍵在我句子說到一半時自己彈跳起來。我希望，那些負面想法離開我的時候，也會像錄音中止的情況一樣突然。

我將麥克風線纏在手指上，然後站了起來，朝著大海做了一次深呼吸。我剛才對著麥克風錄了二十分鐘的錄音帶，但是我之前從來不曾好好面對那些負面想法。我相信錄音一定可以帶來一些改變。艾德用手摟著我的肩膀，讓我的頭靠在她的頭上。我不懷疑，一點也不懷疑，我已經開始改變了。

40

隨身聽成了我最好的伴侶，但沒有人知道我在聽什麼。我無法忍受被他們指指點點，光讓他們看見隨身聽就讓我不舒服。我把隨身聽藏在艾德送給我的一個綁繩袋裡。實際上，我還把那個綁繩袋藏在包包的暗袋中，別說我太偏執。

我的包包裡沒有其他東西，菸草和打火機都放在襯衫口袋裡，我不想因為任何原因在包包裡東翻西找。如果我要遵循艾德的計畫，我就必須以最祕密的方式去做。所以當我透過耳機播放自己的聲音時，我也只開到別人無法聽見的音量。我看得出來這讓他們有點疑惑，特別是娜歐咪，她很想知道我在聽什麼。他們一定曉得不是音樂，因為沒有貝斯的低音從耳機傳出來。不過，別忘了，其實他們不太理我，就算發現我一整天都在聽天氣預報，也不會覺得奇怪。

我經常播放錄音帶，頻率超過艾德建議的每天兩次。自從貝爾菲爾德社區沒人想理我之後，我可以專注在自己的事情上，讓我想起艾德在我剛到這裡來時說過的話。她說，當我離開這裡的那一天，可能會重新獲得我失去的家庭，擁有新的父母。

我不想說謊，但一想到我可能會到寄養家庭，就非常害怕。我想像邪惡的寄養父母會以我應得的方式懲罰我。聆聽隨身聽幫助我勇敢地告訴艾德我的各種想法，雖然她可能認為我的恐懼十分荒謬，不過她沒有表現出來。

「每次這種想法入侵妳的腦袋時，我希望妳勇敢地挑戰它們、面對它們，對它們說：『我必須為一切負責的證據在哪裡？寄養家庭可能傷害我的證據在哪裡？他們只會愛我！』」

我懷疑的看著她，她已經慢慢熟悉我這種表情。

「又是這張臉！」她笑著說。「記得要信任我。我要妳做的事情很簡單，每次壞的想法出現時，妳只要問問它車禍是怎麼發生的——妳父親開車時，是妳扭動了他的方向盤嗎？是妳不小心踩了油門嗎？這些問題的答案都是否定的！因此，就像錄音一樣，只要妳持續不斷的這樣告訴自己的大腦，到最後妳的大腦就會厭倦那些壞的想法，在它們出現時立刻消滅它們。」

「妳當時也是這麼做的嗎？」

「當然。這需要時間和決心，可是一定會奏效。」

當她說「需要時間」時，我的臉肯定垮下來了，因此她看出我的失望。

「妳怎麼了？」

「我不知道，只不過……妳教我做的這些事，我相信可以奏效，真的，至少我希望它們會奏效……我此刻只想著我還沒告訴她的事，關於我媽以及霍布森老師的事。那些問題也是我造成的，我不知道那些事情會不會影響艾德要我做的，我真的不知道，可是我不敢問她，也不敢告訴她那些真相。

「……為什麼事情都要這麼複雜？為什麼所有的一切都需要時間？」

「相信我，我也希望我有一根輕輕一揮就能解決一切的魔杖，或者一顆能讓問題全部消失的藥丸，無奈事與願違。妳可以靠著自我治療，讓自己躲進酒瓶中，但是無法讓問題消失，只能掩飾問題，直到瓶中的酒被妳喝光為止。酒精不能幫助妳，可是妳的信念可以。我教妳的方法，是妳擊敗負面思考的唯一道路。只要妳知道自己在做什麼，只要妳真心相信自己可以掌握主權，這些負面想法——」艾德停頓了一下，比以往更深切地注視著我，「就不會再來煩妳了。相信我。」

於是我進入了《今天暫時停止》的劇情[25]——無休止的課程，包括隨身聽的課程，以及在天氣允許時到懸崖邊緣散步。事實上，在秋天來臨時，艾德明確表示即使氣溫下降或下雨，也將不會影響我們的日常散步。大致上我對此沒意見。

或許是因為艾德對我腦子所做的訓練，或許是因為我已經沒有每天喝伏特加，所以我的藥物可以正常運作。無論什麼原因，我覺得我已經戰勝了我的頭腦。好吧，我承認有時候焦慮會比平時更來勢洶洶，我必須更努力地耗費數個小時消滅恐懼，然而頻率已經越來越低，持續時間也越來越短。

艾德很開心，她很高興能讓我白天時的恐懼等級降低。每當我的恐懼等級又降低一級時，她就會露出燦笑，還會在我不知所措且陷入掙扎時全心鼓勵我。她的笑容彷彿可以治癒一切，我甚至可以發誓，好幾次她的笑容都讓陰冷的十月撥雲見日。

固定的散步也很有效，我們在步伐中發現的節奏有助於集中注意力。雖然我知道散步的目的，是我最後必須告訴艾德更多我腦中的訊息，但這已經不像從前那麼困擾我。艾德的陪伴讓我覺得比較放鬆，不再那麼偏執。我相信，如果哪天我真的說出心裡的祕密，她可能早就聽過類似的事，或者早就

25《今天暫時停止》是一九九三年上映的美國浪漫喜劇電影，由比爾．莫瑞主演，講述一名氣象主播第四度前往賓州某小鎮報導一年一度的土撥鼠日（美國與加拿大的傳統節日，訂於每年二月二日），心生厭煩。他原本計畫當天往返，卻因天候不佳而被困在小鎮。隔天他在小鎮醒來時，發現自己仍身在二月二日。

已經感覺到了。

而且，艾德以前經歷過很糟糕的日子，在她陷入最低潮時，除了充滿罪惡感與自殘之外，她還誤信壞人。那些壞人哄騙她繼續沉淪，沒有勸她轉念。她和那些壞人混了很長一段時間，與他們同住很久，因此我實在很難想像，她究竟如何找到回頭的路。

雖然艾德的親身經歷讓我聽了很難過，但也讓我產生新的信念。她曾經跌入谷底，在谷底待了很多年，而我爸爸過世才只有幾個月。既然艾德等了好久才有機會與我分享重振自我的方法，我現在應該下定決心，不要搞砸她給予我的機會。

我想，正是這樣的信念促使我與她分享更多心事，讓她明白為什麼我自殘，讓她知道我並不是和她一樣出於內疚，因為自殘是我對抗恐慌的最後一道防線。

當然，這件事情沒有嚇到她，反而讓她很高興，因為她「又多了一塊拼圖」，現在我們只需要確定是什麼事情造成我的恐慌，如果能夠找出原因，我們就成功了一半。

看見轉彎處的願景使我既開心也分心。在我沒有接受隨身聽酷刑或者對抗腦中浮現的愚蠢想法時，我還必須自立自強。我得找出一種方法來告訴艾德其他的祕密，那些她還沒有提供我解決工具的祕密。

由於我太分神想著這件事，幾乎忘了其他人的存在，就連願意屈尊俯就與我說話的蘇西和吉米，也被我隔絕在外。至於娜歐咪和派翠克，我早就習慣盡量避免被他們嘲諷，因此他們也逐漸對我置之不理。這對我來說是好事，彷彿之前的事情從未發生過。

因此，當另一件事發生時，才會讓我痛苦得難以承受。

41

社區會議已是例行活動。我知道他們想要藉此達成什麼目標，但老實說，舉辦這種會議並不能對我產生任何影響。

好吧，在最初的幾個星期，我因為偷喝酒而被斥責了幾次，而且在我和娜歐咪偷溜出去喝酒之後，工作人員也對我們每個人發出嚴正的警告。然而最近什麼事都沒有，因此我開始卸下警戒。這是我犯的最大錯誤。

那天是期中假之前的星期五，我和艾德並肩坐在沙發上，偷看了娜歐咪一眼，希望看見她平時的憤怒表情。近來艾德在我身上花了許多時間，娜歐咪看起來很不高興。不過，娜歐咪發洩怒氣的對象是艾德和貝克絲，不是我。

然而娜歐咪今天沒有顯露出不悅的表情。她倚著沙發的扶手，坐在派翠克旁邊，臉上帶著心滿意足的神色。那不是我熟悉的娜歐咪，因此我應該保持警覺。但我整個人放鬆下來，打算在接下來的四十五分鐘裡完全放空。

我們以一般方式展開今天的會議：工作人員先提醒我們使用廚房之後要整理乾淨，然後貝克絲斥責派翠克和娜歐咪沒去上課。但這些事情都沒有讓現場氣氛變差，直到貝克絲問我們有沒有事情想與大家分享。通常這時候大家只會聳聳肩，陷入幾分鐘尷尬的沉默，因此我低頭盯著地板，從腳上的鞋子來分辨圍坐在沙發上的每個人。

直到一捲錄音帶突然被丟到我的球鞋旁邊，我才轉移焦點。

我一看就知道那捲錄音帶裡面是什麼——是我的聲音，我的可怕真相。

我不知道應該怎麼辦。我應該馬上把它撿起來，還是故意無視它的存在，希望那不是我的錄音帶？不過，說實話，我知道那一定是我的錄音帶，因為其他人怎麼可能會有一九九〇年代的東西？

我抬起頭，看見每個人臉上都充滿困惑。呃，除了艾德以外的每個人。艾德和我一樣脹紅了臉。

「娜歐咪？」貝克絲問。「那是妳丟的嗎？」

娜歐咪看起來很沾沾自喜，但努力裝出一臉嚴肅。「對。」

「呃，那捲錄音帶要做什麼？我的意思是，妳從哪裡拿到那捲錄音帶？」

「是我發現的。」她大聲地說。「在女生那層樓的走廊上。我很高興自己發現了這捲錄音帶。」

她的謊言讓我氣得臉頰發燙。她不可能在走廊上發現那捲錄音帶，因為不到兩個小時之前，那捲錄音帶還掛在我的脖子上，我絕對不會粗心亂丟那捲讓我深感羞愧的錄音帶。我把它和隨身聽都藏在我衣櫃最底下的抽屜裡，放在一疊待洗衣物下方，我想應該不會有人那麼迫切想要找出這些東西。然而當我望向娜歐咪時，她正盯著我看，雙眼短暫地瞇了一下，我便知道自己大錯特錯，我應該要把這些東西藏得更隱祕一點。

「我本來覺得很奇怪，怎麼會有一捲錄音帶？我的意思是，我後來又在樓梯間發現了這個，才知道那捲錄音帶是什麼玩意兒。」她從椅墊後方拿出隨身聽，握在手中揮舞，故意皺著眉頭裝出困惑的表情。

如果不是因為我非常害怕，我可能早就已經跳到她頭上，因為她滿口謊言而痛揍她一頓。可是我當然什麼都沒做，只是在心裡反覆咒罵她。

「說實話，我差點就把它拿去扔了。」她繼續得意洋洋地說道。「不過我認為它可能對某人而言是相當重要的東西，因為它看起來很舊，所以我去找派翠克，看他知不知道這個玩意兒是誰的。」

一聽到派翠克也有份，我便更加崩潰，痛苦也更加強烈。

「我也沒有看過這個東西，但我認為如果我們聽聽這捲錄音帶，就可以找出一些線索。我們覺得只要聽聽錄音帶的內容，就能馬上知道主人是誰。」

派翠克一邊說話一邊站起來，笨拙地走向錄音帶。他將錄音帶撿起來，繞著沙發圍成的方形區塊走動，宛如一名偵探將證據拿在手中揮舞。我知道接下來會有什麼發展，也知道自己馬上就會被大家羞辱。就在那一刻，我突然理智斷線，站起來衝向派翠克，伸出雙手抓住那捲錄音帶。

派翠克的反應不夠快，因此我抓到了錄音帶，同時用另外一隻手推他的肩膀，他被我推開時大吃一驚。我緊緊抓住錄音帶，從他手中搶過來，但是整個人跌坐到地板上。

接下來的場面完全失控。不到幾秒鐘，娜歐咪已經壓在我身上，瘋狂地拉扯我的頭髮。她顯然認為我會毀掉這捲錄音帶，以免被他們播放出來。由於我的頭皮被她扯得很痛，讓我分了心，結果派翠克又從我的手上搶走錄音帶，並且在搶奪過程中將我的手指往後扭扯。

我感覺到一陣人影晃動，工作人員已經馬上將他們兩人拉到房間的兩端，奇怪的是，娜歐咪和派翠克都沒有反抗，他們只是故作驚訝地高舉雙手，要工作人員冷靜下來，表示他們不想鬧事，只想拿回錄音帶。

「貝克絲，這是怎麼回事？」娜歐咪大喊。「為什麼沒有人告訴我們，我們和什麼樣的人住在一起？」

「我不明白妳的意思。」貝克絲回答。「但是我不容許任何人在會議中使用暴力，妳聽見我說的話了嗎？」

「暴力？」娜歐咪懷疑地問。「如果妳想討論暴力，那麼就來談談我們在錄音帶上聽見的內容吧！我們實在無法相信，妳竟然讓我們其他人暴露在這樣的風險中。」

貝克絲搖搖頭，顯然不明白娜歐咪的意思。「娜歐咪，妳到底在說什麼？」

「她。」娜歐咪指著我。「這個該死的殺人魔。我的意思是，我知道我們每個人都有過去，可是我們沒想到會與一個該死的殺人兇手住在一起！」

現在是電影畫面上出現風滾草的時刻。在場的每個人都以慢動作將頭轉向我，宛如三流電影中老套的鏡頭。

接著所有人的動作又恢復為正常速度。娜歐咪一臉自豪，繼續開口說話。

「你們什麼時候才會告訴我們？什麼時候才打算告訴我們真相？你們不認為我們有權利知道自己與誰同住嗎？老天，這個地方真的有病！有病！」

貝克絲正準備回答時，艾德搶先一步開口。

「娜歐咪，妳太超過了，妳沒有權利攻擊別人。如果妳有任何顧慮，應該在會議以外的時間私下找我們討論，而不是在所有人面前羞辱黛西。」

「對啦，對啦，因為她是妳負責照顧的，對不對？艾德，妳在搞什麼鬼？妳是不是從來沒有輔導過連環殺手，所以覺得很新鮮？妳是不是覺得這可以讓妳的履歷看起來更精采？好啦，難怪妳一腳把我踢開，是不是因為這個原因？我比不上這個瘋子，對不對？」

艾德站了起來，眼中冒著怒火。「我不知道妳在那捲錄音帶裡聽到什麼，以及從中得到什麼結論，可是妳沒有權利——」

「沒有權利怎樣？」娜歐咪大吼。「沒有權利擔心自己與殺死父母的人住在同一個屋簷下？艾德，我不知道妳的故鄉都怎麼看待這種事，可是在英國，我們認為殺死父母很嚴重。」

一聽到故鄉，艾德畏縮了一下，貝克絲這時馬上接著說話。

「娜歐咪，妳可以先停止這種長篇大論，聽我說句話嗎？這裡不接受妳說的那些道理，也沒有人想聽。」

「那妳想聽什麼？從我到這裡來之後，妳就一直告訴我們分享的重要，說我們可以互相幫忙，分享可以幫助我們釐清很多事。呃，可是我不懂，為什麼妳不允許我們談論這麼重要的事？妳怎麼可以對我們隱匿這種事情？」

「我們沒有隱匿任何事。」貝克絲耐心地說。「我們不知道妳在說什麼。」

「我說的是我們在錄音帶上聽到的內容，黛西錄下的話。她說了不止一次，說了一遍又一遍，到最後我們不得不關掉那台機器，因為我們被嚇壞了。」

「如果你們聽了，一定也會被嚇到。」派翠克尖聲地說。「我的意思是，哪有人會吹牛說自己殺了父母？」

「胡說八道。」吉米突然大喊。他很少參與任何對話，因此他突然開口讓我相當驚訝。「你們兩個想找她麻煩已經好幾個星期了。我才不相信你們說的，你們根本胡說八道。」

這讓娜歐咪看起來更加興奮，她俯身指著我。「那麼，吉米，你要不要自己問問她？問她是不是真的殺了她的父母？看她怎麼回答。」

她停頓了一會兒，嘲笑地抬起頭。「來，黛西，快點回答啊。妳可以否認，快點，妳說話啊！說話！」

我什麼都說不出來，彷彿舌頭被黏在嘴裡，就算我想盡辦法，也無話可說。我能說什麼？錄音帶裡有我的聲音、我的想法，即使現在這種念頭已經不像我在錄音時那麼強烈。

「夠了！」貝克絲大喊，讓我從尷尬的沉默中得到解脫。「娜歐咪，妳和派翠克現在就到我的辦公室去，其他人可以自由活動，今天我們提早結束社區會議。」

娜歐咪和派翠克互看彼此一眼，臉上露出笑容，兩人幾乎想要互相擊掌叫好。不過他們忍住了，靜靜地往門口走去，並且在經過我身旁時將我推開。

「妳看看，妳有事瞞著我們，結果變得多慘？」娜歐咪怒斥我。「我勸妳不要再嘗試，否則保證讓妳日子難過。」

他們大鬧之後留下難堪的爛攤子，讓蘇西差點就要哭出來，吉米則一臉困惑，開始找艾瑞克吵架。我受夠了這種疲勞轟炸，不知道自己該何去何從。

42

雖然我用圍巾包住臉，但是當我回到家的時候，我的臉已經被風刮傷了。我原本以為打扮成「阿拉伯的勞倫斯」[26]的模樣，就可以抵禦風寒，結果還是失敗了。

我只有臉頰和手指露在衣物外，這兩處都被凍僵了，可是我就是懶得戴手套或重新圍好圍巾。現在說這些都太遲了，因為我已經進入感覺完全麻痺的階段，但這似乎是一種我更能忍受的選項。

我從未走過這麼遠的路，也沒有理由做這種事。事實上，原本我今天不曾打算走回家，可是當我走出貝爾菲爾德社區時，腦子根本靜不下來，於是我不停走著，希望答案會出現在我眼前。等到我意識到自己身在何方時，天色早已暗了下來，我肚子也餓了，而且我就站在通往我家院子的小徑盡頭，顫抖的雙手扶著柵門。

「該死。」我小聲地說，一邊輕拍我的口袋。我太急著離開貝爾菲爾德社區，結果沒帶家裡的鑰匙出來。我必須在艾德追上來之前趕緊躲起來。

我用力踢開柵門，因為我知道此刻能取暖的唯一方式就是破門而入，可惜我不是這方面的專家。我先環顧四周，由於天色已經黑了，外面又這麼冷，路上空無一人，因此我低著頭，沿著小徑往前

26 湯瑪斯・愛德華・勞倫斯是一位英國軍官，在一九一六年至一九一八年的阿拉伯起義中擔任英國聯絡官而聞名，人稱「阿拉伯的勞倫斯」。一九六二年的英國電影《阿拉伯的勞倫斯》即改編自他的自傳《智慧七柱》。

走，繞到屋子側邊後就潛入後院。

我知道所有的窗戶都關著——上次我們來的時候，艾德已經把門窗都檢查過一遍。我還知道爸爸在飯廳和廚房的窗戶都裝了鎖，因此只剩下一樓廁所的一扇小窗戶可能打得開，因為爸爸從來沒有想過要鎖上那扇窗。雖然要從那扇小窗戶爬進屋裡似乎不太可能，但我知道那是我唯一的選擇。我在院子撿了一塊重重的石頭，然後站在玻璃前。

我很緊張，再次環顧四周，並盯著我們家後方那間屋子裡透出來的燈光。如果我想打破玻璃，絕對不能讓玻璃破碎的聲音傳出去。於是我拿下圍巾，隨隨便便包住那塊石頭。我在《瞞天過海》[27]或者某部電影中看過有人這麼做，希望這種方法不是好萊塢瞎編出來的。

窗戶一下子就被石頭打破了，但是發出很大聲響。當玻璃碎片掉落在廁所地磚上粉碎時，我嚇得縮起身子，想辦法踢掉剩下的碎玻璃，然後用手撐著窗台往上爬，將我的頭和肩膀擠進那扇窗。

窗戶很小，太小了。幾年前有一次我放學回家發現忘了帶鑰匙，就是從這裡爬進屋的，但當時我比較矮小，而且窗戶是開著的，不像現在露出鋒利的玻璃牙對著我笑。

我深深吸氣，不停扭動身體，直到我的腹部通過窗框，最後只剩下臀部要想辦法。然而我現在上下倒立，很難控制自己的動作。最後我用力一扭、膝蓋一彎，整個人就穿過窗戶了。我往下跌落，身體撞到馬桶座，右手臂直接沉入馬桶發臭的水中。

這讓我嚇了一大跳，驚嚇程度遠遠超過玻璃碎片刺穿了我的左手掌。我用掛在廁所門後那條骯髒的毛巾擦乾手臂時，才發現自己被割傷了。傷口有點刺痛，比我用指甲刀割傷自己時還痛，但至少我這次不是自殘。呃，起碼不算故意的。

雖然我已經進到屋子裡，溫度卻沒有改變。事實上，屋裡的感覺比外面還要潮溼，而且更加陰暗。我匆匆走到走廊上，碰到廚房的牆壁時，不小心把鍋子撞到地板上，讓我氣憤地咒罵起來。我這輩子都在這間屋子走來走去，而且經常在黑暗中走動，但突然之間我對這裡的一切變得好陌生。屋裡電源已經被切斷了，毫無疑問是那些社工人員的功勞，暖房設備也早已冰凍得像冰箱一樣。

走這一大段路讓我餓得發昏，於是我翻箱倒櫃，想找一點食物填飽肚子。雖然選擇不多，可是我不在意。我找到吃剩下半包的餅乾和一罐原本應該很美味的黑橄欖，不過那半包餅乾已經乾到發硬。

我把食物放在茶几上，一屁股坐到沙發上，縮起雙腿，然後捲了一根菸。我點燃香菸時突然有一種罪惡感，不知道爸爸會不會突然從黑暗中出現，斥責我殘害自己的肺。

我花了幾個小時才走回家，現在我到家了，卻不知道自己應該做什麼，也不知道應該在這裡待多久。可是沒關係，在這裡總比在貝爾菲爾德被娜歐咪羞辱來得好。

屋子裡真的很冷，我只好來回踱步，一邊瀏覽櫃子上的DVD，一邊試著回憶起自己上一次專注地從頭到尾看完一部電影是什麼時候。令人沮喪的是，那應該是好幾個月前的事了，當時我在這個房間裡，一切都還沒發生。雖然我現在很想找部電影來看，可是今天晚上沒辦法，因為沒電。

我這時應該打電話回貝爾菲爾德社區，請他們派人來接我，但是我不想再次聽他們說教，責備我又逃跑了。因此我將一堆皺巴巴的紙張堆疊起來，放進壁爐中，再用爸爸的芝寶打火機點燃。如果我要在這間黑漆漆的屋子裡過夜，起碼得讓自己溫暖一些。

27《瞞天過海》是二〇〇一年的美國電影，由史蒂芬・索德柏執導。

壁爐的火光讓我振作起來。火光投射在牆壁上，提醒我那裡懸掛著照片。能夠逃離那個裝滿塑膠窗戶的鬼地方真是一種解脫，我忍不住開始打瞌睡。雖然稍早受到一些羞辱，但現在終於可以放輕鬆了。那是一次讓人不想醒來的幸福睡眠，因此當大門傳來鑰匙的轉動聲而吵醒我時，我氣憤得不得了。其實我應該感到害怕而不是生氣——因為很可能是警察要來抓闖空門的歹徒——然而即使一道手電筒的光束先照在牆壁上再轉向我時，我也沒有逃走的打算。因為這是我的房子，就算我只能從廁所的小窗戶爬進來也無法改變這個事實。

「是誰？」我大聲地問，眼睛被光線刺得無法睜開。

「是我。」艾德熟悉的聲音傳了過來。「妳真的不許再亂跑了，這樣會害我花一大筆油錢。」

「那就不要一直跟著我。」

「妳知道我不可能那麼做，那會讓娜歐咪稱心如意。」

我一聽到娜歐咪的名字就全身僵硬，整個人愣了一秒鐘，生怕她就躲在艾德身後，準備跳出來掐死我。

「妳找我找了很久嗎？」

「呃，我先去懸崖那邊找妳。」艾德說，然後在我身旁坐下。「可是風很大，我猜妳應該不會氣到願意坐在那裡，但我還是確認了一下妳有沒有被風吹到懸崖下面。這裡是我尋找的第二個地方。」

我把香菸在爸爸的菸灰缸中捻熄，想像著自己正用菸頭燙著娜歐咪的臉。「或許我應該去懸崖邊的，對不對？」

艾德看起來有點氣餒。「黛西，不要這樣。娜歐咪和派翠克所做的事是不可原諒的，但是妳好不容易有點進展，千萬不要因此而放棄。」

「說得簡單，做起來不容易，不是嗎？現在又不是我已經快要能夠擺脫那些想法了，那些想法根本還沒消失。」

「當然還沒有。這需要時間。但是妳一定不可以忘記自己所做的努力，不要忘記最近那些瘋狂思緒沒有緊緊抓住妳的感覺。或許……」她停頓了一下，好像在猶豫要不要繼續說下去。「或許娜歐咪和派翠克幫了妳一個忙。」

「妳說什麼？」我大吼，氣得站起來。「妳怎麼會有這種想法？妳希望他們發現我的錄音帶？這就是妳上個月叫我每天聽錄音帶的原因嗎？好讓我引起他們的注意？」

「當然不是。我怎麼可能這麼做？我想說的是，妳必須從正面的角度來看這件事。娜歐咪或許因此幫助了妳。」

「她怎麼幫我？」

「因為她告訴了我一些妳的事，一些我還不知道的事。我原本不知道妳也覺得自己害死母親，就像妳害死父親一樣。」

我馬上轉過頭，不想讓艾德看出來這是真的。我害怕這會是將她推開的最後一根稻草。

「黛西，無論妳心裡怎麼想，都不要因此感到羞恥。我們一起努力，用相同方式擊敗它，用妳已經展現出來的相同決心。」

我原本打算再捲一根菸，可是沒有夠大張的菸草紙能幫助我轉移此刻的感受。這正是我一直害怕的事——坦承自己鑄下的大錯。我不知道要從哪裡開始說起，因為它已經跟著我很久很久了，我無法區別我相信的事和我不相信的事，以及真實狀況在哪裡結束、我的誤信從哪裡開始。我只知道媽媽死了，而且根據醫院的診斷報告書，媽媽的死亡和我的出生彼此相連。在這種情況下，我還能如何解釋？

「為什麼每件事都這麼困難？」我問，並且輕輕揉著我手掌上的割傷。

「哪裡困難？」

「我不知道，反正就是很困難。在我和爸爸一起看過的電影中，只要是好看的片子一定都很緊張，而且在那些電影的情節中，主角都必須想辦法克服或解決各種問題，可是他們幾乎都辦得到。只要經過兩個小時，電影進入尾聲的時候，他們就會找出答案，釐清人生的祕密，並且永遠銘記在心。要不然他們也會開槍殺死某人，讓他們好過一點。」

艾德咯咯發笑，她的笑聲讓這個房間變得溫暖。

「好萊塢顯然有很多問題要解決。」

「對。這也讓我思考為什麼我會想要看到電影的結局，以及為什麼我會想要不停地看電影，一部接著一部。」

「也許是因為妳有信心。」艾德說，並且朝我這邊走來。「也許妳相信妳需要的答案就藏在某處電影裡。黛西，也許答案真的就在電影中，但也許妳早就知道答案了，妳只是需要一點協助，才能夠看到妳要的答案。」艾德將我擁入懷中，然後輕輕拍我的頭。這個動作讓我的疲憊無處隱藏。

「妳知道，我不喜歡找不到答案的感覺。」

「我懂。沒有人喜歡。」

「有時候，我看著娜歐咪和派翠克，覺得他們都已經看穿了我的心事。」

「我向妳保證，他們沒有。」艾德鬆開抱住我的雙手，緊緊抓著我的肩膀，視線穿透了我的靈魂。「每個人都有自己面對問題的方式，他們兩人是以攻擊別人來扼殺自己的痛苦，或許妳可以向他們學習一下這種個性，而不是把所有過錯都歸到自己身上。」她露出笑容，我知道我應該聽從她的建議。

「妳是說真的嗎？」

「我並非要妳模仿任何人。妳不必模仿我或派翠克或娜歐咪，或者其他任何人，可是自從我認識妳以來，妳總是一直在道歉，無論口頭上道歉或者臉上露出抱歉的神情。或許妳偶爾也應該告訴自己：『這不是我的錯。』就算一次也好。」

「可是，如果我就是認為一切都是我的錯，那怎麼辦？如果事實上真的就是我的錯，那該怎麼辦？如果我媽真的是被我害死的，那該怎麼辦？」

艾德嘆了一口氣，然後走到壁爐前，丟了兩根木柴到壁爐裡。

「證明給我看。」艾德說。「在壁爐的火熄滅之前設法說服我。開始吧，可是我得提醒妳，時間過得很快。」

她丟下這句話，然後坐到沙發上。房間裡幾乎一片漆黑。

「快點開始，黛西．霍頓。我打賭妳提不出什麼證據。」

於是我開始了，並且期待自己不用再說抱歉。

43

壁爐裡的第一塊木頭已經燒焦，我還是無法解釋自己的感受。我沒有切入正題，只告訴她這一切太難解釋了，所以我們靜靜坐了半個小時，眼睛盯著壁爐裡的火焰。我每一分鐘都希望艾德能以另一種方式幫助我整理思緒，可是她今晚什麼都沒說，只是輕輕地哼著歌，臉上帶著一如往常的笑容。

第二塊木頭開始燃燒時，我突然想到：如果我再不說出來，就要被載回那間監獄了。我必須馬上說出我心裡的想法，因為這裡才是我熟悉而且覺得舒服的地方。

「妳知道自己出生時花了多長時間嗎？」我問艾德，但是我不知道自己為什麼這樣問。

「妳是指我母親生下我的過程嗎？」

我點點頭。

「我不確定，我猜我當時在睡覺。但我知道過程不是很快，因為護士來得很晚。」

「我媽媽花了將近七十二個小時才把我生下來，在過程中，醫生曾叫她回家三次，到最後才願意給她病床。」

「那一定很辛苦。」

我將雙腿縮到胸前，試著壓抑胸中一股正在萌生的焦慮。「大概吧？我不知道，因為我沒有機會和她談這件事。我只有在長大後才試著問爸爸。」

「可是他不願意討論這件事？」

「他不是願意討論這種事情的人，我認為他以為這樣做才能保護我……」

「可是妳很想知道，對不對？」

「我當然想，我想知道關於我媽的一切。我覺得爸爸有時候根本忘了我從來沒見過媽媽。」

「黛西，妳母親出了什麼事？如果妳從來沒見過她，我不懂為什麼妳認為自己殺了她。」

我做了一次深呼吸，不知道該怎麼說，也不知道艾德會有什麼反應。她會嘲笑我嗎？還是會覺得自己受夠了？

「黛西，妳不必害怕告訴我。妳還記得我做過什麼可怕的事情嗎？」

我閉上眼睛，深深吸了一口氣，然後把話說出口。

「護士前兩次送我媽回家時，大家都不擔心。我爸說，很多女性生第一個孩子的時候都很緊張，所以這是正常的。但他最後一次開車載我媽去醫院時，他相信我馬上就要出生了，他們兩人都這麼相信，只可惜我沒有配合他們。」

「這不是妳的錯。妳在妳母親的肚子裡可能太溫暖、太舒服了。」

我繼續往下說時，視線不敢從壁爐的爐火移開。我完全不敢看著艾德。

「那就是問題所在。我不肯出來，但是媽媽的身體需要我快點出來。她入院後過了幾個小時，肚子開始疼痛。」

「妳是指子宮收縮嗎？」

「不，她子宮收縮已經好幾天了，這種疼痛不一樣，真是非常嚴重的疼痛，就彷彿有人在刺她。」

我說話的時候，艾德輕輕撫摸我的手，試著讓我放鬆，並且推翻我的理論。

「黛西，妳怎麼會知道這些過程？我以為妳父親不願意與妳談論這些事。」

「大部分的內容不是從我爸爸那裡聽來的，因為我每次問他，他什麼都不說。但是在幾個月前我發現了一些文件，是我爸爸沒有丟掉的醫院報告。我原本想從那份報告找出一些可以填補空白的資訊，妳懂嗎？例如我媽的照片之類的東西……什麼都好，可是我沒想到內容會那麼詳細。」

「妳讀了那份報告？」艾德似乎很驚訝。

「我當然讀了。如果是妳，難道妳不讀嗎？這麼多年來，我完全不知道發生了什麼事。我很想知道我媽到底出了什麼狀況。」

「那份報告書上怎麼寫？」

「我媽的劇痛是因為我的緣故。當我準備出生時，我開始讓她不舒服，導致她血壓上升。等到我的頭出來時，她已經痛到快暈過去。」

「黛西，妳所描述的是生產過程中難免會發生的情況，很多人生產時都經歷過劇烈的疼痛。」

「我媽想繼續用力，但醫生說我的胎位不正，所以才會讓她那麼痛苦。他們試著讓我做些調整，但是我一直抵抗，最後他們別無選擇，只能想辦法盡快讓我出生。」

「所以妳是以剖腹產的方式出生？」

「一開始他們試著催生，可是對我媽來說太吃力了，前一分鐘她還好好的，下一分鐘她的心臟突然無法負荷。」

「心臟病突發？」

我點點頭。「他們除了為她急救，在我終於出生時也馬上為我急救，因為臍帶纏住我的脖子。他們讓我的身體得到溫暖，最後我才發出哭聲。但他們一次又一次為我媽電擊，並且按摩她的心臟、替她人工呼吸，無奈她的身體已經撐不住了。她沒能像我一樣幸運。」

屋裡陷入一片靜默，直到木頭潮溼的部分在燃燒時爆裂，將一些火花噴到地毯上。我用腳將火花踩熄。

艾德似乎不知道該說什麼，所以我又繼續開口。

「不過，妳知道最讓我難過的是什麼嗎？我長大後覺得最受傷的，是我沒有任何一張我和媽媽的合照。我什麼都沒有，一無所有，沒有任何東西可以讓我知道她對我的感覺。我的意思是，雖然我從未看過她，可是我知道我很愛她，而我不知道她對我的感覺。她開心嗎？緊張嗎？以我為榮嗎？我甚至不知道我的出生是不是意外。」

「這會有什麼不同嗎？」艾德問我。「如果妳知道答案，如果妳有任何東西可以證明她對妳的感覺，妳就會比較沒有罪惡感嗎？」

我聳聳肩。「我不知道，也許吧，但也許不會有任何差別。我有這種想法已經很久了，因此很難再去思考這些想法到底有沒有道理。」

艾德站了起來，將雙手舉在自己的面前伸直，並且折折指關節，然後將第三塊木柴丟進壁爐裡。

「我以為我只有兩塊木柴的時間？」

「是的，可是妳表現得很好，所以現在還不到回去貝爾菲爾德的時候。」

她撥弄壁爐裡的柴火，然後坐回到沙發上。爐火的光芒映照在她的眼中，閃閃發亮。

接下來比較沒那麼困難，因為我已經告訴她我不曾向別人提過的事，而她始終專注地聆聽，沒有因為我的話語而感到驚訝，一切依舊如常。

所以我繼續往下說，告訴艾德我爸爸因為不善言辭，只能刻意把一些童書放在我房間裡，讓我閱讀那些沒有父母的孩子如何生活。這就是他的風格，他只能透過這種方式來談論這種話題。

「就我聽來，他已經盡力了。有些人即使很想表達情感，但什麼都做不出來。」

「我從來都沒責怪他，因為他是一個很棒的爸爸。他從不吝於表達對我的好，真的，只不過他始終無法走出失去我媽的傷痛，可是我也幫不上忙。而且我認為他心裡其實怪罪我害死我媽。」

「他怎麼可能會這麼想？」

艾德的這句話讓我惱怒。「妳沒聽到我說的嗎？因為我的出生讓我媽的身體無法承受。如果我嬌小一點，或者胎位正一點，一切都不會發生。如果不是我的緣故，我爸爸可能也不會抽那麼多菸，或者藉著看電影逃避現實。」

「黛西，妳不能繼續抱著這種想法。妳是不是覺得自己的出生導致妳母親的過世？妳剛才說的胎位和體型，根本都不是妳的選擇！然而妳的出生是他們的選擇。懷孕一定會對健康造成風險，妳母親遭遇的不幸只是一場悲劇，是一次可怕的意外。妳認為那是妳的錯嗎？不是的，黛西，真的不是。而且，妳必須一次又一次對自己說出這種想法，就像利用隨身聽錄音一樣，以邏輯思考來消滅這些念頭。妳還應該透過其他面向來思考：也許妳父親之所以傷心難過，是因為他認為自己應該負責。也許他認為這個意外是他的錯。」

我輕蔑地否定艾德的假設，口氣甚至有點衝。

「怎麼可能會是他的錯？這太荒謬了。」

她立刻抓住這句話來反駁我。「是的，這太荒謬了，完全不合理。事實上，這與妳的想法一樣不合理。他與妳母親的過世無關，就像妳與妳父親出車禍也無關，完全無關！」

「可是妳沒看見他的樣子，艾德，妳沒看到，只要我一提到我媽，他就馬上變得消沉。在過去的那幾個月，每次他只要看到我，就宛如看到的人是我媽。對此我根本無能為力。」

「妳認為這就是他發生車禍的原因？因為妳的外表讓他分神？」

「不，當然不是。但他是因為我的緣故才去開車。他正準備前往我的學校。」

「什麼意思？他要去接妳？妳在學校的時候人不舒服？」

我扯著自己的頭髮，不知道該怎麼說，也不知道自己能不能說出口。我不知道自己有沒有辦法戰勝羞恥心，告訴艾德我和霍布森老師之間發生的事。

「黛西，不要焦慮。我只是想了解一切。如果還有其他事，請妳務必告訴我。」

「為什麼？好讓妳再次告訴我，這一切不是我的錯嗎？妳知道，我開始覺得妳的話完全沒有說服力。發生這麼多事，肯定都與我有關，不是嗎？我無法相信這些事情一再發生，卻都不是我的錯！」

「那妳必須一五一十地告訴我，好嗎？除非妳告訴我，否則妳會一直質疑自己，而且在妳離開貝爾菲爾德之前，妳已經被這種想法吞噬。」

「他去開車，因為他發現我自殘。他發現我手臂上的傷痕，因此情緒失控。」

「我以為妳說他開車是準備前往妳的學校。」

「是的。」

「可是這說不通啊。他發現這麼嚴重的事，為什麼還拋下妳不管，自己跑去妳的學校？」
「因為他還發現其他的事。」
「什麼事？」
我低頭不語。我的嘴巴突然像壁爐裡的餘燼一樣灼熱。
「妳知道，無論是什麼事情，妳都可以說出來。」
我不知道應該從何說起，但是最後我一點一滴都慢慢說出來了，包括唐娜在課堂上找我麻煩、我假裝參加同學的聚會以及避免在學校出鋒頭。我猜艾德一定不懂我想表達什麼，直到我提到霍布森老師，提到他如何變成我唯一信賴的人，以及他如何理解我的感受。當我告訴她霍布森老師陪我走小徑回家時，她依然保持冷靜。事實上，在我說出霍布森老師親我之前，艾德一句話都沒說。
「黛西，妳知道，妳告訴我的這件事有多麼嚴重，對不對？」
我頓時怒火中燒。「妳是不是想說，妳完全不相信我？」
「不，當然不是。妳沒有理由說謊。我的意思是，這件事妳根本不該藏在心裡。」
我急著握緊她的手，告訴她千萬要保密，因為那不是霍布森老師的錯，是我先喜歡他，才會邀他一起走小徑，讓他誤以為自己可以做那種事。
艾德堅定地搖搖頭。「黛西，那不能當成他的藉口。就算你們兩人互相吸引，他也應該要堅守分寸。他沒有任何理由做出那種事，因為他是妳的老師，也是成年人。他親吻妳的時候，妳一定也馬上知道他不可以這麼做，對不對？他從一開始就應該知道自己不可以逾矩。」
我與艾德因此起了爭執。隨著恐慌逐漸加劇，我在屋子裡來回踱步，可是艾德完全不聽我說，只是一再重述自己的意見，告訴我霍布森老師的言行是成年人企圖引誘青少年的典型作法，他可能根本不喜歡看電影，他的母親也可能還活著，像他這種人專門物色情感脆弱的孩子，先想辦法博取對方的信任，然後就占對方的便宜。

我不想聽這些，什麼都不想聽，可是我的自白已經成為艾德的新武器，讓她變得毫不寬容。她擋在我面前，在我企圖走開時緊緊抓住我的肩膀。

「妳告訴我這些事，表示妳很有勇氣，但除非我們做出因應，否則再多勇氣都沒用。妳想想他做了什麼，黛西，他可能還會再做相同的事，也許是對妳認識的人下手。妳應該不希望那種事情發生，對不對？」

我搖搖頭，手腳頓時失去力量。

「我們現在應該要勇敢地讓警方知道一切。警方必須找這個人談一談，確保他不會再對其他人做出相同的事。」

我無法自制地開始大哭，那是混合著恐懼與解脫的哭泣。

「親愛的，妳一定很疲倦，接下來的這幾天妳也會有同樣的感覺，但是請不要誤會，妳剛剛告訴我的一切很棒。我可以向妳保證，我們將盡一切努力破除妳的負面想法，它們不會再困擾妳太久，因為我絕對不會讓它們這麼做。」

壁爐裡的爐火現在已經熄滅，可是沒關係，因為艾德的話語和擁抱給了我足夠的溫暖，使我不再發抖。她一直緊緊抱著我，讓我最終放鬆下來。我想，媽媽的懷抱是不是就如同這種擁抱一樣令人安心？

44

接下來的一個星期，我覺得自己整個人都不對勁：我面對的每件事都不合理、我踏出的每一步都失去平衡。我在房間裡躲一分鐘，接著就會在某間辦公室度過一小時，也許是貝爾菲爾德的辦公室，也許是警察局。

艾德說到做到，在我說出一切的隔天，警察就上門了。他們打算相信我說的話，可是還沒有完全相信。在最初的幾個小時，他們要我一遍又一遍地重述整件事情的經過，不斷問我同樣的問題，並且發表同樣的評論，直到我確信他們只是想測試我有沒有說謊。但是當他們發現我說的全是事實時，似乎又顯得有點失望。

回顧整個過程對我來說並不容易。前一天晚上我還感到遍體鱗傷，因此要再次回憶自己的愚蠢，讓我覺得有如砂紙在摩擦傷口。而且艾德突然不見人影，只有貝克絲陪我面對警察。貝克絲說，艾德有「其他事情」要忙。

「其他什麼事情？」艾德明明告訴我她會幫我釐清一切，結果她第二天就開溜了。貝克絲很酷，她會在警察窮追猛打時制止他們，可是我很想念艾德，也很想念她全然相信我的感覺。我有時忍不住猜想，貝克絲會不會覺得這件事情是我咎由自取？

第一次訪談結束後，警方承諾會立即去找霍布森老師，所以我回房間去，強迫自己戴上隨身聽的耳機，反覆聆聽自己所說的話。現在已經沒有後路了，我必須盡快離開這個地方，所以我得想盡辦法加快整個流程。既然艾德無法在這裡陪我說話，這是我唯一的選擇。

新個星期以相同的方式展開，我參加了一次又一次的會議，見了新的工作人員和新的心理專家，而且連伊芙琳都出現了，這是自從她帶我來貝爾菲爾德社區之後第一次露臉。然而她並沒有熱中參與一切，而且當她發現陪我的人是貝克絲而不是艾瑞克時，顯得非常失望。我發誓當她看見我和貝克絲一起出現時，立刻打消了補妝的念頭。

那些無止境的會議得到了結果──我想應該是很重要的結果。警察迅速找到霍布森老師，與他談了幾個小時。他遭到學校停職，警方也開始調查他的家庭狀況，以確定他母親是否還活著。

我不知道自己希望得到什麼樣的答案。是他操弄了我的感情，還是我終於必須放掉自己的罪惡感？到底哪個答案對我來說比較難以承受？

其實和艾德一樣，貝克絲也堅定地表示這件事全是霍布森老師的錯，要我對警方有信心，等待最後的結果。

我想，如果貝爾菲爾德社區的其他人不知道我發生了什麼事，或許我還可以接受這項建議。但是社區會議變成一種折磨人的例行活動，讓娜歐咪每天都有正當理由窺探我的祕密。她說這裡的每個人都有權利知道發生什麼事，而且她在會議上清清楚楚表達這個意見，至於在會議之外的另外二十三小時十五分鐘，她則當著我的面或者在我背後說個不停。她以嘲諷的口吻暗示我是不是「再次殺人」了，還在我房間的門縫塞紙條，問我把屍體埋在哪裡。她不停折磨我，讓我幾乎考慮告訴所有人我到底發生什麼事，因為繼續保守祕密似乎已經不再重要。

然而，支持我的力量以一種意外的形式出現：來自笨拙的吉米。他在社區會議中突然將注意力從他的手機移開，開口要娜歐咪和派翠克別再煩我。可是會議結束後，他又恢復平常那種恍神的狀態，活在自己的幻想世界裡。他是一個很有趣的人，而且就像魔術師胡迪尼[28]一樣，經常突然消失好幾個小時。這一點曾讓艾瑞克傷透腦筋，害艾瑞克在上班時間都忙著與警察聯繫，或者不得不到外面去找吉米。我經常覺得吉米是故意鬧他，因為每當艾瑞克瀕臨崩潰邊緣時，吉米就會再次出現，把手機拿在手上或者貼在耳朵上，眼睛則因為腎上腺素或其他讓他興奮的原因而睜得大大的。

「吉米，你去哪裡了？」每次艾瑞克這樣問吉米時，得到的答案總是一樣：「我和朋友聊天。沒什麼要緊的事，只是隨便閒聊。」

有一天我偷問艾瑞克，我不是問他覺不覺得吉米在貝爾菲爾德社區外還有朋友，而是問他吉米是不是真的會玩音樂。

「他剛來這裡的時候，我曾擔心他有妄想症，可是現在已經不再擔心了。他會不會玩音樂其實一點也不重要，重要的是音樂對他而言很重要，而且可以給他安全感。只要他在這裡有安全感，就會對我們敞開心胸。」

有時候我會想去問問吉米本人，可是這麼做似乎對他不公平。不過，我已經發現他失蹤時都躲在哪裡打發時間：地下室的洗衣間。那是一個既狹窄又骯髒的空間，甚至比我的房間更單調無聊，唯一的裝飾是六台工業型的洗衣烘乾機，以及牆壁上的霉斑。除非你是吉米，否則應該不會想在那裡流連忘返。

我經常在那裡發現他。他倚在牆邊，眼睛盯著洗衣機裡不停旋轉的衣物，宛如在看電視。他目不轉睛地看著洗衣機，即使我在使用他身旁的洗衣機，他也看都不看我一眼。由於他看起來如此著迷，讓我忍不住也走到他身旁，倚在牆邊看我的衣物在洗衣機中旋轉，包括五顏六色的襪子和我爸爸的襯衫。我們在牆邊坐了幾分鐘，突然間，我發現自己的呼吸速度慢了下來，不像平常那麼焦慮。難道這就是他躲在這裡的原因？為了可以擁有一種平靜感？一開始，這種效果令我吃驚，以致讓我覺得不舒服，然而每次我發現吉米在洗衣間時，我都會坐在他身旁一段時間，並且好奇他到底知不知道我坐在他旁邊。

差不多在第五次的時候，當他的洗衣機運轉週期結束、打破咒語時，他終於開口對我說話。

「真的很棒。」他輕聲說，並且伸了一個懶腰。他的表情就像我剛看完一部結局令人滿意的電影。「沒有任何事情可以超越，對不對？」

我點點頭，同時露出一個困惑的微笑。

「我一點都不驚訝妳也喜歡。第一次看到妳，我就已經知道我們很像，我是說妳和我。」

「真的嗎？」我問。

「沒錯。因為妳也有，和我一樣。」

我不懂他在說什麼。「我有什麼？」

他伸出雙臂，在自己面前做出一個誇張的X手勢。

「X元素。夥伴，特殊的能力。這就是問題所在，妳明白我的意思嗎？這就是為什麼那兩個人老是找妳麻煩，就像他們老是找我麻煩一樣。因為他們嫉妒，夥伴，他們嫉妒我們。」

28 哈利．胡迪尼被稱為史上最偉大的魔術師、脫逃術專家及特技表演者。

吉米用手撐起身體，以緩慢但流暢的動作站起來，他手臂上的血管因為用力而浮起。「我以前看過他們如何對付我們這種人。很可怕，真的很可怕。」他的眼睛死盯著我，直到我覺得他看穿我的頭顱，看見我腦子裡嗡嗡作響的焦慮。「可是妳不必擔心，妳唯一需要知道的事，就是我支持妳。記住這一點，最後一切都會變得很棒。」

他說完之後，目光也跟著移開。他的注意力又回到他的手機，但是他的手機螢幕一如往常沒有畫面。「我得先走了。放輕鬆，我們待會兒見。」當他大步走向洗衣間門口時，他的手指在身側的幻想吉他上不停地彈奏。

我不知道該有什麼想法或者做什麼。我有點想笑，同時又因為荒謬的理由感到安心和被保護。無論出於什麼原因，這種感覺還不錯。所以，為了慶祝這一點，我便倚在牆壁上，讓洗衣機提供我一些治療，吉米式的治療。

45

一項新消息在貝爾菲爾德社區引起不同的反應。娜歐咪看起來很開心，派翠克也跟著露出愉悅的表情。蘇西一如往常熱淚盈眶，吉米聽完之後就低下頭猛發簡訊。

我則相當困惑，所以問了一個答案很簡單的問題。

「妳剛才說到表演時，到底是什麼意思？」自從娜歐咪在大家面前公開我的錄音帶之後，這是我第一次在社區會議中說話。我很害怕會再次被人嘲笑。

「就是字面上的意思：表演。」貝克絲笑著說。「這是你們每個人展現才華或分享嗜好的機會。你們想表演什麼都可以，只要不對其他人造成傷害。」她的目光刻意停留在娜歐咪和派翠克身上，以表明最後這句話是特別針對他們。

「再過六個星期就是聖誕節了，雖然我知道這個節日可能會讓你們不安，但我們還是要試著慶祝，以證明你們在過去一年的進步。」貝克絲停頓了一下，然後露齒一笑。「別擔心，所有的工作人員也會表演。」

「我們可以組隊一起表演嗎？」娜歐咪問。

「你們五個人嗎？那一定會很棒。」

娜歐咪癟起嘴巴，輕蔑地看看其他人，除了她的犯罪夥伴派翠克之外。「妳在開玩笑嗎？我是說我和派翠克。」

貝克絲稍微有點洩氣。「好，這樣也可以，只要你們遵守規定。」

「我們有多久時間可以練習？」

「三個星期。表演日期訂在十二月七日，請你們好好準備。不准以任何理由拒絕表演，每個人都必須分享一點東西。」

不會這麼湊巧吧？這是不是安排好的？我的生日就是十二月七日——我那天就要滿十五歲了。好吧，這麼一來我就無法飛往巴哈馬[29]慶生了。當然，我的生日也沒什麼值得慶祝的，畢竟那天對我媽而言並不是什麼好日子。

爸爸總是試著忽略這個日期的雙重意義，但每年我們在慶祝我的生日之前，他總會先在他為媽媽種的那棵樹前放上一束鮮花。我從來沒有因為爸爸要先獻花而不高興，因為我知道是我鑄成的大錯，我沒有理由生氣。

現在，鑑於我正面思考的新心態，我強迫自己只能有好的想法，並且告訴自己好的想法可以幫助我擺脫負面情緒。至少，如果我能把壞的想法告訴別人，就會有所幫助。

這項消息宣布之後，每個人都開始躁動，我猜工作人員一定覺得很有意思。娜歐咪和派翠克低頭竊竊私語，而且三不五時朝我這邊偷看，我們其他人則苦思自己可以表演什麼。蘇西顯得格外慌張，生怕這件事會為她招來更多羞辱。

「我要表演什麼？」她嗚咽地說。

我聳聳肩。「妳會跳舞嗎？」

她指指自己粗短的雙腿，皺起眉頭。「我看起來像個芭蕾舞者嗎？」

我沒有回答。這時我看見了艾德，很高興能夠藉此離開。

過去六天以來，這是我第一次見到艾德，我真的很想念她，以至於她的消失令我憤怒。我當然知道這裡只是她工作的地方，她有休假的權利，可是她休假的時間點也太糟糕了。她一定明白這點，所以她一看到我就伸手摟住我，給我一個緊緊的擁抱。

「我的朋友，」她輕聲地說。「妳一定很氣我拋下妳不管。」

「無所謂。」我撒謊。

「我不相信妳無所謂。我欠妳一個道歉和一個解釋，但我今天只能先給妳其中一個，另外一個妳還得等一等。」

她又在說我聽不懂的謎語了。這時我應該點燃一根菸，因為我知道這麼做會讓她不高興。

「妳今天想散步嗎？」

「我有課。」

「我們必須討論一些事情。沒有人會介意妳缺課，他們已經知道我們要出去走走。」

我望向窗外，雨終於停了，霧氣籠罩著草坪。於是我不置可否地聳聳肩，然後去拿我的外套。

艾德今天的腳步顯得格外輕盈，每一步都充滿活力，而且哼唱歌曲時比平常更大聲。我希望她之所以如此開心，是因為我們不得不討論的那件事。

---

29 巴哈馬是位於大西洋西側的島國，全國包含七百座島嶼、小島和珊瑚礁。

「發生這些事情之後，妳還好嗎？」

「我很困惑。」我不打算對她說謊。「從來沒有這麼多人問我相同的問題。」

「要處理這種事真的不簡單。那個人對妳做的事是有預謀的，他操控了妳。警察為了妳著想，所以必須把一切都調查清楚，好讓他無話可說。」

「或許吧，但或許警察根本不相信我。」

艾德堅定地搖搖頭。「妳看，妳又來了，妳又在怪自己了。妳不相信警察站在妳這邊？」

「他們為什麼要相信我？這些只是我的片面之詞。」

「不，不是妳的片面之詞。因為妳把這件事情告訴警方，他們才有辦法起訴他。」

我放慢了步伐，不確定自己是否已經準備好要聆聽她所說的話。

「關於他母親的事……他說他母親已經過世的那件事，全都是騙人的。」

我的腦子頓時嗡嗡作響。我很想坐下來，可是我沒有，只是默默將一根菸放進嘴裡，讓尼古丁刺激我的腦袋。

「他的母親住在德比郡，今年六十七歲。雖然她已經病了很久，可是依然健在。」

我心裡有一部分竟然感到失望，真是可笑。霍布森老師怎麼可以做出這種事？他怎麼可以捏造自己的故事？難道就為了親吻我？我心裡的另一部分感到無比氣憤，氣他做出這種事，也氣自己相信了他。我的意思是，我怎麼那麼容易受騙？

我感覺艾德用手緊緊抓著我的肩膀，讓我嚇了一跳。

「嘿！停止！我知道妳在做什麼，妳又在責備自己，而不是責備他。妳聽見我說的話了嗎？好，我再告訴妳一次。湯瑪斯．霍布森經常欺騙別人，他母親依然健在的消息引起警方的注意，因此他們與妳之前的學校聯繫，結果也有其他女孩子出面指控他，他對她們所做的事和妳的故事差不多。而且，她們都像妳一樣自責，完全沒有想過是他以相同手法玩弄妳們每一個人。那些女孩之前都因為太害怕或太信任他，所以沒有出聲。」

我專心聆聽艾德說話，試圖理解她所說的一切。

「妳說出這件事是很勇敢的，妳所做的幫助了其他受害者，也幫助了妳自己。然而一切還沒結束，警察還有很多工作要做，但是妳必須相信我說的話。」她說話時比手畫腳，以吸引我的注意。「妳現在必須看清事實的真相，這樣才能為妳的頭腦提供更多力量與刺激。他親吻妳並不是妳的錯，妳父親開車前往妳的學校也不是妳的錯，而是因為他的劣行。有罪惡感的人應該是他，不是妳。」

我突然想起我躺在醫院病床上時，霍布森老師跑來找我的那一天。他穿著皺巴巴的衣服，臉色鐵青且兩眼通紅。我希望是罪惡感讓他變成那副德性，我希望罪惡感永遠糾纏著他。

艾德放開了我，可是繼續用目光擁抱我。

「這是一個轉折點，黛西．霍頓，妳必須藉著這個消息向自己證明，妳並不是妳自以為的怪物。在我見到妳的那天晚上，我已經告訴過妳了：妳是我的幸運符。千萬別忘了這一點。」

她用雙手輕撫我的臉頰，然後繼續往前走，沒有給我機會問她最後那句話到底是什麼意思。

那天我們在岬角散步時，有一種奇妙的興奮和歡娛與我們相伴，陪著我們不斷前進。我們都在談論警察的發現以及其背後的意義，還有我應該如何更專注地對抗罪惡感，以邏輯思考擊敗它們，不讓它們在我腦中停留。

不過，這天我們還談論了其他事。那些話題與我腦子裡的想法或手臂上的傷疤完全無關，我們所聊的東西一點也不重要，但這正是最讓我開心的原因。我們天南地北地亂聊，彼此說笑嬉鬧。我頭一次覺得自己無憂無慮，沒有煩惱糾纏我或讓我感到沮喪。

一定是因為這樣的感覺，才讓我說出以下的話。

「妳知道，我一直在思考——」這是謊言，因為我只是一時衝動，「現在應該是考慮處理我爸爸骨灰的時候了。」

「嗯？」艾德未置可否，儘管她的肢體語言表現出她壓抑著興奮之情。

「我的意思是，我仍然不希望太多人出席，因為我不是為任何人做這件事。也許我們可以在這裡處理，例如在懸崖那邊，將他的骨灰撒向大海。」

「我覺得這是很好的點子。」艾德笑了。「為了妳父親，也為了妳自己。」

「那麼，應該要怎麼做？」我問，覺得突然有一種遲來的恐懼浮現。

「什麼意思？」

「呃，我應該要說些什麼？我必須邀請誰來？貝爾菲爾德的每一個人嗎？」

「黛西，不要害怕，妳想要怎麼做，完全由妳決定，因為是妳鼓足了勇氣，才能促成這件事發生。可以只有妳自己在場，也可以把大家都找來，或者只有我陪妳。沒有人會因此不高興，甚至可以不讓任何人知道。妳知道嗎？這正好是妳掌控更多主導權、不讓罪惡感找上妳的最佳時機。這場儀式應該因為妳而發生。」

我很少覺得艾德說的謎語有道理，但我向她保證我不會思考太久，等我準備好並覺得心裡舒坦時，我就會去做，而且我會找明白我為什麼要這麼做的人陪我一起去。

要是有人不喜歡我的方式呢？呃，真令人苦惱。

但是我會自己做出選擇，因為這是我道別的方式。畢竟，他是我爸爸。

46

跟爸爸說再見的決定似乎激怒了某人，因為接下來的十天都在下雨。我指的不是突來的陣雨或毛毛雨，而是宛如世界末日、地獄般的狂風暴雨。即使我們的腦袋不太正常，也不可能選擇在這種天氣下出門。

一開始我認為這是好事。我的意思是，雖然我沒有宗教信仰，可是這種天氣給了我時間思考自己要做什麼，以及我希望邀請誰出席。

我很為難。邀請爸爸認識的人來參加真的不好嗎？我是不是該邀請他的同事或同學、與他一起喝酒的朋友，或許還有過去幾年在我們家附近的鄰居，以及和我一同玩耍的玩伴？可是我覺得那些人好像都不適合出席。我人生的那個部分早就已經離我非常遙遠，感覺根本不屬於我。

那麼，只剩下貝爾菲爾德社區的人了。儘管我對於工作人員在場沒有意見，可是邀請其他人參加實在有點瘋狂，甚至只對洗衣機感興趣的吉米。不知道為什麼，我不認為他適合出席告別式。

連日大雨讓我有充分的時間思考，甚至太多時間。大雨也影響了屋子裡的人，造成彼此進一步的分歧，不僅加深派翠克和娜歐咪對我們其他人的仇恨，也拉開了我與蘇西和吉米之間的距離。

蘇西和吉米認為我們應該一起表演，吉米當然希望表演唱歌，但這個提議讓我害怕。

我比較想要自己表演，雖然我知道這個念頭意味著讓自己置身火線，但凡事靠自己的想法比較吸引我，因為至少我可以選擇自己招來羞辱的理由，而不是因為吉米以鬼叫方式演唱披頭四樂團的歌曲時我在旁邊搖鈴鼓。蘇西有別的想法，可是我沒興趣。

我小心翼翼地婉拒他們的邀約，告訴他們我另有打算。他們只是聳聳肩，然後就到其他的空教室去彩排了。幸好他們在拿起樂器之前有先關上門。

兩組人馬專心排練時，我可以獨自安靜幾個小時，做我該做的事，讓我在日後可以順利離開貝爾菲爾德社區。

連日大雨開始之際，表演活動只剩下一個星期的準備時間。我經常反覆聆聽錄音帶，以致錄音帶已經開始磨損，我的聲音聽起來也變得扭曲可笑。當我告訴艾德時，她給了我一個擁抱，除了稱讚我的投入，還花了更多時間幫助我：她帶我去上放鬆課程及接受針灸，讓我又過了一個沒有傷害自己的星期。我開始相信艾德的方法是有效的，並且擁有了自信，因為我已經二十三天沒有感到恐慌。

我手臂上的最後一處結痂已經脫落，雖然皮膚仍呈粉紅色，觸碰時會有一點刺痛，但是看見傷疤並不會讓我感到挫折，只會提醒我自己迄今已走了多遠一段路。

我內心剛萌芽的平靜，唯一能造成影響的只有娜歐咪。或許是我偏執，但每一次我和艾德從外面回來時，娜歐咪都會盯著我們看。雖然她總是站在遠處，可是距離無法減少她帶來的威脅感。

我知道她在想什麼，她覺得我從她身邊偷走了艾德。其實我也擔心自己真的從她身邊偷走了艾德，畢竟是她先來的，而且艾德是負責照顧她的人。我忍不住想起我剛到這裡來的那天，當她發現必須與我分享艾德時的震怒。

我對這件事越來越擔心，因此開始縮短與艾德交談的時間，並三不五時催促艾德多花時間在娜歐咪身上。

其實我不該想太多，因為娜歐咪早就已經不理艾德。她拒絕與艾德說話，也不肯參加社區會議，盡可能表現出自己什麼都不在乎。然而我知道她很在意，因為她越來越常對我說艾德根本不是真的關心我，照顧我只不過是她的工作，我是艾德在下一個精神病患抵達前用來打發時間的對象。

娜歐咪的言行變得非常惡劣，而且她持續騷擾我，讓我迫不及待想到外面走走，盡可能離她遠遠的。爸爸的告別式正好給了我正當理由。

當我告訴艾德我已經準備好時，她顯得非常驚訝。她看看外面冰冷的霧氣，然後又回頭看看我，臉上的表情彷彿說著：「真的嗎？就是今天嗎？」

我迅速點點頭，以免自己又臨陣退縮。艾德立刻跑去拿她的外套，並且提醒我也這麼做。

我們在大門口碰面，兩個人都裹得像木乃伊一樣。艾德在她的脖子圍了三條圍巾，看起來很誇張。當我抵達大門口時，她先給了我一個擁抱，然後輕輕拍了她的背包一下，小聲地說：「妳父親在這裡。」雖然貝爾菲爾德社區裡住著很多瘋子，這句話聽起來還是很奇怪。

由於強風不停吹拂，考驗我們的決心，因此我們沿著海邊行走的步伐比平常緩慢。風還吹來了霧氣，霧氣拂著我的臉頰，感覺又溼又冷。有時候，霧氣會吞沒我們，儘管我和艾德只有幾步之遙，卻讓我們看不見彼此。

我感覺焦慮又開始蠢蠢欲動，出於本能地點燃一支菸。由於天氣實在太冷，我甚至不知道這根菸什麼時候被我抽完了，變成乾淨的空氣進入我的肺中。然而抽菸還是有點幫助，可以讓我不再害怕恐懼。

等到霧氣終於消散時，我已經抽了兩根半的菸。我們距離我最喜愛的地點只有幾百英尺遠，我和艾德經常在那裡交談。那個地點是其他岬角消失無蹤的地方，從海岸這頭望去，除了大海之外什麼都看不到。即使在惡劣的天候下，這裡還是給人一種平靜感。我喜歡在這裡可以暢所欲言的感覺，除了艾德之外，不會有人聽到我的聲音，我說的話不會傷害任何人。

「我們應該在這裡舉行。」我不帶感情地說。

「妳確定嗎？」

「非常確定，我認為他一定會喜歡這裡。他可以在這裡盡情抽菸，沒有人會阻止他。」

「那麼這裡就是完美的地點。」艾德說，並且將她背上的背包拿下來，脫下手套以便拉開背包的拉鍊，並將黑色的金屬骨灰罈拿出來。

我看見骨灰罈時感到胃部一陣翻攪。那個骨灰罈就是爸爸的全部，不僅是他的身體，還有他的個性、他的成就，他所有的一切都容納在那個小小的器皿裡。我必須抗拒一股從艾德手中將骨灰罈搶過來的衝動，不許自己隨隨便便將骨灰倒空。我告訴自己，他已經在裡面好幾個月了……應該不會介意再等個五分鐘。

我顫抖的雙手抱住骨灰罈，驚訝地發現它竟如此輕盈。此刻我惶恐不安，生怕自己搞砸一切、說錯話，或者強風會把骨灰全部吹到我們臉上。

「我現在應該怎麼做？」我問。「我不知道應該怎麼做。」

「別擔心，沒有所謂的正確方式或錯誤方式，想怎麼做就怎麼做。」

「我應該說些什麼嗎？我是說，在我倒出骨灰之前？」我的心跳加速，覺得自己正逐漸瓦解。我渴望回到房間，拿出冰冷的指甲刀。

「黛西，慢慢來。想一想妳為什麼在這裡，並且提醒自己要鼓起勇氣。兩個月前，甚至兩個星期前，妳都不可能做到這一點，但現在妳辦到了，妳已經站在這裡。做一次深呼吸，思考一下妳想對他說什麼，思考一下妳在他過世之前來不及對他說的話。」

「我應該大聲說出來嗎？」

「大聲說出來或者在腦子裡說都可以，只要妳相信自己說的話，相信妳自己所說的全是真心話。」

我脫掉帽子，然後利用牙齒脫去手套。骨灰罈實在太冰了，讓我捧著它的雙手發疼。我轉開骨灰罈的蓋子，感覺到些許骨灰從蓋子下方撒了出來，很擔心強風會在我準備好之前就把爸爸吹散。

我專注地思考我想對爸爸說的話，太多回憶需要一點時間讓我慢慢整理。那是我無法擁有的時間，那是我想要擁有的時間。我必須在情緒崩潰前完成這項任務，於是我做了一次深呼吸，感受到風正將我輕輕往前推，讓我更有自信可以將爸爸慢慢撒向大海。我將顫抖的手往前伸去，輕輕一轉，爸爸的骨灰便從罈中往下傾瀉而出，直到微風將它們捲起，輕輕擁住它們，將它們從我面前帶走。

爸爸的骨灰飄散在雲霧中時，我忍不住嘆了一口氣。我向爸爸說了三聲再見，每一次都更加深我已經失去他的感覺。

自從車禍發生以來，我就一直為爸爸哀悼，但我想此刻不同了。因為現在我已經不再認為他的離開是我的錯。

我當然還是心痛，還是止不住眼淚，整個人也越來越虛弱，但是能放手的感覺很棒，讓我某部分也跟著爸爸一起隨風而飛。

那是我不想再繼續扛著的部分，那個部分已經不再屬於我。

47

我小心翼翼地從被子探出頭，生怕又會有可怕的事情在我生日當天發生。

我慢慢坐起身子，伸展僵硬的雙腿，試著感受自己和過去一年有沒有任何不同，由於我經歷了許多情緒方面的波折，因此這實在不是一個好主意，所以我只能放任自己緊張。

其實緊張的心情已經醞釀了好多天，一方面是因為我必須獨自迎接生日，另一方面是因為他們強迫我們要做什麼分享表演。自他們宣布這項計畫以來，已經過了三個星期，但是我在幾個小時前才終於確定自己要表演什麼。我希望其他人不會殺了我，因為我要分享的內容平凡無奇。

我感受到的壓力一定顯現出來了，因為艾德這幾天經常出現，尤其是在傍晚時分，她知道我在傍晚時最容易產生恐懼。

「有些特定的時刻——週年紀念日、人生中重要的大日子——都可能會影響妳的情緒，即便妳已經完全康復。」艾德說。「最要緊的是，妳必須明白這只是短暫的影響。只要妳繼續質疑那些負面想法，它們就會消失。」

我相信她說的話，因此我挑戰各種負面想法，不斷告訴自己爸爸出車禍那天是霍布森老師的錯，我不該自責，這麼做在很大程度上可以幫助我安撫自己的情緒。自從我撒掉爸爸的骨灰後，我的想法有了一些變化，我不再感到罪惡，只剩下悲傷。我沒有繼續因為爸爸的死而自責，而是非常思念他。

雖然這種新的痛苦非常強烈，它對我的影響不同，使我更易於告訴艾德我多麼想念爸爸。

「他聽起來是一位非常好的父親，他一定不希望妳在生日當天覺得難過。因此，我們必須竭盡所能讓妳在這一天開開心心。」

這是一項重大任務，可以說非常不容易，然而我對艾德的信心讓我願意坐下來傾聽，相信她說的可能是正確的。

當我發現一張卡片出現在我房間的門縫，而且上面有艾德的筆跡時，我滿懷著盼望，希望她能實現諾言。然而在撕開信封並閱讀卡片內容之後，我的心就涼了：

早安，壽星。祝妳十五歲生日快樂！

我很想親自把這封信交給妳，可是我有個非常重要的約會，需要去處理一些雜務。

請好好享受寧靜的早晨，芙洛絲答應替我為妳準備一頓豐盛的早餐。我會在表演前趕回來。

等我回來再詳細說明一切……

艾德

X

我把卡片扔到地板上，不敢相信自己剛剛讀了什麼。她在搞什麼鬼？為什麼總在我最需要她的時候消失無蹤？

在我生日這天、在警察來追問我問題的時候，甚至在我剛到貝爾菲爾德社區的時候，她都沒有露面。她身體裡面是不是藏有某種雷達，讓她在我真正需要她的時候躲得遠遠的？

我努力想放下這股怨念，可沒有辦法。她花了數星期的時間陪我準備一場她自己也認為很困難的表演，然後在這一天不見人影。

這很不合理。我的心情很差，無法克制自己，只能對著向我打招呼的人擺臭臉，更別說那些祝我生日快樂的人。

我悶悶不樂地吃完早餐，挑剔芙洛絲特別為我準備的煎蛋，用餐完畢後也不去洗碗盤，只是無精打采地在食堂裡捲菸，一根接著一根，無視不能在食堂抽菸的規定。我像個討厭鬼，和娜歐咪一樣處處與工作人員唱反調，可是我沒有辦法自制，因為我很不開心。

大家為了今晚表演的興奮之情也幫不了我。各組人馬帶著表演服裝，臉上洋溢著笑容，各自躲起來彩排。娜歐咪非常自信，她的自信心幾乎快滿出來了。她經常在食堂裡繞著我起舞，並且用手指指著我，一次又一次地唱著相同的歌詞：「妳、妳、妳」，越唱越開心，咧著嘴而笑。我不清楚她想做什麼，只知道這又是她另一種威脅我的把戲，但希望她是虛張聲勢而已。

我開始苦惱晚上的事，擔心自己的表演沒有可取之處。他們會想看我分享的東西嗎？這麼做有意義嗎？能夠改變他們對我的觀點嗎？一開始我覺得這似乎是個不錯的主意，但隨著不安感出現，我已經不再那麼確定。我只知道我不能什麼都不做，與大家格格不入。

接下來的幾個小時非常難熬，是幾個星期以來最難熬的時刻。

我越來越不安，覺得應該重新想個點子，與其他人表演的內容比較接近的點子，可是他們要表演的東西我都不會。我不會唱歌，也不會跳舞，當然更不會寫詩寫詞。誰能想像我會做那些事？

恐懼一直刺激著我，迫使我香菸一根接著一根抽。抽完第四根時，我才壓抑住拿起指甲刀的衝動。我在房間裡來回踱步，大聲對自己說一切都會沒事，我一定可以戰勝這種感覺，告訴自己這只是不安感在作祟。

我捲起袖子，看著手臂上已癒合的傷疤，提醒自己現在絕對不可以走回頭路，恐懼明天就會消散無蹤。

雖然我很希望自己能告訴你，艾德的方法很有用，我靠自己擊敗了恐懼，然而真實的情況是我輸了，我向恐懼屈服了。我拉開抽屜，撕掉將指甲刀固定在抽屜底部的膠帶。我掙扎著，手不停地發抖。

可是為時已晚，我已經將指甲刀的刀刃輕輕貼在我的皮膚上，並且做了一次深呼吸，迫不及待讓自己得到平靜。

突然有人輕敲我的房門，嚇得我差點用指甲刀刺穿皮膚。當房門的把手轉動時，我趕緊把指甲刀藏到枕頭底下，希望自己動作夠快。

「妳還好嗎？」芙洛絲因擔心我而皺起眉頭。

「還好。」我忍不住喘息，既覺得鬆了一口氣，同時也有點罪惡感。

「恐慌又發作了嗎？」

我點點頭，已經沒有力氣說謊。

「妳有沒有自殘？」

這次我搖搖頭。

「要不要把枕頭底下的東西交給我？」

「一定要嗎？」

她露出哀傷的微笑。「黛西，我不會懲罰妳。我們很驕傲妳進步這麼多，所以請讓我們替妳移除誘惑，好嗎？」

我把手伸進枕頭底下，將指甲刀交到芙洛絲手中。

「妳做得很好。」她安慰我。「妳還好嗎？現在有沒有空？」

「嗯。」

「好，貝克絲想找妳聊聊，五分鐘就好。艾德也會在場。」

艾德回來了？我很想擺臭臉，可是我沒辦法。事實上，現在我什麼都不想，只想要艾德給我一個讓我安心的擁抱。於是我像隻小狗，跟在芙洛絲身後走出房間，來到貝克絲的辦公室。

我走進辦公室時，她們正在聊得開心，即使她們看見我灰白如蠟的臉色也沒有停止。是芙洛絲提醒她們，她們才抬起頭來。

「黛西今天過得不太順心。」芙洛絲說。「可是她一直努力對抗焦慮，最後也克服了焦慮。我說得沒錯吧？」她鼓勵地拍拍我的背。

艾德起身繞過茶几，走過來擁抱我。即便她察覺到我的雙手始終垂放於身側而且全身僵硬，她依然沒有停止擁抱。

「我們一直很期待今天，對不對？」艾德說，並且嘆了一口氣。「我知道我今天早上不在，讓妳感到非常失望。」

我嘟起嘴巴，微微地聳肩，假裝自己沒有想過這件事。

「艾德今天早上不在，是有特殊原因的。」貝克絲坐在桌邊說。「一個正當原因，而且會對妳和我們所有人造成影響。」

我實在沒有心情去理會這些貝爾菲爾德的謎語，也不想聽她們說一些對我有療效的廢話。

「妳最近的表現讓我們印象深刻。」貝克絲繼續說。「很難相信妳和幾個月前才來到這裡的那個女孩是同一個人。我知道這要歸功於妳和艾德所做的努力，以及妳們兩人彼此之間的信任，這就是我們請妳過來談一談的原因。」

我開始感到不安。無論她們要找我談什麼，都瀰漫著一種我不喜歡的不祥徵兆

「妳還記得妳剛到這裡來的時候，我叫妳什麼嗎？」艾德問我，可是我的視線不敢離開貝克絲，生怕錯過她要說的重要消息。「黛西？」

我慌亂地轉頭去看艾德。

「當我發現妳的藥物對妳產生副作用時，我是怎麼叫妳的，妳還記得嗎？」

我當然記得。她的幸運符。那是我始終無法理解的艾德之謎。

「妳到這裡來的那天，我正好接到一項通知，無異是跟著妳來的好消息，但是當時我不能告訴妳，因為狀況還不穩定。不過，今天他們已經證實我的期望，這確實是一個好消息。」

艾德看起來很開心，可是我非常困惑。我受夠了。

「有沒有人可以說清楚，這一切到底是怎麼回事？」我忍不住大喊。「有時候妳說的話我真的聽不懂。」

我的怒氣使她們都往後退了一步，也讓艾德不再打啞謎，直接把話說明白。

「我懷孕了，黛西。」從她清澈的雙眼，我馬上就看出這句簡單的陳述對她的意義。「我和我丈夫嘗試了很多年，我們幾乎看過北英格蘭所有的醫生，可是都沒能成功。在妳到這裡來的那天，醫生對我說，有一種新的藥物，我還有機會。他們告訴我的時候，我真的很開心，但也很害怕，幾乎可以說是嚇壞了。然而妳來了之後，我看見妳的痛苦，讓我明白自己多麼幸運。黛西·霍頓，妳是一個很特別的女孩，妳擁有最真實的力量，我知道妳也為我帶來了力量。我是對的，因為醫生今天已經確認，我終於懷孕了。」

我知道自己不該這麼用力抱著她，可是她話語中的慈愛以及順著她臉龐落下的淚水讓我無法控制自己。這段時間她一直懷著這樁心事，我卻一無所知，老是對她惡言相向，而且不信任她，她始終沒有怨言，也沒有叫我自己想辦法。我實在很難想像有人如此堅強，於是我把這番話告訴她，讓她咯咯地笑了起來。

「我們兩人都很堅強。」艾德深深吸了一口氣。「所以我離開之後，妳不會太想念我。」

我的手僵住了。雖然我仍抱著艾德，可是我的擁抱失去了溫度。這句話是什麼意思？我用自己的肚子頂著她的肚子，企圖感覺出她的肚子有多大。我不是這方面的專家，但是我知道她不會馬上臨盆。

「離開？」我問，並試著讓聲音保持鎮定。「妳一時半刻還不會離開，對不對？」

貝克絲將我們兩人分開。

「我們現在必須把艾德的健康擺在優先位置，不能讓她承擔任何不必要的風險。」

我很驚訝。「妳覺得我會傷害她？」

「不，不，不。」艾德語氣堅定地表示。「當然不是。可是妳知道這個地方，這裡經常在沒有警告情況下就劍拔弩張，我不敢輕易冒險。」

「黛西，妳也不希望艾德待在這種地方，對不對？」貝克絲說。

我點點頭，當然不希望。我光想到自己以前對艾德的態度就充滿內疚，可是我又忍不住一直去想。其他工作人員雖然也對我很好，可是他們不懂我，不像艾德那麼懂我。艾德以前也自殘過，所以她能夠體會我的感受。如果不是她指引我，我可能早就已經再次沉淪，我的意思是指我一個小時前的那種衝動。我不知道那種情況會不會一再發生。

「妳知道，我很清楚妳在想什麼。」艾德輕聲地說。「妳絕對不會再重蹈覆轍，因為妳在這麼短的時間內已經有了這麼大的進步。無論我能否在這裡陪妳，妳都不能忘記妳之前學到的方法，那些方法就是妳的武器，有了它們妳就能毫髮無傷。」

我挺直背脊，自信地抬高下巴，試著表現出我同意她的說法，儘管我的心已經崩潰。

接下來我該怎麼辦？我要怎麼做才能離開這個地方？

「黛西，其實妳與寄養家庭的距離已經近在咫尺，我們今天只是讓妳知悉我要離開，現在妳已經知道了……呃，我也已經通知妳的社工這件事情。」艾德停頓了一秒鐘，但是那短短的一秒鐘已經令我感到不安。「她也聽了我們對妳的看法。」

我明白這句話是什麼意思，那個可惡的伊芙琳一定不相信她們的話。伊芙琳一直認為我有精神方面的疾病，我住在這裡的這段時間，她肯定很輕鬆。憤怒分散了我的思緒，讓我一時無話可說，我只能緊緊握住艾德的手，想辦法不在她們面前情緒崩潰。

「我們還沒有告訴其他人。」貝克絲說。「因為我們希望妳第一個知道。但是妳要保密，起碼在今晚之前不要告訴任何人。我們會告訴娜歐咪，也會在表演活動結束後告知其他人。」

我畏縮了一下，因為我不喜歡藏有祕密，娜歐咪上次威脅我的畫面仍歷歷在目。但是從另一個角度想，她已經好幾個星期沒有和我說話，我想在她們告訴她這個消息之前，她應該也不會有任何改變。

「別擔心。」我說謊。「妳們告訴所有人的時候，我甚至可以假裝完全不知情。」

貝克絲看起來鬆了一口氣。「黛西，我們知道妳一定會諒解。我們其他人都還在這裡，我們會盡快為妳安排寄養家庭。」

「我知道你們一定會的。」我勉強做了一個鬼臉。「而且不會太久，對不對？」

我說這句話時還故意看看她們每個人，以展現我的自信。我看見貝克絲和芙洛絲臉上露出以我為榮的表情。

可是艾德沒有，她沒有為我感到驕傲。雖然她很高興自己終於懷孕，但是她不相信我說的謊言。當我意志消沉地走出貝克絲的辦公室時，我感覺她的目光仍盯著我的背影。

48

教室變得不一樣了：桌子都被移走，簡陋的牆壁掛上了平滑的布簾，還多了一個占據半間教室的舞台。

改頭換面後的教室讓人眼睛一亮，猶如拍攝電影的場景。其他人走進來時也都露出驚訝的表情，包括平常總是擺臭臉的娜歐咪。她也被眼前所見吸引住，安靜地走到教室每個角落欣賞工作人員所做的裝飾。

我特別留意她，是想看她有沒有因為艾德即將離開而心煩意亂。自從她來到貝爾菲爾德社區之後，艾德就一直負責照顧她，雖然她們兩人的關係緊張，但我不相信這件事對她沒有影響。

然而，在她走進教室幾分鐘之後，我就發現自己錯了。她臉上沒有一絲怒意、沒有哭過的淚痕，也沒有發過脾氣的激動神情。她看起來十分興奮，甚至十分雀躍。

她和派翠克都穿著黑色西裝、白色襯衫，並且打上黑色領帶，可是他們身上的衣服都不合身：娜歐咪的袖子太長，派翠克的西裝和襯衫則太緊，可是他們一點也不在乎。事實上，他們都有一種高傲自大的神情，顯然對於即將呈現的表演充滿信心。

教室裡洋溢著笑聲，包括艾瑞克在內的每一位工作人員都打扮得像女子樂團，就連吉米和蘇西都穿了款式相似的牛仔褲和圓領衫。

我做了一次深呼吸，強迫自己不要緊張。一整個下午我都在發愁和來回踱步，擔心焦慮正一點一滴啃噬我的勇氣，所以我現在只希望表演趕快結束，好讓我躲回房間，用被子蒙住頭呼呼大睡，醒來時不必再面對這麼多事的一天。

貝克絲走上舞台，請大家安靜。我坐到吉米身旁，盡量離娜歐咪與派翠克遠一點。吉米看起來完全不緊張，只顧著把玩手機，把手機當成他的麥克風。蘇西以崇拜的眼光看著吉米，倘若他們兩人沒那麼奇怪，應該會讓人覺得甜蜜。

「好了。」貝克絲大聲地說，宛如她正對著一群在海邊跳華爾滋的人說話。「看看你們，你們真的太棒了！再看看這間教室，你們有沒有想過教室會變成這樣？讓我們為芙洛絲和艾瑞克鼓掌，他們花了一整天的時間布置。」

大家發出歡呼聲，芙洛絲與艾瑞克也以戲劇性的動作回禮。艾瑞克頭上戴著長長的黑色假髮，身上還穿著胸罩和熱褲，看起來十分可笑。我沒想過我們的工作人員會打扮成這副模樣。

「今晚似乎是舉行這項活動的完美時機，讓我們可以在社區會議以外的時間聚在一起。謝謝你們願意接受這個分享成果的主意，讓我看看你們今年付出多少心力。無論你們歌唱得好不好、舞跳得棒不棒，一點也不重要——相信我，我們的工作人員唱歌跳舞都不太高明——重要的是這場表演給你們機會檢視自己，讓你們明白自己的價值，以及自己還需要多少努力。」

娜歐咪和派翠克露出竊笑，用手指往喉嚨裡伸，做出嘔吐的表情。

「謝謝兩位。我知道你們比其他人花了更多時間彩排，所以請不要告訴我你們不享受這種過程。」

娜歐咪朝貝克絲做出一臉不在乎的招牌表情，並且叫貝克絲快點繼續。於是，貝克絲以愉悅的口吻宣布第一組上台表演的是「小野貓」[30]。

燈光熄滅了，教室裡傳出窸窸窣窣的聲音，包括拖著腳步的走路聲，以及不小心碰撞到東西的聲音。最後有人低聲說了一句「準備好了」，燈光才又再次亮起，同時揚起震耳欲聾的音樂。

貝克絲、艾瑞克、芙洛絲、瑪雅和艾德，所有的工作人員在舞台上擺出可笑的姿勢，動也不動地站著。他們顯然全都豁出去了，身上的塑膠衣、網眼襪和亮晶晶的唇膏，構成眼前恐怖的畫面，但是在接下來的五分鐘，這也是最有趣的表演。

雖然教室裡的人不多，但我們發出的笑聲與掌聲不亞於人潮擁擠的體育場。我們很喜歡他們的表演，歡呼聲幾乎快掀了屋頂。當然，他們的演唱走音，舞蹈錯誤百出，可是非常好玩，簡直是我們所見過最棒的表演。我當然從未看過艾德的這一面，她在舞台上唱歌跳舞時，我完全忘了她懷孕的事，也忘了她離開之後會留下一個可怕的空洞。

他們的表演對我們而言太短了，可是對於台上這些「小野貓」來說太長了，因為他們看起來都快要不行了。我覺得是我們的掌聲與喝采才讓他們撐完表演，他們當然拒絕再來一首安可曲。接著，貝克絲請派翠克和娜歐咪上台。

他們兩人迫不及待地起身，各自從舞台後方拿出一頂帽子，然後昂首闊步地走到舞台中央，背對背站立，並將手臂交叉於挺起的胸膛前。他們光是這個動作就獲得觀眾的大聲歡呼，而《福祿雙霸天》[31]的電影主題曲播出時，氣氛更是炒熱到最高點。

他們的舞蹈好得令人驚訝。派翠克並不靈活，甚至有點笨拙，可是他以彈動手指的動作和充滿霸氣的氣場掌控局面，娜歐咪則負責繞著他舞動身體。過去這幾個月，我已經知道她是極為出色的女演員，但此刻她在舞台上展現的是另一種才華。她就像體操選手一樣在舞台上翻來滾去，一邊拿著麥克風對嘴演唱，一邊用手轉動她的帽子。每個人都聽過他們選的這首歌，因此當合唱部分開始時，這間教室突然變成了大型卡拉OK，每一位工作人員都高高舉起手，大聲唱著：「我需要你、你、你。」

娜歐咪也一邊唱一邊指向他們，但是少了她平常慣有的挑釁。此刻的娜歐咪似乎有點不一樣，她不再懷有神祕的詭計，唱得非常開心，而且完全樂在其中。

她盡情舞動身體，揮擺雙手，直到音樂結束。台下響起熱烈的掌聲，他們兩人臉上帶著喜悅的神情，氣喘吁吁地站在台上接受歡呼。貝克絲跳上舞台抱住他們，讓他們一次又一次地鞠躬。他們其實不需要別人鼓勵，事實上，要不是因為接著要表演的吉米和蘇西已經被叫上台，娜歐咪和派翠克可能還不願意下來。

當吉米和蘇西站在我們面前時，氣氛的瞬間變化讓人覺得有趣。吉米直挺挺地站著，當工作人員把麥克風放到他面前時，他還忙著使用手機。蘇西坐在吉米後方，眼睛一直盯著一個鈴鼓，彷彿那是一枚炸彈而不是一種樂器。我發現艾瑞克出現在舞台側邊，胸前掛著一把空心吉他。他的手緊緊抓著吉他，剛才欣喜若狂的表情已經不復存在。

每個人心裡都想著同一件事：吉米真的要唱歌嗎？他真的要這麼做嗎？

---

30 小野貓（The Pussycat Dolls）是美國女子演唱團體，曾出版兩張專輯，並入圍過葛萊美獎。

31《福祿雙霸天》（*The Blues Brothers*）是一九八〇年的美國音樂喜劇電影，描述兩兄弟為了成立藍調與靈魂樂團而四處奔波，苦尋經費及歌手。

我覺得我手臂上的疤痕又開始隱隱刺痛，只能無聲地示意吉米不要開口。然而坐在我左邊的娜歐咪卻以輕蔑的冷笑要他快點開唱，以便自取其辱。

唯一保持鎮定的人是吉米，他先在自己的手機上隨意按了幾個按鍵，然後把手機放進牛仔褲後側的口袋中。

「這首歌曲是我寫的。」吉米對著麥克風大聲地說，他的聲音在教室裡迴盪。這個舉動引起娜歐咪和派翠克的訕笑，他們以嘲弄的口吻大喊：「要唱出來才算數，不是光用嘴巴說說就行！」

吉米要不是沒聽見，就是根本不在乎。他繼續說道：

「這不是一首新歌，而且因為某種原因，也不是我經常唱的歌。然而今天是演唱這首歌的好時機，所以……」接著他向艾瑞克示意，艾瑞克便開始撥弄吉他的琴弦。

我看見吉米閉上眼睛，然後做了一次我這輩子見過最大的深呼吸，我幾乎覺得身旁的空氣都被他吸走了。我開始緊張起來，怕他又為自己招來嘲諷。

然而是我瞎操心了。當他一開始演唱，我們就被他的歌聲吸引住了：

妳今晚應該看一看……
看一看我所看見的……
這完美的光芒
這完美的光芒……

我獨自佇立著
想像那就是妳
在今晚的月光中
妳就在今晚的月光下……

吉米唱歌時閉著眼睛，但不是因為恐懼。從他全然寧靜的表情，可以明顯看出他完全知道自己在做什麼。

至於他的歌聲？

沒錯，那是吉米的聲音，只不過更為圓潤成熟。他在每一段歌詞的結尾會以一種悅耳的方式轉音，我很高興看到娜歐咪驚訝地張大嘴巴，明白自己已經被吉米打敗。吉米會唱歌，他真的會唱歌。沒錯，雖然他沒有什麼老練的歌唱技巧，可是他的感情非常真摯，因此我們就跟著他的歌聲繼續前進：

我多麼渴望被妳擁抱……
但是我今晚沐浴在月光中
獨一無二的月亮
我沐浴在獨一無二的月光中……

吉米開始用腳打拍子，艾瑞克的吉他聲也跟著他的拍子加快節奏，讓旋律更為明朗。蘇西不成調的鈴鼓聲差點毀掉整首歌，但是謝天謝地，當吉米再次開口時，蘇西的鈴鼓聲變小了。吉米繼續唱著：

不要認為這一定會發生
這必須來自月亮，來自妳和我
看看星星，遵循它們的模式
將自己前方的道路染成一片湛藍
月亮看見我們兩人，讓我想起
我們不被別人發現的纏綿夜晚
但我現在只能在這裡，繼續尋找
因為這必須來自月亮
來自妳……
也來自我……

吉他的節奏變慢，直到結束。吉米在最後又吸了一口氣，唱道：

因此，請繼續尋找……
繼續尋找……

依靠月亮
依靠妳
也依靠我……

最後的吉他聲跟著吉米的歌聲一起結束。先是一片短暫的靜默，接著才揚起如雷的掌聲，聲音比這裡發生過的任何一切都還響亮，勝過娜歐咪的鬼吼鬼叫。娜歐咪正轉頭對著派翠克竊竊私語，我不必學過唇語，就知道她在說些什麼。她不相信這首歌是吉米寫的，甚至認為吉米是對嘴演唱。然而，對我來說，就算這首歌曲不是吉米寫的也無所謂，因為它非常好聽，從頭到尾都好聽，是我來到這裡之後所聽過最動人的歌，而且歌詞很美。

我們一直鼓掌，直到雙手發疼。貝克絲感動得落淚，將吉米緊緊擁入懷中。他一如往常，動也不動地站著，可是睜開了雙眼，非常享受每一個掌聲。事實上，直到教室裡又安靜下來，他才笨拙地將手伸進口袋，拿出他的手機，然後用手指指手機，再次透過麥克風說話。

「不好意思，我真的得接這通電話，可以嗎？」

他從舞台一躍而下，走出教室，對著壞掉的手機大聲說話。

這是結束他表演的完美方式，讓人歡笑也讓人流淚，貝克絲不知道應該要先哭還是先笑。

她迅速整理好自己的情緒，然後再次對我們說話，也把我拉回現實。她的聲音就像剛才大家給吉米的掌聲那麼響亮。

現在輪到我上台了，可是我怎麼比得過剛才的精采表演呢？

49

我試著將ＤＶＤ放入播放器時，我的手微微顫抖。我吹吹指關節，希望能夠因此不再發抖，但這個動作引來某些觀眾的嘲笑。

吉米表演完畢之後，大家對接下來的節目更充滿期待，然而我知道自己即將讓熱鬧的氣氛冷卻下來，因此胸口發悶。

我知道自己有兩個選擇：繼續執行我的計畫，讓自己蒙羞；或者轉身逃走，同樣讓自己蒙羞。雖然第二種選擇非常誘人，我終究穩住了自己的情緒，繼續待下來。如果我必須在沒有艾德的情況下持續奮鬥，想辦法迅速離開這個地方，那麼我就得勇敢面對並且解決問題。

我按下遙控器上的播放鍵，ＤＶＤ播放器開始運轉，電視畫面也隨之出現。我咬著嘴唇，等待電影版權畫面緩緩出現，無視娜歐咪以誇大的方式打哈欠。

操作選單畫面終於出現了，我選擇了我想要分享的段落，然後轉頭面向所有人。我真希望他們也能像剛才一樣將燈光調暗，這樣我就可以對著黑暗的人影說話。

「呃，我不喜歡跳舞，也不會唱歌。這才是我熱愛的——」我指指身後的電視螢幕，「我說的不是電視，而是電影。我爸爸很喜歡看電影，自從我有印象以來，我也和他一樣喜愛電影。我花了很多時間看電影，今天我想與大家分享我最喜歡的電影場景。」

我前方傳來一陣竊笑。「妳在開玩笑嗎？」

說話的人當然是娜歐咪。

「如果妳有任何意見，請放在自己心裡就好。」貝克絲小聲地對娜歐咪說，並且輕拍她的肩膀。

「呃，可是這太荒謬了，不是嗎？我和派翠克為了今晚的表演，花了好幾個小時排練，結果她只要按按遙控器就可以交差了事？」

「今晚的主題是分享，沒有人規定一定要表演什麼。」貝克絲回答她。

娜歐咪不悅地轉向我。「那就快點分享，我想去抽菸了。」

我忍住叫她去死的衝動，並仔細思考接下來應該說什麼，以及如何快點說完。

「很多部電影都是我的最愛，但每當我心情低落、需要振作起來時，我就會重看一次《刺激1995》。這部電影不是喜劇片，而是關於一個男人因為被控殺害妻子而入獄——」

「難怪妳喜歡這部電影……」娜歐咪當然會抓住這個機會諷刺我。

「如果妳再說話，我會請妳出去。」貝克絲對她說。

「大家都知道他沒有殺人，可是他無法證明自己的清白，因此他在監獄裡待了幾十年。監獄裡的獄警都利用他，叫他替他們節稅及整理監獄的帳簿。原本他以為自己會老死在獄中，直到……呃，直到這場戲……我先說到這裡，接下來讓你們自己看。」

我按下播放鍵，並且將音量調大。當我熟悉的畫面呈現在所有人眼前時，我不禁起了雞皮疙瘩。

一位工作人員關掉電燈，就這樣，我又進入了電影的世界。只要一播放電影，我就會進入到電影的世界中，不在乎別人怎麼看我。

大家看見的第一個畫面，是典獄長在男主角的牢房牆壁上發現一個洞，才驚覺他最需要好好看管的囚犯脫逃了，此時的背景音樂也變得激昂。

我就像第一次觀賞這部電影時一樣，當男主角從下水道逃獄時，我覺得自己全身的細胞都變得緊繃；當他終於從滿是穢物的下水道來到監獄外面的小河時，我已經熱淚盈眶。當攝影機從他頭頂上方拍攝他站在傾盆大雨中，因為歡喜而高高舉起雙臂時，我更是完全心醉神迷，忘記在這場戲結束時關掉DVD播放器。

教室的電燈再度亮起，我又回到聚光燈下，燈光刺痛我的雙眼，我試著以不引人注意的方式擦掉眼淚。當初我決定與大家分享這段畫面時，完全沒想過自己會再次被它深深打動，畢竟我已經看過這部電影不下二十次。

現在擔心這些已經太晚了，因為大家都盯著我看，而且他們都在問我同樣的問題。

「好，看完了，接下來呢？」

我嚥了一下口水，準備說出自己的感想。我必須說出腦中的一切，並且在娜歐咪開始攻擊我之前說出來。

「我選擇這部電影，不是因為它的場景設定在監獄。」我結結巴巴地說。「劇中的那些惡棍雖然與這裡的惡棍很像，但是如有雷同，純屬巧合。」

幾位工作人員禮貌性地笑了笑，娜歐咪和派翠克則不悅地「哼」了一聲。

「早在我爸爸發生意外之前，這部電影就一直是我的最愛。坦白說，自從我爸爸過世之後，我就沒再看過這部電影。事實上，在那之後我沒有看過任何一部電影。」

這句話也讓我自己嚇了一跳。已經這麼久了嗎？我思忖著自己這麼久沒看電影的原因。

「我想，我可能認為自己不配再看任何電影，因為我覺得自己應該對我周遭發生的壞事負責，所以我沒有資格再接觸我心愛的電影。」

艾德看著我，擔心她努力這麼久的心血會不會在這刻瓦解崩潰。

「我猜，我想要表達的是，我能體會男主角的感受，雖然我和他的處境不太相同。這裡不是監獄，只不過偶爾會有一點像監獄的感覺，而且我也不是囚犯，至少現在已經不是了。曾經有很長一段時間，我一直覺得自己是壞人，我知道你們當中也有一些人認為我是壞人，但我想告訴你們，我真的不是，我不是壞人。

「我之所以這麼喜歡這部電影和這一幕，是因為……因為我也在等待像他一樣的這種時刻。你們看見他臉上的笑容時，你們明白那對他的意義嗎？在監獄裡發生的種種，還有他不斷折磨自己的那段歲月，在那一刻全都不重要了，什麼事情都不重要了，因為全都已經過去了。我迫不及待也想體會那種感覺，我在等待我所有罪惡感和討厭自己的感覺完全消散的那一刻。」

我停了一下，看看大家是否明白我想表達的意思。我很肯定他們有專心聽我說話。

「曾經有很長一段時間，我都不認為自己能等到那樣的時刻，可是現在不同了，我非常期待那一刻到來，因為我確信它一定會出現，我只希望能夠快一點。」

說到這裡，我就不知道還要說什麼了，因為我想說的話都說完了。於是我彎腰將ＤＶＤ從播放器中退出來，關掉電視，然後抬頭挺胸走回我的座位。我聽見了掌聲，不去理會夾雜在其中的訕笑。一切都結束了，我不必再害怕什麼了。

50

我當然沒有獲得像其他人那麼熱烈的掌聲，可是工作人員都對我點頭微笑，讓我明白自己的表現不像我預期的那麼糟。現在我只需要低著頭，靜靜坐著等待艾德宣布她要離開的消息，然後就可以趕快上床睡覺了。明天不會像今天一樣多事，就算少了艾德，我也必須試著保持樂觀。

大家靜靜看艾德走上舞台，當她注視我們每個人的眼睛時，我看得出她神情緊繃，但是我不知道她準備如何公布這個消息，只希望他們已經先告訴過娜歐咪。

「妳的分享很棒。」艾德笑著說。「我從來沒有被這麼短的表演感動過，而且我覺得內容非常有趣，很吸引人。」

她深深吸了一口氣，我則期待地屏住呼吸。

「不過，今晚除了我們看到的表演之外，基於其他理由，今天也是非常特殊的一天……事實上，我還有兩件事情要與大家分享，這兩件事都是好事。第一件事與我們的朋友黛西有關，今天是她的十五歲生日。」

當大家將目光轉向我時，同時傳來幾聲出於禮貌的歡呼，如果我有時間反應的話，一定會馬上躲到椅子底下，可是艾德讓我措手不及。

「正如你們所知道的，自從黛西到這裡來之後就有很多問題需要面對，其中一些與她父親過世有關，還有一些源自更早之前。」

我發現派翠克看看娜歐咪，然後翻了一個白眼，娜歐咪則臭著一張臉。

「你們可能不知道，黛西非常不幸，她沒有機會見到自己的母親。你們不難想像，這對她而言十分難以接受。雖然我很樂意幫助她解決各種問題，可是這一點我無能為力。然而在幾個星期前，我確實向黛西許下一個諾言，我希望這份生日禮物能夠在某種程度上幫助我實現那個諾言。」

她從身後拿出一張光碟，先將那張光碟高舉於空中，然後再請艾瑞克幫忙將光碟放進DVD播放器。

「這段影片對你們來說可能沒有任何意義，但我認為我們一起給黛西鼓勵是相當重要的。雖然黛西與你們之中的某些人關係緊繃，不過她在這段日子有令人難以置信的進步，這就是我希望大家一起觀賞這段影片的原因。黛西，今天稍早我讓妳失望了，希望這份禮物可以彌補一切。生日快樂，我的幸運符。」

艾德對我投以一個燦爛的笑容，然後走到舞台旁，教室的燈光隨之暗了下來，所有人的視線都轉回到電視螢幕上。

一開始幾乎什麼都看不到，畫面亂七八糟，螢幕上下兩端都是雪花，然而畫面開始慢慢穩定下來，從一片雜亂的雪花變成一片海灘。影片畫質不是很好，有點像曝光過度的照片。攝影機面對著大海，一個女人的背影擋住了翻騰的海浪。

「我的老天爺！」娜歐咪呻吟道。「這是什麼鬼東西？整人節目嗎？可不可以直接跳到她跌倒的搞笑畫面？」

拿著攝影機的人彷彿聽見了娜歐咪的抱怨，開始走向那個女人。當他呼喚她的名字時，一切都水落石出了。

「莉迪亞！」那個男人喊著。「莉迪亞！」

那是爸爸的聲音！這個熟悉的聲音讓我震驚，不禁在座位上坐直身子。除此之外，他喊的是媽媽的名字，這意味著……

我不敢多想，生怕會因此失望，然而攝影機繼續拍攝著，最後那個女人轉過身子面對鏡頭。

我沒有失望，只有震驚，因為這是我第一次透過照片以外的東西看到媽媽。

這份禮物已經讓我非常滿足，不過當我的目光從她的臉龐轉移到她的身體時，發現她挺著隆起的大肚子。

那是我嗎？

一定是的。可是我不明白。

艾德在哪裡找到這張DVD？

我希望它是真的。我因為滿心期待而脈搏加速，最後忍不住從椅子上站起來，用力抓著舞台前緣。

「我還以為妳睡著了。」我聽見爸爸對媽媽說。

「怎麼可能？我站著耶，站著怎麼可能睡著？」她笑了出來。

「呃，因為妳最近好像很累。」

「這也難怪，這個小傢伙每五分鐘就踢我一次！」

「她現在正在踢妳嗎？」

我看見媽媽的表情變得溫柔，然後點點頭。這個表情讓我深深愛上她。

「感覺如何？」

媽媽雙手往下滑，捧住自己的肚子。爸爸將鏡頭拉近。

「我的感覺如何？」她笑了一下，然後說了一句話。那句話是我以為我這輩子永遠都沒有機會聽見的話，讓全世界都靜止了。「我的寶貝女兒已經迫不及待要出來了，感覺當然很棒啊。」

雖然畫面又變模糊，而且螢幕上再度充滿雪花，教室的燈光也重新亮起，但是沒有關係，最重要的是我聽見了那句話，那句話在我腦中不斷反覆播放，讓我再也無心思考其他事。雖然那只是一句簡單的陳述，卻也是最甜蜜的話語。再也沒有人能夠從我心中奪走這句話，即使這張DVD將來壞了也沒關係。我跌坐回椅子上，淚水不停滑落，可是我一點也不在乎被別人看見。沒有任何人或任何事能破壞這一刻。

艾德回到舞台中央，她的眼眶也含著淚水。

「生日快樂，黛西。」艾德說。「妳喜歡這份生日禮物嗎？」

我豎起大拇指，感動得說不出話來。

「其實妳應該感謝妳父親，而不是我。他保存了很多舊錄影帶，我猜想那些錄影帶裡一定有妳母親的畫面。我好不容易找到一台錄影機，然後就坐著把那些錄影帶一捲又一捲看完，最後終於看見妳母親的身影。」

貝克絲和其他工作人員聽見這句話之後都為艾德鼓掌，使得娜歐咪越來越不高興。

「現在看完了嗎？還是我們接下來要觀賞她們家的度假影片？」

娜歐咪無視工作人員的嚴肅表情，從座位上站了起來。

「我是說真的。」她抱怨道。「你們什麼事情都以她為主，是不是認為這裡只有她一個人住？如果你們鬧夠了，現在我要去抽菸了。我和派翠克剛才表演得那麼精采，應該有資格抽根菸作為獎勵吧？」

她往門口走去，是艾德的聲音才勉強把她拉回來。

「娜歐咪、派翠克，請你們坐下。再給我一分鐘，我有一件事情要宣布，一件很重要的事。」

娜歐咪氣呼呼地坐回她的位子，不悅地咆哮：「拜託，說快一點。」

我有點困惑，偷偷看著娜歐咪，想知道她是不是和我一樣故意裝作什麼都不知道。她肯定已經聽說艾德要離開的事，對不對？我的意思是，他們不可能只告訴我但是沒告訴她，畢竟艾德也是負責照顧她的人。

「我還有一則消息要分享，很抱歉耽誤妳的時間，可是這件事情很重要。今天是我在這裡工作的最後一天，我再過一會兒就要離開了。我今天才確定自己已經懷孕了，在寶寶出生之前，我會休息一陣子。我知道這個消息會讓你們其中一些人感到非常震驚，但我希望你們能為我高興。」

我低著頭坐著，因為我真的不夠堅強，無法看著艾德並裝出一無所知的模樣。然而這時我發現娜歐咪正盯著我看，我知道我的恐懼成真了。

她不知道自己臉上顯露出痛苦的表情。她注視著我，沒有眨眼睛，企圖解讀我的表情。

「妳知道了。」她無聲地對我說。「妳早就知道了，對不對？」

我應該要裝得像一點，或者演得更誇張一點，或兩者都是。我努力試過了，可是也失敗了，因為娜歐咪顯然不相信我企圖裝給她看的表情。

「臭婊子。」她先無聲地對我說，接著才大聲喊出來，嚇壞了所有人。「臭婊子！」

我不確定她罵的對象是艾德還是我，但也可能同時罵我們兩人，只不過這一點也不重要。娜歐咪發出一聲尖叫，她的椅子應聲往後倒去。我急忙護住自己，生怕她會朝著我這邊衝來，可是她沒有。她衝向門口，在跑出去時遺落了她的帽子。她甩上教室的門之後，這場喧嘩也到此結束。她甩門的聲響在教室裡迴盪，窗簾也因此有如風箏一般翻飛飄動。

教室裡安靜了幾秒鐘，直到蘇西打破沉默。她站起來，走上舞台，給艾德一個大大的擁抱，可是顯然抱得太緊。

「恭喜妳。」蘇西笑著說。「我們會非常想念妳。」

其他人也跟著上前擁抱艾德，無論他們是不是早就已經知道這個消息。我也跟著排隊，等著再次告訴艾德我多麼替她開心。

不過，一如往常，艾德又將話題焦點從自己轉移到我身上。

「妳應該為自己感到驕傲。妳選擇在今天告訴大家妳的經歷，而且是在我告訴妳我將離開之後……妳真的很不可思議，黛西．霍頓，妳真的很不可思議。」

「那麼娜歐咪呢？」我在艾德耳邊輕聲地問。「我以為妳說妳也會告訴她。」

「好幾次我們都試著告訴她，可是她一直不理我們，也不肯到貝克絲的辦公室或者工作人員的辦公室，甚至把自己關在房間裡。最後，我們別無選擇，只能利用今晚在告知所有人的時候一併讓她知悉。」

「她看起來很生氣。妳覺得她會不會做出什麼可怕的事?」

艾德聳聳肩。對於娜歐咪的反應,她有點心煩意亂。「她大概會像平常一樣大吼大叫和摔東西,但是到最後她就會冷靜下來。我應該去找她談一談,我必須先解決所有問題,然後才離開這裡,對不對?」

「嗯。妳希望我幫忙嗎?」

「妳知道我希望妳做什麼嗎?我希望妳把這張DVD帶回妳的房間,放進播放器裡,然後再看一遍。」

我的眼眶再次盈滿淚水。

「過去幾個星期,我幾乎每天晚上都花幾個小時瀏覽妳父親的舊錄影帶。妳知道嗎?當我看到妳觀賞這張DVD的表情時,我覺得我花的每一秒鐘都值得了。」她歪著頭看看我。「妳認為這張DVD會如妳所願地帶來一些改變嗎?」

「它已經帶來改變了。」我笑著回答。「這是我所能想到最棒的禮物。謝謝妳。」

「不客氣。」她說。「妳再去看一遍吧。」

她其實不需要提醒我兩次。於是我擁抱她一下,並且要求她在離開之前過來向我說聲晚安。

這是極為漫長的一天,當下我真的感到筋疲力竭。我頭一次不在意通往女生樓層的樓梯,因為我知道媽媽已經在走廊的盡頭等我了,所以我幾乎是飄著上樓的。

51

這段影片即使我已經看了兩次、三次或四次，它帶給我的震撼也不曾絲毫消退。

我貪婪地觀賞著，幾乎忘了眨眼，只是想確定這不是艾德精心設計的騙局。

但無論我怎麼看，都看不出有什麼漏洞。畫面中是我媽媽撫摸著我，面帶笑容對我說她覺得我很棒。沒有人能夠淡化這段影片帶給我的歡樂。

我的心情備受鼓舞，因此忘了艾德丟下震撼彈之後所展現的各種情緒。事實上，如果不是有人跑來敲我的房門，我根本已經忘記艾德要離開的事。那個人敲門敲得很用力，連牆壁都在震動。

由於我滿腦子都是媽媽，沒有多想門外的人可能會是誰……結果，一開門就看到娜歐咪。

雖然她的體型和我差不多，可是她一把推開我的房門，大步跨進我的房間，迫使我不斷往後退，直到我跌坐到床上。在我還來不及反應之前，她已經一手掐住我的脖子，另一手將我壓制在床上。

「臭婊子，我已經警告過妳了，對不對？」她對著我怒斥。「上次妳騙我的時候，我就已經警告過妳了。」

「我不知道妳在說什麼。」我的臉因痛苦而扭曲，拚命試著掙脫她的手。

「妳不要再裝傻了，艾德要離開的事情，妳早就知道了，對不對？」

我沒有回答，因為她緊緊掐著我的脖子，我已經無法呼吸。

「妳到底有什麼毛病？」她大吼。「我還以為妳和其他人不同，結果並非如此。每次我有什麼好事發生，總是有人要毀掉它，總會有人要搶走我的好東西！我媽媽就做過好多次！可是現在不行，我絕對不許這種事情再次發生。」

娜歐咪在流汗，她說話時激動得口沫橫飛，掐住我脖子的手也越掐越緊。

「他們想告訴妳這個消息。」我喘著氣說。「可是他們說妳根本不聽。」

「他們應該再努力一點。」她立刻回嗆。然而當她的淚水和汗水一起滑落時，我才頭一次看見她脆弱的一面。「他們再努力一點會很困難嗎？我不值得他們多努力一下嗎？」

「妳當然值得。」

為了讓娜歐咪鬆開手，我什麼話都願意說，當然她也很清楚這一點。

「聽著，我和妳之間還沒結束。妳可能以為今晚表演結束後，妳就可以準備離開這個地方了，不過我告訴妳，他們向很多孩子承諾過相同的事，我從來沒看過哪個孩子真的順利離開這裡。沒有人會要我們這種孩子——誰會想要我們這種人？妳可以坐下來好好想清楚，而且我保證讓妳接下來的日子非常難熬。我會在我高興的時候隨時找妳麻煩，但是今晚我有更重要的事情要忙。」

她將我用力一推，然後才鬆開我的脖子，走出我的房間。空氣終於再次進入我的肺部，然而我因為驚嚇過度，整個人還天旋地轉，沒有辦法站起來。

但是我馬上就想到她最後那句話是什麼意思：她打算去找艾德算帳。我不能讓這種事情發生，因為艾德有孕在身。

我扶著床頭，設法讓自己站起來，同時看看窗外。今晚的天氣很糟，風雨不斷吹打著這棟房子，應該沒有人會想要走出屋外。

正當我準備走出房間時，突然發現有個人影走在屋外的小徑上。雖然那個人的帽子遮住了她的頭，我仍然一眼就看出那是艾德。她四處張望，顯然正在找人。我猜她在找娜歐咪。

我推動窗戶，企圖打開窗子並警告她，可是窗戶打不開，於是我改用捶打的方式敲窗，然而塑膠窗戶的彈性比我想像中還要強大，而且風聲掩蓋了我發出的警告聲響。

我趕緊穿上球鞋和外套，在最後一次望向窗外時看見艾德走出大門，往沿海道路的方向走去。我知道她要去哪裡，這讓我鬆了一口氣。或許她和娜歐咪也曾去過懸崖那邊，或許娜歐咪也有一個特別喜歡的地點，因此艾德以為娜歐咪可能在那兒。只要我能趕在娜歐咪之前先抵達那個地方，我想一切就會沒事。

無奈事實並非如此，因為艾德的身影在我眼前消失之後，我又聽見了開門聲，然後有另外兩個人從屋裡走出來。那兩個人縮著身子點燃香菸，是娜歐咪和派翠克。

一開始我以為只是碰巧，他們走到屋外是為了消氣，因此我盯著他們，等待他們抽完菸回到屋內。然而他們抽完菸之後並沒有進到屋裡，反而拉上連帽衫的帽子，走出大門之後左轉，跟在艾德身後走去。

我發誓，我剛才以為純屬巧合的念頭已經消失了。他們肯定看見了艾德，也知道艾德要往哪裡去。我開始害怕一旦他們追上她，會對她做出什麼事情。

我毫不猶豫地衝出房間，跌跌撞撞地跑下樓梯……想盡辦法盡快出門。

正當我的手放到前門的門把上時，身後突然有人叫住我。

「黛西！」

是貝克絲。

「妳要去哪裡？」

「去抽根菸。」

「妳真的那麼想抽菸嗎？外面風雨很大。」

「看妳希不希望我放鬆一下囉。」我對著她投以微笑，希望她快點走開。

「好吧，但是別去太久。妳聽見了嗎？」

當我握住門把時，貝克絲又開口了。

「妳有沒有看到娜歐咪？」

「沒有。怎麼了？」

「艾德在找她。如果妳看到她，可以告訴她一聲嗎？」

我擔心地點點頭，希望這段對話不會耽誤我的時間，害我無法在娜歐咪之前先找到艾德。現在除了讓我先找到艾德，沒有別的替代方案。

當海洋出現在我的眼前時，我已經全身溼透了，牛仔褲緊緊貼著我的腿，使我步履蹣跚。我不斷回想剛才遇見貝克絲的時候，為什麼沒有告訴她艾德和娜歐咪他們外出的事。是不是我的偏執阻止了我？也許娜歐咪只是碰巧走在艾德身後。確實有這個可能，但是機率不高。現在我的手機已經沒有訊號了，我沒有機會通知貝克絲，只能盡快找到艾德。

雨勢變大了，雨滴像子彈一樣在水泥路面上彈跳。由於雨下得太狂，我不得不瞇起眼睛，才能看清前方的道路。

幸運的是，這條路我已經非常熟悉，因此可以憑靠本能往前走。然而我在每個地標都沒發現艾德的身影，感到相當失望。艾德顯然已經下定決心要找到娜歐咪，我別無選擇，只好繼續往前走。

十分鐘後，我已經來到海邊，並且本能地轉向沿著懸崖而行的小徑。因為雨勢很大，我只能低著頭前進，根本不知道前方有什麼。當我發現有某個東西擋住我的去路時，還以為自己走錯了方向。

可是我沒有走錯路。阻擋我前進的東西不是牆壁或籬笆，而是一個人，一個我不想見到的人：派翠克。

「哇，哇，哇。」他皮笑肉不笑地說。「妳要去什麼地方？」

我瞥視他碩大的身軀一眼，想看看他背後藏著什麼，但是只有大雨。

「沒有要去哪裡。」我說謊，希望他會相信我。「艾德要離開的消息讓我很生氣，所以我出來走走。你呢？」

我的問題讓他一時答不上來，他顯得有些急促不安，似乎惱怒自己的愚鈍。我盯著他，企圖逼他說出真話。

可惜他沒有中計。他突然又站穩身子，霸占住整條小徑。

「好吧。」我喃喃地說，心裡開始有點焦急。「那麼，待會兒見。」我試圖繞過派翠克，但沒能成功，因為他故意擋著我。

「妳最好不要往那裡去。」他口齒不清地說。

「為什麼？」

「我剛剛去過那裡，風很大，所以我又回來了。像妳這麼瘦的女生，可能會被風吹到懸崖下。」

我勉強笑了一下。「我確定我會沒事的，我今天吃得很飽。」我說，並且再次試著繞過他。

這次他甚至伸手阻擋我，迫使我停下腳步。

「妳沒有聽見我說什麼嗎？妳最好不要去那裡。」

我擺好架式面對他，但我們的體型真的相差太大了。

「我很感謝你的好意，派翠克，真的。可是你現在突然裝好人，會不會太遲了一點？讓我過去，可以嗎？」

試圖硬闖是個大錯誤，試圖推開派翠克則是更大的錯誤，因為他不為所動，反而朝著我走近一步，雙手緊緊抓住我。

「妳這個傢伙，從來不聽別人說話，對不對？」他不滿地說。「可是這次妳必須乖乖聽話。我知道妳為什麼要到那邊去，不過妳得先等一等，因為娜歐咪有話要對艾德說，她們有事情需要講清楚，所以妳最好在這裡等她們把話說完，聽懂了嗎？」

他的手緊緊抓著我，將我往後推。他的臉靠近我的臉，他呼出的氣息中有一種混合著廉價酒精和香菸的臭味。

我望向他身後，可是什麼都看不到，也無法擺脫他的控制。我不停掙扎，想找機會咬他，偏偏他身上都被防水外套包覆著。

他將我推離海邊，我完全無計可施。這時突然發生了一件奇怪的事：地面似乎開始扭曲，宛如發生地震一樣，在我還搞不清楚發生什麼事之前，派翠克和我都已經倒在地上。我們之間唯一的區別，是我的眼睛還睜開著，而他的眼睛卻緊緊閉上了。

一個黑影出現在我頭頂上方，我本能地舉起手護住自己，擔心可能有新的危險。緊接著有兩條長長的手臂伸了過來：裸露的手臂，沒有衣袖或外套覆蓋著它們。

這是怎麼回事？是某個瘋子嗎？

那雙大大的手緊緊抓住我的肩膀，將我從地上扶起來。我膽怯地順著那雙手往上看，那個人的五官映入了我的眼簾。

當我發現那個人是吉米時，我又驚又喜地發出尖叫。

「黛西，妳沒事吧？」

我點點頭，然後撥開散落在臉上的髮絲。「你從哪裡跑出來的？」

「我看見你們一個接著一個走出大門，心裡覺得有點奇怪。我想妳可能會需要一點幫助。」

我忍不住緊緊抱住吉米，並低頭瞥視躺在地上的派翠克一眼。

「他還好嗎？」

「噢，他沒事，我只給替他搔癢罷了。」吉米笑著說。「可是他醒來之後可能不會太高興。」

「我必須找到艾德。」我在雨中大喊。「你有沒有看見她？」

他搖搖頭。「我是跟在妳後面走出來的。我猜她一定走在比較前頭。」

「你可以幫我看著派翠克嗎？」我指指地上，「以免他醒過來。如果我到前面去找艾德，不希望派翠克從後面追上來。」

「沒問題。妳自己要多小心娜歐咪，因為她的腦袋不太正常。」

我點點頭，繼續跌跌撞撞地前進。我突然想到，其他人也曾說過吉米的腦袋不太正常。風越吹越狂，將大雨吹落在我身上，幾乎讓人迷失方向，因此我盡可能遠離懸崖邊緣。雨水讓黑暗中的一切變得模糊不清，每當我以為自己終於找到她們時，結果都是大石頭或樹木的殘幹。我又踉踉蹌蹌地走了五分鐘，才看見令我心跳加速的景象。兩個正在快速移動的影子，不太可能是被風吹動的樹枝。

其中一個身影往前移動，迫使另一個身影節節後退。是娜歐咪在威脅艾德嗎？我不禁擔心艾德肚子裡的寶寶。

娜歐咪應該不會傷害艾德，對不對？我知道娜歐咪很生氣，但是她不至於……

在狂風中奔跑並不容易，尤其腳下的路面又溼又軟，可是我必須試著衝刺。在不到一分鐘的時間，我已經將自己與她們的距離縮短到四十公尺。

這時我放慢腳步，躲到小路盡頭的樹叢間。我不想讓她們發現我，因此壓低身子，可是視線不敢離開眼前的景況。

那兩個身影現在更清楚了，我可以看見其中一人手裡拿著某個東西。我心一驚，希望那不是我所想的。

一把刀。

雖然天色很暗，我相信自己沒看錯，而且我知道拿刀的人是娜歐咪。但奇怪的是，她沒有把刀子指向艾德，反而將刀刃對著自己，緊貼在自己其中一隻手臂上。她為什麼要這麼做？這實在不合常理。

我繼續跌跌撞撞地往前走，並且保持低調，想辦法偷聽她們的談話。幸運的是，風往我這邊吹，也將她們談話的內容吹進我耳中。

「我是不是一定得這樣做才能引起妳的注意？」娜歐咪尖聲地說，並且將刀刃貼近自己的手腕。「如果是這樣的話，我會做的。」

艾德看起來已經嚇壞了，她順服地高舉雙手，同時慢慢走向娜歐咪。

「當然不是。快把刀子給我，我們好好談一談。」

「這幾個月我一直想找妳說話，可是妳沒有時間。自從那個傢伙來了之後，妳就再也沒有時間陪我了。她到底有什麼特別的地方？她會自殘，那又如何？我也可以自殘！我到底做錯了什麼？」

「妳沒有做錯任何事。我關心黛西就像我關心妳一樣。如果妳覺得自己被冷落，妳應該告訴我、告訴貝克絲，或者告訴任何人。沒有人希望這種事情發生。」

「才怪，妳就希望這種事情發生。妳早就想甩掉我了，和我媽一樣，黛西來了之後，正好給妳擺脫我的藉口。」

「妳說的不是事實。」艾德大喊。我從來沒聽過她的聲音如此絕望。「我們都竭盡所能地讓妳覺得快樂，幫助妳展開新生活。」

「那就證明給我看。」娜歐咪哭著嘶吼。

「妳希望我怎麼做？」

「繼續留下來陪我。」她大喊。「黛西已經不需要妳了，他們隨時會送走她，但是我還需要妳。妳可以每個星期來看我一次，我願意去做妳要求她做的事，我願意去做妳要求我做的任何事，只要妳給我機會。」

如果艾德答應，事情的發展就會簡單許多。她可以哄騙娜歐咪，然後奪下娜歐咪手中的刀，這樣她們就不必繼續在懸崖邊對峙。

然而那不是艾德的作風。相反的，她搖搖頭，告訴娜歐咪她做不到。

「為什麼不行？」娜歐咪怒吼，就像小孩子在亂發脾氣。「妳為什麼不選擇我？為什麼選擇她？」

「我沒有選擇任何人。」艾德的聲音再次平靜下來。

「妳說謊！」

「我說的是事實。」

「妳是個該死的騙子！」娜歐咪咆哮著，並且往前走一步。

那一步改變了一切，因為她手中的刀不再對著自己，而是指向艾德的肚子。

她們一步步靠向懸崖邊緣，宛如進行著某種可怕的舞蹈。娜歐咪主導著每一步，但也許大雨遮蔽了她的視野，所以她沒發現她們已經距離懸崖邊緣非常近。可是艾德知道，所以她一直試著轉向，企圖將娜歐咪引導至遠離大海的方向。她的恐懼已經從臉上蔓延至全身，好幾次都因為站不穩而被迫彎下腰，用手撐著地面，才有辦法保持身體的平衡。

「告訴我真相。」娜歐咪大吼。「告訴我妳為什麼選擇她而不選擇我。」

「我不能。」

「告訴我！」

「沒有什麼好說的。」

「妳和其他人一樣，妳和在妳之前的其他人一樣。」此刻魔鬼已經占據娜歐咪的心，掌控了她的每個表情、每句話語。「不，妳比其他人還要糟糕，因為她們從來沒承諾過任何事，可是妳告訴我一切將會好轉。妳承諾過的！」

「娜歐咪，妳嚇到我了。無論我做了什麼讓妳失望的事，我真的很抱歉，但是除了我之外，妳還可以找其他人傾訴，他們會懂妳的。」

娜歐咪的回答破風而來，她的語氣如此強烈，讓我知道自己應該採取什麼行動。

「不！」娜歐咪怒吼著。「沒有人了。我沒有辦法繼續下去了。事實上，我早就應該這麼做了。或許如此一來，人們才會認真地看待我。」

我們兩人的動作一前一後發生。當她的手臂往上高舉時，我用力地往前衝；當她的手臂往下直落時，我朝著前方一躍而去。

我看見艾德因害怕而縮起身子，她的腳已經踩在懸崖邊緣，情況十分危急。

不過，我認為艾德一開始並沒有看到我。等她看見我的時候，我已經擋在她和娜歐咪之間。娜歐咪看見我了，然而她是在刀子往下捅的時候才看到我。我看見她的眼睛睜得大大的，嘴巴也張得大大的。她的手鬆開刀柄，讓它插在我的手臂上。

當刀子插入我的身體時，我並不覺得疼痛，反而露出笑容。當鮮血湧出時，我卻鬆了一口氣。我從來不曾跑得那麼快，更沒想過我真的可以及時趕到。不過，我真的做到了，我做到了，我做到了。

雖然我因為失去平衡而倒下，雖然我的衣服被地面的雨水浸溼，但一切都無所謂了。我想像攝影機在我的頭頂上旋轉，在大雨中旋轉，就像我稍早分享的《刺激1995》那一幕。

在自己主演的電影中看見自己的身影，感覺真的很奇怪，但是也很美妙，彷彿我做對了什麼事。

艾德伸手托住我的頭，我則面帶微笑。

我的臉上始終帶著笑容，即便我眼前出現一片黑，將大雨和所有的一切全都遮蔽。

52

我睜開眼睛時看見了一道光，伴隨而來的是一陣噁心，還有強烈的似曾相識感。只有一個地方聞起來這麼不健康，那就是醫院——我對醫院完全沒有一絲好印象。

我不必轉頭看，就已經很清楚病房裡的擺設：鐵製的床，左邊有廉價的木製衣櫥，右邊有一張坐起來還算舒服的扶手椅。

我突然想起上次住院時霍布森老師坐在那張椅子上的情景，感到一陣反胃。等我好不容易擺脫腦中的混沌之後，才意識到病房裡還有其他人在，因為我聽見了從椅子那邊傳來的輕微鼾聲。

我慢慢轉過頭，想看看是誰坐在那裡，然而一陣觸電般的疼痛，讓我的胃再次翻攪。

那種疼痛非常強烈，在我左手臂的頂端，肩關節前緣。我小心翼翼地拉開病人袍，看見肩膀上貼著一塊厚厚的紗布，中央滲出紅色的血跡。我無視皮膚發出的不適感，硬生生撕掉固定那塊紗布的膠帶，以檢視傷口的狀況。

那是一道扎扎實實的傷口，不像我自殘時留下的那種長而淺的割傷，而是短而深的不規則挖傷，彷彿不僅拿刀的人使出力氣，那把刀自己也張開利齒一路鑽咬。我知道貝爾菲爾德廚房裡的刀，刀口都很鈍。

這個傷口與我自殘留下的疤痕還有另一個不同點：我不會因為這道傷痕而感到羞愧。這道傷痕背後有一個比較具有尊嚴的故事，也許將來我會向別人炫耀這道傷痕，而不是忙著將它藏起來。嗯，也許。

我身旁突然出現的動作，讓我暫時停止進一步檢查傷口。一隻手輕輕放在我的手臂上。

「好極了，黛西．霍頓，妳終於醒了。」

光從手掌傳來的溫暖，我就已經知道是艾德，我忍著痛，勉強將身體轉動四十五度以便看著她。

她還好嗎？我有沒有保護她？她肚子裡的寶寶呢？我該怎麼問她？

我的視線落在她的肚子上，看見她另一隻手正輕輕地放在肚子上。她的身體因發笑而微微顫抖，讓我鬆了一口氣。

「我沒事。」艾德輕柔地說。「娜歐咪沒有命中目標，因為有人擋著她。」

這時我突然覺得病房傾斜了，因此將頭躺回枕頭上。心情如釋重負加上傷口的疼痛，讓眼淚從我臉頰滑落。艾德靠向我，用手指輕輕替我拭去淚水，並且溫柔地撫摸我的臉頰。

「我始終沒說錯，對不對？」她說。「妳是我的幸運符。」

我沒說話，只是靜靜閉上眼睛，讓自己再次回到無夢的安睡狀態。

我昏睡了一段時間，可是依然會覺得噁心。每當我試著移動身體時，噁心的感覺就朝我襲來。艾德一直待在病房裡陪我，每次我醒來，她似乎都坐在同一個地方，唯一改變的是她身上的衣服。

「或許我該試著保持清醒十分鐘。」我提議。

「或許妳應該傾聽自己身體的需求，直到妳完全康復為止。這六個月以來，我頭一次沒有事情需要忙，所以我會一直坐在這張椅子上陪伴妳。說不定醫生還得先將我和這張椅子分開，才有辦法替我接生。」

逗我發笑不是個好主意，因為會撕扯我的傷口，讓我感到疼痛，提醒我不要亂動。然而可以咯咯笑的感覺真的很棒，我在心裡期許自己接下來也要經常笑，因為我太久沒有這麼美妙的感覺。

我還有其他事想問艾德：娜歐咪後來怎麼了？派翠克醒來之後，吉米有沒有想辦法壓制他？然而每當艾德察覺到我想問她這些問題時，她就說將來還有很多時間可以慢慢回答。於是我乖乖聽她的話，把這些到了嘴邊的問題又嚥回去，包括我心中最大的疑問：「接下來我該怎麼辦？」

但無論我如何試著忽視這些問題，它們都不會消失。我會回到貝爾菲爾德社區嗎？這對娜歐咪來說會有什麼樣的影響？他們會讓我和娜歐咪繼續住在同一個屋簷下嗎？如果我不回去貝爾菲爾德社區，就表示我得找個寄養家庭。可是我已經夠正常了嗎？有人敢冒險要我嗎？

這些問題在我清醒時困擾著我，因此等到伊芙琳最後終於出現時，我差點就想抱住她。

「老天，妳經歷了一場戰爭，是嗎？」伊芙琳嘖嘖地說，一邊整理我檔案中的文件。她試著對艾德投以微笑，然後在床邊坐下。她停頓片刻，似乎在尋找適當的措辭。

「從艾德芭瑤口中聽到妳的進步，實在很令人開心……也很令人驚訝。」

伊芙琳說這句話的時候，我偷偷觀察她的表情。

「事實上，貝爾菲爾德社區的每個人都證明妳在過去六個月所展現的韌性，他們也都強烈認為貝爾菲爾德已經無法繼續提供妳現在所需要的照顧，他們覺得回歸比較傳統的家庭生活，對妳來說更為合適——但是請容我補充一句：這必須在有人從旁支持妳的情況下進行。」

我茫然地看著她，因為她說的謎語就和艾德的謎語一樣難懂。

「黛西，我是指寄養家庭。」她以強調的口吻一個字一個字說出來，彷彿擔心醫生已經切除我的腦葉。「我必須承認，我寧可妳先經過一段時間的評估，才進入這個階段，但是鑑於這星期發生的風風雨雨，妳已經不適合再回到貝爾菲爾德社區。」

我感到一陣天旋地轉。

「妳是說，因為娜歐咪還住在那裡的緣故嗎？」

他們為什麼如此決定？在娜歐咪做出那些事之後，我不敢想像她會如何對付其他人，尤其是吉米。

「黛西，妳不必擔心娜歐咪或是任何人。」艾德說。「這個決定與其他人無關，一切都是為了妳好。」

「可是他們必須保護吉米。」我急著表示。「當時我發現娜歐咪和派翠克的行蹤之後，是吉米偷偷跟著我，並且打昏派翠克，我才有機會……」

艾德溫柔地舉起雙手。「我們知道吉米做了什麼，因為他已經告訴我們了，而且他說了好多次，我從來沒看過他如此自豪。」

「所以妳不能讓娜歐咪靠近吉米，派翠克也不能靠近吉米！」

「放輕鬆，吉米不會有事。事實上，他現在非常樂於成為大家關注的焦點，而且娜歐咪和派翠克都已經搬走了。」

我鬆了一口氣，整個人癱在枕頭上。

「搬走？他們搬去哪裡？貝克絲沒有讓他們兩人繼續待在一起吧？」

「他們搬去哪裡並不重要，妳只需要知道，我們已經找到可以幫助他們的地方，他們在新的住處可以獲得工作人員更多時間的陪伴與關注。而且不必擔心，他們去了不同的地方。」

「我很驚訝，在娜歐咪對妳做出這樣的事情之後，妳竟然還牽掛她。」伊芙琳說，然後在她的筆記本上寫了一些潦草難辨的字。「妳現在需要好好休養，以便恢復健康。」

「現在要如何安置黛西？」艾德問。「有什麼新的進展嗎？」

「事實上，有的。」伊芙琳回答，並且拿出第二份資料。

「如我之前所說，我們沒有太多時間可以安排，可是這對夫婦非常熱情，他們很想認識妳……」她停頓了一下，宛如想尋找合適的措辭。

「為什麼？」我問。「難道他們信奉邪教嗎？不過，坦白說，我無所謂。」反正我已經不想回貝爾菲爾德社區，因為艾德不會在那裡了。

「呃，我們很重視寄養家庭的背景，因為妳現在最需要的就是穩定的生活。黛西，我們希望妳可以長期安頓下來。」

這句話的嚴肅性讓我有點失望。我知道我將擁有新的家庭——即將取代爸爸的人——然而我不知道自己是否已經做好準備。

「他們知道我的事情嗎？他們讀過我的資料了嗎？他們知道我曾經自殘嗎？」

「當然，他們已經知悉妳的一切。雖然他們沒有照顧過與妳有相同經歷的孩子，但是我們認為妳會與他們相處融洽。」

我留意到艾德微微皺起眉頭，當下我多希望她會願意收養我。

「黛西是他們照顧的第一個孩子嗎？」艾德問。

伊芙琳翻閱文件，然後指指上面的註記。

「不，不是。他們以前照顧過一個男孩子，那個男孩的年齡比黛西小一點，他也曾經遭遇過一些創傷。」

我不喜歡伊芙琳說這句話的時候還搖搖頭，可是在我來不及問她問題之前，艾德又開口了。

「妳見過他們了嗎？」

「見過了。」

「妳覺得黛西會喜歡他們？」

「我非常確定她一定會喜歡他們。事實上，妳很快就可以得到答案，因為我已經安排他們今天下午過來和妳們兩位見面。」

我手臂上的疤痕因恐懼而微微刺痛，艾德伸手牽住我的手，並且輕輕握了一下。這一切進展得如此神速，我希望自己能夠跟上腳步。

53

我從來沒想過世界上會有人比艾德還愛笑，可是我錯了。

珍·史考特擁有十分熱情的笑容，但有時候她的笑聲會顫抖，而且她的笑容不像艾德那樣能給我信心及安全感。雖然她一見到我就立刻展露笑容，可是我看見她原本緊張地眉頭深鎖，雙手還不安地摸著自己的手提包。

儘管如此，當我們四目交接時，她緊繃的表情就消失了。在接下來的十五分鐘，她不斷說著沒有意義的話語，甚至稱不上閒聊，只能算是發出聲音。她不停地試探我，偶爾甚至勇敢地碰碰我的手，想知道我會不會因此咬她一口。

我沒有不喜歡她，畢竟她看起來不像是隱藏著什麼邪惡面的壞人，只不過她太努力了，彷彿不知疲倦，我實在搞不懂她是怎麼回事。

她的丈夫葛蘭特就不同了。我們見面時，他面露微笑並且友善地揮揮手，然後他就坐在珍的旁邊，任憑她恣意發揮。也許他並不喜歡我的長相，也許他只是比較小心。無論哪種原因，他都不像珍那樣企圖硬闖我的私人空間。取而代之的是，他會看看窗外，偶爾聊一些生硬的話題，或者咬咬拇指上的死皮。他表現得很親切，可是有點不太自在。我發現他不停搓揉著自己右臉頰上的痘疤，彷彿那些痘疤突然隱隱刺痛。

「我們還沒時間替妳布置房間。」珍突然說。「或許等妳搬進去並且習慣那個房間之後，我們再一起布置。」

我禮貌性地笑了一下，不明白她為什麼突然提到這方面的事。

「我相信，只要那個房間有足夠的空間擺放很多DVD，那樣就很棒了。」艾德說。

接著珍和葛蘭特就聊起他們喜歡的電影，但顯然他們根本沒有去過電影院。當我提到藍光DVD時，珍更是一臉茫然，然後繼續說著他們看過哪些錄影帶。

「藍光是一部描述水底世界的電影嗎？」珍問我。我因此咯咯發笑時，她沒有生氣。事實上，那是我第一次看見她臉上出現發自內心的微笑。那個笑容讓她變得比較自在，看起來不再那麼緊張。

他們待了一個小時左右，但已經足夠讓珍問清楚她想知道的各種資訊：我喜歡吃和不喜歡吃的食物、我最喜歡的顏色、我的星座等等。她問了我很多問題，到最後葛蘭特都忍不住叫她放輕鬆一點。「年輕的女孩子喜歡保有一點祕密。」他提醒珍，並對著我眨眨眼。就從這一點看來，我認為他也是個好人。

很顯然，接下來要做的事情還很多，可惜時間不夠。

我的肩膀恢復得很不錯，傷口沒有感染，除了肌肉有些損傷，娜歐咪的刀沒有傷到我任何要害。醫生只擔心病房床位不夠，似乎不太關心我接下來何去何從，畢竟這不是他們的問題。

最後他們同意後天由艾德送我到史考特夫婦家，這個決定又讓珍大驚小怪地說個不停。他們準備離開時，我聽見珍叮嚀著葛蘭特回家後要鋪好我的床，並且把我的櫃子組裝好，難怪葛蘭特看起來那麼疲憊。值得稱許的是，葛蘭特沒有因此生我的氣，珍親吻過我的臉頰之後，葛蘭特也對我露出微笑，並且豎起大拇指。

「等妳習慣她之後，一切都會很順利的。」他偷偷對我說。

然後他們便匆匆離去，像是一陣狂風。

「他們人還不錯，對不對？」艾德說，但是她看起來和我一樣吃驚。

「還不錯。」我點點頭。「可是好像有點瘋瘋的。」我停頓了一下，喝了一口水。「但我想我在那裡會過得很開心，我應該可以適應。」

我再次咯咯咯地笑出來，我們兩人都笑了，這種感覺真的很好。

我的房間又恢復成牢房的模樣，除了牆壁上一些殘膠之外，沒有任何證據顯示這裡曾經有人住過，看起來就像我搬進來那天一樣冰冷可怕。

我不必花太多時間整理行李，因為我沒有買過什麼東西，因此只要整理好我的內衣褲、牛仔褲和爸爸的襯衫，一切就搞定了。我把爸爸的襯衫仔仔細細摺疊好，將它們平放在行李箱中，然後挑出一件乾淨的來穿。我還沒有打算放棄這些衣服，至少時候未到。

快速打包似乎是個正確的選擇。雖然我知道娜歐咪和派翠克已經遠在天邊，但只要房間外面一傳來聲響，我就覺得好像他們又回來了。隨著焦慮在我胸中蔓延，我手臂上的疤痕也開始發出刺癢，提醒著我它們尚未消失。

像往常一樣，艾德再次讀出我腦子裡的想法。

「如果接下來的幾個星期不太好過，請妳不要感到驚訝。新的環境、新的學校、新的朋友，這些都可能會讓妳產生焦慮。不過，處理事情的方法沒變：運用邏輯思考，想想自己一路是怎麼走過來的，克服妳的心魔，用實際的證據消滅那些愚蠢的念頭。」

「我會努力，但是未來的一切似乎會很累人。假如我保持低調，不要太快結交新朋友，或許會容易一些，是嗎？我的意思是，我在貝爾菲爾德馬上就交到新朋友，結果對我並沒有任何好處，對不對？」

「呃，確實如此。但是我要再次提醒妳：不要責怪自己。當初妳剛到這裡的那幾個星期，所做的一切都是為了融入環境，那是任何人都會做的事。」

「大概吧。」

「黛西，人們會讓妳吃驚。妳現在可能感覺不出來，可是妳必須相信我。把自己隱藏起來、不去結交新朋友是不好的，因為妳有很多事情可以與朋友分享。」

「但我怎麼知道誰值得信任？」

她用嘴巴裡的覆盆子泡泡糖吹出一個大泡泡。「到時候妳就會知道。對的人會出現，他們會……我也說不上來，反正他們會懂妳，他們會了解妳是什麼樣的人，妳也會想要向他們傾訴妳的心事，妳會沒有辦法阻止自己。到那個時候，妳就知道他們是值得妳交往的朋友。」

「可是，如果我告訴他們我發生過什麼事，他們會被我嚇跑的。」

艾德開玩笑地對著我揮揮手。「妳又來了！妳有什麼證據可以證明他們會被妳嚇跑？我得知妳母親和妳父親的事情之後，我被嚇跑了嗎？吉米或蘇西被嚇跑了嗎？」

我搖搖頭。她再次說服了我。

「對於妳遭遇過的不幸，妳必須停止怪罪自己。每當妳萌生道歉的意念時，我希望妳馬上停止，並且想一想到底有沒有必要責怪自己。我敢打賭，十次當中有九次，妳會發現根本不該責備自己。」

「我會努力嘗試。」

這是我的真心話。我知道我還需要練習，並且我一定會為了忍住衝動而經常咬著嘴唇。

「妳的東西都收拾好了嗎？」

我點點頭。

「需不需要讓妳獨處幾分鐘，好讓妳與妳的房間道別？」

我皺著眉看看艾德。

「妳在開玩笑吧？我已經把這間牢房從我的記憶中消除了。我一定會很想念妳，當然還會想念其他人，可是我很期待住進一間窗玻璃打得破的房間。」

艾德咯咯咯笑了起來，我將她的笑聲牢牢記在心底，因為我不知道何時才能再次聽見這個聲音。

一小群人聚集在走廊上，當我們下樓時，那些人便開始為我和艾德鼓掌。我把這個畫面記在心裡，存入我過去一年荒謬歲月的人生電影中。

看這一群人聚在一起，卻少了娜歐咪和派翠克在中間挑釁每個人，感覺有點不習慣。然而能夠安心地四處走動，不必害怕突然被賞巴掌的感覺真的很棒。

雖然我很想離開這裡，可是道別很困難。我不知道這裡的工作人員這些年來已經與多少個孩子說再見，可是我看得出來，芙洛絲和瑪雅臉上的不捨是真真實實的，沒有哪個女演員能演得那麼逼真。

最讓我驚訝的是吉米，雖然那不是值得大驚小怪的舉動。他朝著我伸出他瘦長的手臂，第二次握住我的肩膀。

「記得保持聯絡，好嗎？」他笑著說。

「我可以給你我的手機號碼，你也可以傳簡訊給我，讓我知道你後續的演出狀況。」

「我恐怕沒有辦法傳簡訊給妳，因為我的手機已經壞了好一陣子，可能是ＳＩＭ卡出了問題。」

「會不會是因為沒有電池呢？」我趁機說。

他看了手機背面一眼，害羞地笑了起來。

「我猜這個原因也有可能，但是請妳保守祕密，好嗎？」

他給了我一張白紙，我在上面寫下我的手機號碼。我不知道他會不會打電話給我，但是如果他打來，我們一定會聊得很開心。

說完再見了，接著是一段令人尷尬的沉默。我正想著應該如何離開時，前門傳來的門鈴聲化解了尷尬。

蘇西率先打破沉默，大喊：「她到了！」

「黛西，今天有新人來。」貝克絲笑著說。「我最好在蘇西悶死她之前過去救她，以免她第一天就被嚇壞。」

她緊緊握了我的手一下，隨即轉身離開。其他工作人員甚至吉米也陸續與我握手道別。

「那麼，妳準備好了嗎？」艾德問。「我們可以從教室那一頭走出去，以避開人群。」

「這主意聽起來不錯。」

我捧著一大箱ＤＶＤ，沉重的重量讓我微微喘氣。我們穿越有如迷宮的走廊時，我沒有回頭張望，因為這個地方沒有太多值得我道別或懷念的回憶。當我們準備走出最後一扇門的時候，隔牆突然傳來震耳欲聾的尖叫聲，還有吵鬧的喧嘩聲。

艾德將門打開，一道冷冷的光線照了進來。我毫不猶豫地踏出去。無論屋裡發生了什麼事，都已經與我無關了。這次我很清楚地知道，那都不是我的錯。

謝辭

感謝您聽我說完黛西的故事。如果沒有大家的幫忙，我無法獨力完成這一切，例如負責剪輯宣傳影片的海頓（Haydn）、負責架設網站的傑森（Jason），還有梅德琳・布斯頓（Madeleine Buston），以及我優秀的同事們，尤其是羅伯・考克斯（Rob Cox）總是提供我非常詳細的回饋。

我也十分感謝過去一年來支持我的書商與圖書館管理員，尤其是烏鴉圖書（Bookseller Crow）、喬・德・吉亞（Jo De Guia）、塔瑪拉（Tamara）和喬治（George）。同時也感謝森林山中學（Forest Hill School）的卡蘿・韋伯（Carol Webb），她的圖書館擁有倫敦老城區最棒的收藏，她的學生也非常優秀。

感謝不斷為我打氣的朋友，特別是奇妙讀者珍妮（Jenny the Wondrous Reader）、馬可斯（Marcus）、葛拉罕（Graham）與貝琪・史特拉德威克（Becky Stradwick），他們給予我的超乎其本分。我也非常謝謝史蒂芬妮・普賽爾（Stephanie Purcell）與亞歷罕卓・瑞斯（Alejandro Reyes）的協助與專業建議，以及他們的拉丁熱情。

另外還要感謝海鸚圖書（Puffin Books）的好心人，尤其是負責《等星星發亮的男孩》的塔妮亞（Tania），以及愛黛兒（Adele）、凱蒂（Katy）、莎拉（Sarah）、珍妮（Jennie）和布麗吉德（Brigid）。謝謝聰明又有說服力的夏儂・帕克（Shannon Park）——謝謝你們，我的朋友們。

吉米所演唱的歌曲，歌名是〈月亮〉（The Moon）。這首歌是大約二十年前由我的朋友威爾（Will）

和瓦吉（Waggy）所寫的。老友們，非常感謝你們讓我使用這首歌，這首歌曲我永遠聽不膩——它是一首超棒的好歌。

創作這本書的過程很有趣，我以某個點子當成起點，最後卻寫出與原本計畫完全不同的故事。如果一切由我選擇，我絕對不可能寫出這樣的成果。我必須感謝十一年前那些寫信給我、打電話給我，或者從A63公路開車過來找我、陪我打撞球及催促我動筆的朋友。如果沒有你們，我不可能寫出黛西或者比利的故事。我欠你們一個人情。

最後，感謝我在水晶宮及其他各地的朋友們。

最後的最後，感謝蘿拉（Laura）、艾爾比（Albie）、艾爾西（Elsie）和小史丹（Little Stan），他們左右了我的世界與我的思緒。

二〇一一年六月寫於水晶宮32

---

32 水晶宮（Crystal Palace）為英國倫敦南部的住宅區。

故事館
月光下的擁抱

作　　者　菲力・厄爾（Phil Earle）
譯　　者　李斯毅
封面設計　黃伍陸
校　　對　呂佳真
責任編輯　巫維珍

國際版權　吳玲緯
行　　銷　何維民　吳宇軒　陳欣岑　林欣平
業　　務　李再星　陳紫晴　陳美燕　葉晉源
編輯總監　劉麗真
總 經 理　陳逸瑛
發 行 人　涂玉雲
出　　版　小麥田出版
地址：10483台北市中山區民生東路二段141號5樓
電話：(02)2500-7696
傳真：(02)2500-1967
發　　行　英屬蓋曼群島商家庭傳媒股份有限公司城邦分公司
地址：10483台北市中山區民生東路二段141號11樓
網址：http://www.cite.com.tw
客服專線：(02)2500-7718｜2500-7719
24小時傳真專線：(02)2500-1990｜2500-1991
服務時間：週一至週五09:30-12:00｜13:30-17:00
劃撥帳號：19863813　　戶名：書虫股份有限公司
讀者服務信箱：service@readingclub.com.tw
香港發行所　城邦（香港）出版集團有限公司
地址：香港灣仔駱克道193號東超商業中心1樓
電話：+852-2508-6231
傳真：+852-2578-9337
馬新發行所　城邦（馬新）出版集團【Cite(M) Sdn. Bhd. (458372U)】
地址：41-3, Jalan Radin Anum, Bandar Baru Sri Petaling,
57000 Kuala Lumpur, Malaysia.
電話：+6(03) 9056 3833
傳真：+6(03) 9057 6622
讀者服務信箱：services@cite.my
麥田部落格　http://ryefield.pixnet.net
印　　刷　漾格科技股份有限公司
初　　版　2022年5月
售　　價　380元

ISBN 978-626-7000-42-7
EISBN 9786267000465 (epub)
Printed in Taiwan.

國家圖書館出版品預行編目資料

月光下的擁抱／菲力・厄爾（Phil Earle）著；李斯毅譯. -- 初版. -- 臺北市：小麥田出版：英屬蓋曼群島商家庭傳媒股份有限公司城邦分公司發行, 2022.05
面；　公分. --（故事館）
ISBN 978-626-7000-42-7（平裝）

873.59　　111001784